醒来的森林

［美］约翰·巴勒斯 著

程虹 译

生活·讀書·新知三联书店

Simplified Chinese Copyright © 2021 by SDX Joint Publishing Company.
All Rights Reserved.

本作品简体中文版权由生活·读书·新知三联书店所有。
未经许可,不得翻印。

图书在版编目(CIP)数据

醒来的森林/(美)约翰·巴勒斯著;程虹译.—北京:
生活·读书·新知三联书店,2021.3 (2024.1重印)
(三联精选)
ISBN 978-7-108-07023-4

Ⅰ.①醒… Ⅱ.①约… ②程… Ⅲ.①散文集-美国-现代
Ⅳ.① I712.65

中国版本图书馆 CIP 数据核字(2021)第 001043 号

责任编辑	刘蓉林
装帧设计	鲁明静
责任校对	龚黔兰
责任印制	董 欢
出版发行	生活·讀書·新知 三联书店
	(北京市东城区美术馆东街22号 100010)
网 址	www.sdxjpc.com
经 销	新华书店
印 刷	河北鹏润印刷有限公司
版 次	2021年3月北京第1版
	2024年1月北京第2次印刷
开 本	880毫米×1092毫米 1/32 印张 9.125
字 数	150千字 图20幅
印 数	3,001-4,000册
定 价	39.00元

(印装查询:01064002715;邮购查询:01084010542)

约翰·巴勒斯肖像

　　我的处女作《醒来的森林》写于我在华盛顿当职员的时期,它使我能够重温年轻时代与鸟儿为伴的情景与岁月。

从树叶间叼起一只飞蛾幼虫的黑喉蓝林莺。巴勒斯是第一个发现并描述了黑喉蓝林莺所筑之巢的人。爱德华·坎泽（Edward Kanze）摄影

从巴克皮林的那边，那片由铁杉、桦树与山毛榉组成的林子里，传来了黑喉蓝林莺那懒洋洋的仲夏之歌。"啼，啼，啼—咿—咿！"回响在上面的滑坡上，带着夏季昆虫特有的"嘤嘤"的鸣声，却不乏某种缠绵的韵律。它是所有林中最无精打采、拖拖拉拉的曲子。我感到立刻就要在干树叶上躺倒了。

蜂鸟巢。爱德华·坎泽（Edward Kanze）摄影

蜂鸟巢可谓林中独一无二的瑰宝……那巢看上去就像是小树枝上的一个树疣或赘物。不同于其他鸟类，蜂鸟不是落在巢中，而是直接飞进巢中。她进巢时，快如闪电，轻如鸿毛。

巴勒斯与慕名到"山间木屋"探访他的瓦萨学院的女学生在一起。
图片来源:瓦萨学院图书馆

巴勒斯总是把这些将要成为教师的学生领到他的常青树林中和垂洒着瀑布的黑溪边。当学生们坐在石头上野餐时,他会站在"山间木屋"的台阶上告诫她们:"不要成为暗室中的自然学家。"

常读常新的文学经典

"经典新读"总序

意大利作家卡尔维诺认为文学经典可资反复阅读,并且常读常新。这也是巴尔加斯·略萨等许多作家的共识,而且事实如此。丰富性使然,文学经典犹可温故而知新。

《易》云:"观乎天文以察时变,观乎人文以化成天下。"首先,文学作为人文精神的重要组成部分,既是世道人心的最深刻、最具体的表现,也是人类文明最坚韧、最稳定的基石。盖因文学是加法,一方面不应时代变迁而轻易浸没,另一方面又不断自我翻新。尤其是文学经典,它们无不为我们接近和了解古今世界提供鲜活的画面与情境,同时也率先成为不同时代、不同民族,乃至个人心性的褒奖对象。换言之,它们既是不同时代、不同民族情感和审美的艺术集成,也是大到国家民族、小至家庭个人的价值体认。因此,走进经典永远是了解此时此地、彼时彼地人心民心的最佳途径。这就是说,文学创作及其研究指向各民族变化着的活的灵魂,而其中的经典(及其经典化或非经典化过程)恰恰是这些变中有常的心灵镜像。亲近她,也即沾溉了从远古走来、向未来奔去的人类心流。

其次，文学经典有如"好雨知时节""润物细无声"，又毋庸置疑是民族集体无意识和读者个人无意识的重要来源。她悠悠幽幽地潜入人们的心灵和脑海，进而左右人们下意识的价值判断和审美取向。举个例子，如果一见钟情主要基于外貌的吸引，那么不出五服，我们的先人应该不会喜欢金发碧眼。而现如今则不同。这显然是"西学东渐"以来我们的审美观，乃至价值判断的一次重大改观。

再次，文学经典是人类精神的本能需要和自然抒发。从歌之蹈之，到讲故事、听故事，文学经典无不浸润着人类精神生活之流。所谓"诗书传家"，背诵歌谣、聆听故事是儿童的天性，而品诗鉴文是成人的义务。祖祖辈辈，我们也便有了《诗经》、楚辞、汉赋、唐诗、宋词、元曲、明清小说等。如是，从"昔我往矣，杨柳依依；今我来思，雨雪霏霏"到"落叶归根"，文学经典成就和传承了乡情，并借此维系民族情感、民族认同、国家意识和社会伦理价值、审美取向。同样，文学是艺术化的生命哲学，其核心内容不仅有自觉，而且还有他觉。没有他觉，人就无法客观地了解自己。这也是我们拥抱外国文学，尤其是外国文学经典的理由。正所谓"美哉，犹有憾"；精神与物质的矛盾又强化了文学的伟大与渺小、有用与无用或"无用之用"。但无论如何，文学可以自立逻辑，文学经典永远是民族气质的核心元素，而我们给社会、给来者什么样的文艺作品，也就等于给社会、给子孙输送什么样的价值观和审美情趣。

文学既然是各民族的认知、价值、情感、审美和语言等诸多因素的综合体现，那么其经典就应该是民族文化及民族向心力、凝聚力的重要纽带，并且是民族立于世界之林而不轻易被同化的鲜活基因。古今中外，文学终究是一时一地人心的艺术呈现，建立在无数个人基础之上，并潜移默化地表达与传递、塑造与擢升着各民族活的灵魂。这正是文学不可或缺、无可取代的永久价值、恒久魅力之所在。正因为如此，人工智能最难取代的也许就是文学经典。而文学没有一成不变的度量衡。大到国家意识形态，小到个人性情，都可能改变或者确定文学的经典性或非经典性。由是，文学经典的新读和重估不可避免。

一、时代有所偏侧。就近而言，随着启蒙思想家和浪漫派的理想被资本主义的现实所粉碎，19世纪的现实主义作家将矛头指向了资本。巴尔扎克堪称其中的佼佼者。恩格斯在评价巴尔扎克时，将现实主义定格在了典型环境中的典型性格。这个典型环境已经不是启蒙时代的封建法国，而是资产阶级登上历史舞台以后的"自由竞争"。这时，资本起到了决定性的作用。

二、随着现代主义的兴起，典型论乃至传统现实主义逐渐被西方形形色色的各种主义所淹没。在这些主义当中，自然主义首当其冲。我们暂且不必否定自然主义的历史功绩，也不必就自然主义与现实主义的某些亲缘关系多费周章，但有一点需要说明并相对确定，那便是现代艺术的多元化趋势，及至后现代无主流、无中心、无标准（我称之为"三无主义"）的来临。于是，绝对的相对性取代了相对的绝对性。恰似巴尔扎克、托尔斯泰在我国的命运同样堪忧。

与之关联的，是其中的意识形态和艺术精神。第一点无须赘述，因为全球化本身就意味着国家意识的"淡化"，尽管这个"淡化"是要加引号的。第二点，西方知识界讨论"消费文化"或"大众文化"久矣，而当今美国式消费主义正是基于"大众文化"或"文化工业"的一种创造，其所蕴涵的资本逻辑和技术理性不言自明。好莱坞无疑是美国文化的最佳例证，而其中的国家意识显而易见。第三点指向两个完全不同的向度，一个是歌德在看到《玉娇李》等东方文学作品之后所率先呼唤的"世界文学"。尽管曾经应者寥寥，但近来却大有泛滥之势。这多少体现了资本主义制度在西方确立之后，文学何以率先伸出全球化或世界主义触角的原因。遗憾的是资本的性质不会改变。而西方后现代主义指向二元论的解构以及虚拟文化的兴盛，最终为去中心的广场式狂欢提供了理论或学理基础。

由上可见，经典新读和重估势在必行，它是时代的需要，是国民教育的需要，是民族复兴、国家发展的需要。为此，我们携手生活·读书·新知三联书店，以当代学术研究为基础，精心选取中外文学经典，邀请重要学者和译者，进行重新注疏和翻译，既求富有时代感，也坚持以我为本、博采众长的经典定位。学者、译者们参考大量文献和前人的版本、译本，力图与21世纪的中文读者一起，对世界文学经典进行重估与新读，以期构建中心突出、兼容并包的同心圆式经典谱系。我称之为"三来主义"，即"不忘本来，吸收外来，面向未来"。

除此之外，我们还特邀了相关领域的专家学者，为每部作品撰写了导读，希望广大读者可以在经典阅读的基础上，进一步了解作品产生的土壤，知其然，并且所以然。愿意深入学习的读者，还可以依照"作者生平及创作年表"以及"进一步阅读书目"按图索骥。希望这种新编、新读方式，可以培植读者，尤其是青少年读者亲近文学经典，使之成为其永远的精神伴侣和心灵慰藉。

需要特别说明的是，"经典新读"主要由程巍、高兴、苏玲等同事策划、推进，并得到了诸多译者和注疏者，以及三联书店新老朋友的鼎力支持。在此谨表谢忱！

（陈众议，中国社会科学院外文所所长）

目录
Contents

导读　巴勒斯：走向大自然的向导　程　虹　1

进一步阅读书目　27

作家生平及创作年表　37

醒来的森林

首版序　3

修订版序　5

第一章　众鸟归来　10

第二章　在铁杉林中　45

第三章　阿迪朗达克山脉　78

第四章　雀　巢　101

第五章　在首都之春观鸟　132

第六章　漫步桦树林　160

第七章　蓝　鸲　188

第八章　自然之邀请　201

译后记　228

导 读
巴勒斯：走向大自然的向导

程 虹

熟悉美国自然文学的读者大都知道约翰·巴勒斯（John Burroughs，1837—1921）及其第一部散文集，也是他的成名著 *Wake-Robin*。此书名直译为《延龄草》。延龄草是北美早春时绽开的一种白色的小花，作者以它为书名，暗示着自然的苏醒、候鸟的归来。因此，我将原著的书名与全书的内涵融为一体，在英文的"Wake"（醒来）一词上做文章。巴勒斯在此书中对"醒来"一词有独到的解释："当一个居民在卧室醒来时，那不是清晨，而是早饭时间。可是在野外宿营，他可以感觉到清晨流动在空气之中。他可以闻到它、看到它、听到它，并且清醒地一跃而起。"巴勒斯在书中写给读者的"延龄草"，实质上是启示着"醒来的森林"。于是我便使用了《醒来的森林》这个可以表达出此书内涵的中文书名。我想，巴勒斯写此书的本意不仅仅是在描述众鸟归来，同时也是在唤醒人们对自然的热爱，接受自然之邀请，到充满着鸟语花香的林地中，到散发着大自然勃勃生机的原野中进行风景与心景的沟通。

1912年4月3日,纽约自然历史博物馆鸟类馆的大厅前,坐着一位皓首白发的老人,他就是当日整整七十五周岁的约翰·巴勒斯。巴勒斯的周围簇拥着六百多名来自不同国家的孩子,他们从老师那里得知,面前这位貌似"圣诞老人"的长者,是一位描写自然的伟大作家。孩子们满怀崇敬之情朗读和背诵巴勒斯的名篇名句,然后,等待这位老人的演讲。然而,巴勒斯的一番话却出乎大家的意料。他告诉孩子们,自然博物馆里都是赝品,每逢参观博物馆,他都有一种参加葬礼的感觉。他劝导孩子们:"一只被打死并被做成标本的鸟,已经不再是一只鸟了。……不要去博物馆里寻找自然。让你们的父母带你们去公园或海滩,看看麻雀在你们的头顶上飞旋,听听海鸥的叫声,跟着松鼠到它那老橡树的小巢中看看。自然被移动了两次之后便毫无价值了,只有你能伸手摸得到的自然才是真正的自然。"(Renehan,1992:7-9)

约翰·巴勒斯曾经说过:"最令我高兴的莫过于给(我的读者)一些新鲜的自然史片断,或让他们在原野里、树林里以及潺潺的溪流边待上一天。"(Ronald,1987:93)巴勒斯的一生及其著作,似乎都在做这样一件简单的事情:把人们送往大自然。而他本人也被称为"走向大自然的向导"。不同于他的超验主义先驱爱默生,巴勒斯没有高深和创新的理论;也不同于他的同代人约翰·缪尔,巴勒斯不是一个行动的人,而是一个沉静的人。他只是凭着自己对自然的迷恋,在哈德逊河畔自己农场的住宅中,综合归纳了各种主要的自然散文模式,娓娓地讲述着一个又一个大自然的故事,让那种随和亲切、令人宛若现身其境的写作手法成为他作品的标志,而他那以第一人称来生动描述自然景物的写作风格也为自然文学的写作方式奠定了基础。

由此,我们要简述一下自然文学。自然文学(Nature Writing)不同于西方文学史上的自然主义(Naturalism),它是源于17世纪,奠基于19世纪,形成于当代的一种具有美国特色的文学流派。美国自然文学(American Nature Writing)兴起于20世纪下半叶,尤其是20世纪80年代之后。它以描写自然为主题,以探索人与自然的关系为内容,展现出清新动人的自然与心灵的风景,重述了一个个在现代人心目中渐渐淡去的土地的故事。作为一个文学流派,虽然美国自然文学在传统上受到欧洲浪漫主义的影响,但是鉴于它产生于以"伊甸园"与"新大陆"而闻名于世的美国,便自然有着其他任何一个国家所不可能有的特性。

从形式上来看,自然文学属于非虚构的散文文学,主要以散文、日记、自传及书信等形式出现。从内容上来看,它主要思索人类与自然的关系。简言之，自然文学最典型的表达方式是以第一人称为主，以写实的方式来描述作者由文明世界走进自然环境中身体和精神的体验。也有人形象地将它称作"集个人的情感和对自然的观察为一身的美国荒野文学"（Scheese，1996: 143）。

自然文学主要特征有三：1. 土地伦理（land ethic）的形成。放弃以人类为中心的理念，强调人与自然的平等地位，呼唤人们关爱土地并从荒野中寻求精神价值。2. 强调地域感（sense of place）。如果说种族、阶层和性别（race, class and gender）曾是文学上的热门话题，那么，现在生存地域（place）也应当在文学中占有重要的地位。3. 具有独特的文学形式和语言。

自然文学的这些特征也在自然文学作家身上得以体现。他们首先是热爱、熟悉自然之人，这种热爱不仅仅是为了赏心悦目，而是要有心灵的感应。这种感应基于"土地伦理"和"荒野认知"，从而形成了一种"生态良知"，一种自然文学作家所遵循的道德。自然文学作家几乎都是在特定的生存地域中生活和写作，他们各自又都有着独到的语言风格。因此，也有学者将自然文学作家的特征描述为："集自然学家、道德学家及语言风格学家为一身。"（Marshall and David，2006: 174）巴勒斯的作品充分体现了自然文学的特征，他完全可称得上自然文学的代言人。

纵观巴勒斯的经历，可看出他的一生与自然结下了不解之缘。对他而言，自然首先是一个神奇的大课堂，可以培育出众多的科学家、哲学家。自然又堪称是一座教堂，诚如美国作家克里斯·海兰（Chris Highland）所述："巴勒斯意识到并热情地敦促我们（如同梭罗、爱默生、富勒[1]、惠特曼以及缪尔等一样）向往的是'一种旷野宗教之感'，那种由理性、科学以及文明驱使的'神圣的理想'。"巴勒斯在《原野及研究》（*Field and Study*）中则更为明确地写道："大地是神圣的，上帝无处不在。"（Highland, introduction）他称赞梭罗的《瓦尔登湖》"是一部野性的福音"，并将梭罗的《散步》（*Walking*）视为"福音的实际示例"。（Warren: 20）而他在自己的文集《时光及变化》（*Time and Change*）中，就有一篇题为《自然的福音》（*The Gospel of Nature*）。在此文中，巴勒斯称自然本身就是一种宗教，能给人以力量，使人的官能更加敏锐并给人以心灵的慰藉。不仅如此，巴勒斯本人还是一位践行简单的物质

---

[1] 此处指玛格丽特·富勒（Margaret Fuller，1810—1850）。美国作家、评论家、社会改革家、早期女权运动领袖。她是新英格兰超验主义的著名成员。曾负责超验论杂志《日晷》（*The Dial*）的编辑工作。1850年因船难去世。

生活、追求丰富的内心生活的典范。他一生都过着一种简单、诚实并充满好奇之心的日子。以自然为师，向自然朝圣，从自然中获取生活之真谛并将这一切付诸笔端，这是巴勒斯终生之使命。

巴勒斯的文集有二十多部，内含四百五十篇散文，多以描述自然，尤其是鸟类为主。当然，也涉及其他动物、游记、植物学、哲学、宗教、科学、作家评述及其他方面。其中包括第一部自然散文集《醒来的森林》（又译《延龄草》[1]，*Wake-Robin*，1871），以及后来陆续出版的《冬日的阳光》（*Winter Sunshine*，1875）、《鸟与诗人》（*Birds and Poets*，1877）、《蝗虫与野蜜》（*Locusts and Wild Honey*，1879）等。除此之外，他还著有关于诗人沃尔特·惠特曼的两部专著（1865，1896）；一部他本人的诗集（1906）；一本关于他与时任美国总统西奥多·罗斯福旅行的书；为两本书担任编辑工作：一本是以《自然之歌》（*Songs of Nature*，1896）为题的英美关于自然的诗歌，另一本是两卷本的英国18世纪博物学家吉尔伯特·怀特所著的《塞尔伯恩自然史》（*The Natural History of Selbourne*，1908）。

---

[1] 本文将视情况分别以《醒来的森林》及《延龄草》来表述巴勒斯的这同一部作品。

（Burroughs, 2006: XX）巴勒斯笔下的风景多是人们所熟悉和可以接近的，那些人们自己的农场和院落里的景色：树林、原野、鸟儿和动物，因此令人感到格外亲切，赢得了众多的读者。难怪海兰称赞道："人人都喜欢他的作品，从少年学童至英国女王。"（Highland: introduction）

美国作家安·罗纳德在《荒野的诉说》（*Words for the Wild*, 1987）中指出："约翰·巴勒斯是他那个年代最受人欢迎的自然学家。就连约翰·缪尔当时的写作成就，也无法与巴勒斯出版的二十五本书和一百五十万本销量的纪录相匹敌。"（91）另一位美国作家拉尔夫·卢茨（Ralph H. Lutts），充分肯定了巴勒斯的高超的文学造诣、广博的自然史知识、多产的作品和他在自然文学中占有的特殊地位。他认为，在当时描写自然的作家中，巴勒斯"既是前辈又是同行……"他继而说明，在巴勒斯的那个年代，许多人，其中包括西奥多·罗斯福总统，都是看着巴勒斯的书长大，并沿着他的脚印前进的。"他帮助人们把对自然的研究当作一种时尚的追求，确立了自然文学的写作标准。"（Lutts, 1990: 8）

首版发行于1871年的《醒来的森林》，是迄今为止巴勒斯最受读者欢迎与喜爱的一部作品，被誉为自然文学的经典之作。本文将以巴勒斯的《醒来的森林》为例，以

"重读自然"的角度来阅读并分析这部作品,以风景、声景及心景的三维景观[1]欣赏并解读这部作品,从美学的角度来品味并评价这部作品。同时,笔者还将以生态批评中的"叙事学术"(narrative scholarship)及"生态地域文学"(bioregional literature)概念来解析这部作品。从而让人们走进巴勒斯的自然世界及内心世界,并理解为什么这位生活在一个多世纪之前的作家至今依然影响着我们。

巴勒斯对自然的热爱和写作,在很大程度上,来自他童年的经历,以及后来受爱默生、梭罗,尤其是惠特曼的影响。

巴勒斯1837年生于纽约州卡茨基尔山区的一个农场。那里有回荡着鸟儿歌声的林子和长着野草莓的田野,可以眺望绵延不断的西卡茨基尔山。他的传记作家克拉拉·巴罗斯(Clara Barrus)在《约翰·巴勒斯的生平与其著作》(*Life and Letters of John Burroughs*)中告诉读者,七八岁时,巴勒斯在林中发现了一只淡蓝色的、羽翼上带着白点的会唱

---

[1] 这是笔者在阅读及研究自然文学中所归纳的一种研究方式,旨在以风景、声景及心景的三维景观去观察、领悟并研习自然。因为在自然文学中作者不仅是在用眼观察自然,而且也是在用耳聆听自然,用心体验自然。他们呈现在读者面前的是含有风景(landscape)、声景(soundscape)及心景(soulscape)的多维画面。这三景相互交织,相辅相成,形成了自然文学的独特之处。

歌的小鸟。这只鸟是把他带入鸟的王国的向导,激励他去发现更多有声有色的鸟类。使巴勒斯难忘的还有一个春日的早上飞进毛榉林中的一群鸽子,它们把天空、大地和林子都染上了一抹蓝色。当他成人后,这种童年对鸟的热情,又被约翰·J. 奥杜本(John James Audubon, 1785—1851)的杰作《美洲鸟类图谱》(*The Birds of America*, 1827—1838)所强化,最终使他成为鸟类王国的代言人。(Brooks, 1980: 5-6)巴勒斯本人曾当过农民、教师、专栏作家、演讲经纪人及政府职员。然而,所有的职业对他而言,都不过是为了谋生或养家糊口,真正令他倾心的事业是:体验自然,书写自然。他立志要把自然中的鸟类从科学家的束缚中解放出来,形成一种独特的自然之文学,使其既符合自然史的事实,又带有林地生活的诗情画意。

然而,把巴勒斯引入自然文学王国的向导却是爱默生、梭罗和惠特曼。《牛津美国文学词典》(*The Oxford Companion To American Literature*)用以下文字来介绍巴勒斯:"通过在其家乡卡茨基尔山脉一带的敏锐观察,在爱默生和梭罗的影响下,成为继两位超验主义大师之后自然散文的伟大作家。"(Hart, 1995: 99)由沃伦(James Perrin Warren)所著的巴勒斯传记《约翰·巴勒斯及自然之地》(*John Burroughs and the Place of Nature*, 2006)则从巴勒斯与爱默生、梭罗、惠特曼、缪尔及西奥多·罗斯福等人关系的角度来阐述巴勒斯在自然文学及美国文化中的地位及影响。其中的第一章《自有高邻：爱默生、梭罗及作家的地位》便是详述爱默生、梭罗对巴勒斯的影响及巴勒斯对前者的评价。

从十九岁起，巴勒斯便开始一边教书一边写散文。后来像儿时发现淡蓝色的会唱歌的鸟儿一样，他发现了爱默生及其超验主义。巴勒斯在其文集《最后的收获》(*The Last Harvest*, 1922) 中曾劝导人们铭记爱默生，并教授儿童爱默生那些勇敢且悲壮的词语，还到康科德进行了一次朝圣。他赞许爱默生给人们留下了一片理想之地，这种财富是盗贼们偷不走、时光无法磨蚀、蛀虫无法损坏的。(102) 当提及爱默生对他的影响时，巴勒斯描述道："读他（爱默生）的作品常常使我有某种心醉神迷的感觉。他的精神已溶进我的血液，我的精神面貌将蒙上他的色彩。他的胆识和自由精神将深深植于我的心中。" (Brooks, 1980: 6) 后来巴勒斯的作品中，时常体现出爱默生的"自然是精神之象征"的深层含义。正是从自然中寻求精神的升华及美的价值，从而面对自然进行心灵的沟通，使得巴勒斯的作品具有非凡的魅力。

巴勒斯的思考与写作，主要是在他的家乡——纽约州的卡茨基尔山地区——完成的，他的作品无不带有那片土地的浓浓色彩。这种以"一叶而知秋"的手法，来自梭罗。巴勒斯赞同梭罗的看法，即人们"只需要待在自己的家园，来观望世界从眼前走过"。(Ronald，1987: 92) 他把这种构思融入了他的散文。巴勒斯的朋友，W.S. 肯尼迪 (William Sloane Kennedy)，在其《真实的约翰·巴勒斯》(*The Real John Burroughs*, 1924) 一书中写道："卡茨基尔山的约翰坚信，世上没有任何其他地方像他的家乡那样，没有任何其他地方的鸟儿能与他家乡山村中的鸟儿媲美。"(Lyon，1989: 64) 这不由得使我们想起关于"当梭罗谈起自然时，就像那是康科德的土产"的评论。如果说梭罗把康科德视为宇宙的缩影，那么巴勒斯心中的卡茨基尔山地区亦是宇宙的缩影。两人都紧紧地抓住了脚下那片土地的神魄，通过它来感觉和透视外面的大世界。

像梭罗一样，巴勒斯也有写日记的习惯。他紧紧地捕捉住大自然中那瞬息万变的现象：季节的变化，鸟儿的到来，花儿的开放，并一一记录在他的日记之中。他在《河畔石屋》(*Riverby*, 1894) 的"春天的笔记"一章中谈到写日记的益处："我记得梭罗在爬过残丘山 (Monadnock) 之后，写信给一个朋友说，直到回到家中，他才真正翻越了那座山。我认为那就是说，直到他回到家给朋友写信描述那座山时，他才领悟到了爬山的意义。每个人的经历都大致相同。当我们试图描述我们的经历与感觉时，甚至是把它们写进日记时，我们才会发现比原先预料的更为深广的意义。"巴勒斯在描述了他本人的缅因州之行后，发出了与梭罗几近相同的感叹："只是在回到家中之后，我才真正去了缅因……"（Ronald，1987: 93-94）巴勒斯对日记的这种看法，解释了为什么自然文学多以日记形式出现。它还从一个西方人的视野里，再现了我们东方人有关"不识庐山真面目，只缘身在此山中"的哲理。此外，我们从中也可以得知自然文学作家是如何将所看到的风景转变为心景的。这时，不妨以巴勒斯本人关于将蜜蜂喻为诗人的表述来解释这个过程。在《醒来的森林》的修订版序中，巴勒斯认为，蜜蜂从花中采到的是甘露，它在其中加入一小滴蚁酸，才能酿成蜂蜜。因此，他认为，蜜蜂是真正的诗人和艺术家，并倡导博物学家要尊重事实，但又要在事实中像蜜蜂那样添加自己的风味，在呈现自然景色时显示出精神的色彩。

无论是在思想感情还是在文学艺术方面，巴勒斯与惠特曼都是相辅相成的。两人于1863年相遇于华盛顿特区。当时惠特曼是个政府职员，在华盛顿的医院中照顾内战的伤员。两人一见如故，建立了终生的友谊。在惠特曼所著的《典型的日子》（*Specimen Days*）中，他描述了在巴勒斯乡村的家中小住的情景。(Whitman, 1971: 84) 与惠特曼的交往，显然拓展和加深了巴勒斯对自然的理解，使他开始产生了一种超越以景色为中心的浪漫主义自然观。巴勒斯在其著作《惠特曼笔记——诗人及其人》(*Notes On Walt Whitman, as Poet and Person*, 1867) 中写道："对多数读者而言，自然无非是一些布满鲜花的河岸，或夏日的云彩，或吸引人感官的漂亮景色。但对惠特曼而言，自然绝非如此。那是因为他纠正了这种给人以假象的、人为的自然，并且让我看到了真正的事物。我将这种现象誉为我们这个时代的文学盛事。"(Lyon, 1989: 65) 巴勒斯视惠特曼为"回归自然之人"，视《草叶集》为"自然之声"。他是惠特曼及其作品的终生拥护者。他所著的《惠特曼笔记》不仅是他本人出版的第一本书，也是有关这位诗人的第一本书。(Brooks, 1980: 9)

据说惠特曼的名作《最近紫丁香在庭院里开放的时候》(*When Lilacs Last in the Dooryard Bloomed*) 中画眉鸟的歌，就是来自巴勒斯的灵感。[1] 惠特曼则为巴勒斯的第一部自

---

[1] 据爱德华·J.雷内汉所著的传记《约翰·巴勒斯》一书所记载，1865年夏，刚从家乡返回华盛顿的巴勒斯，激动地向惠特曼讲述了自己在乡间爬山时听到的隐身画眉鸟的歌声。惠特曼做了笔记："此鸟常在落日后啼叫。……它离群索居……喜欢在隐秘处藏身。(转下页)

然散文集选定了书名《延龄草》(又译《醒来的森林》)。延龄草的原文是 Wake-Robin,由于巴勒斯通常被视为"鸟之王国的代言人",所以人们常把这一书名误认为"醒来的知更鸟"。但据巴勒斯在《延龄草》首版序言中所述,它是指北美早春时绽开的一种白色的小花,标志着所有候鸟的归来。(Burroughs,1904:ⅵ)从中,我们可见诗人惠特曼的含蓄与美感。从题目上来看,惠特曼的第一部诗集《草叶集》和巴勒斯的第一部自然散文集《延龄草》,宛若姊妹篇,象征着诗人与自然文学作家千丝万缕的联系。惠特曼认为,要用画家之眼、诗人之耳来捕捉和表达自然的力量、美丽和内涵。在他的影响下,巴勒斯也要用画家之眼、诗人之耳,来捕捉林地生活的诗情画意、鸟语花香:"蒲公英告诉我何时去寻找燕子,紫罗兰告诉我何时去等待林中的画眉。当我发现延龄草开花时,便知道春天已经开始了。这种花不仅表明知更鸟的苏醒……而且预示着宇宙的苏醒和自然的复原。"(Burroughs,1904:3-4)我们从《延龄草》的这段描述中,发现巴勒斯不仅是在描述自然界的风景,

---

(接上页)其歌声是一种圣歌……从不在农舍附近唱……从不在居住区唱。此鸟属于沉静的原始森林,属于神圣纯净的自然。"当时惠特曼正在创作悼念林肯的诗,于是他便将隐身画眉鸟低沉的哀鸣,作为献给林肯的诗的基调。(83)

而且在运用视觉和听觉同时呈现自然景象,两种手法交汇,形成了风景与声景,而这种风景与声景又在读者的内心引起了对春天来临的向往和满目春意的遐想……所以他呈现在读者面前的,是含有风景(landscape)、声景(soundscape)及心景(soulscape)的多维画面。这三景相互交织,形成了自然文学的独特之处,也衍生出独特的审美情趣和美学价值。

1873年,巴勒斯在哈德逊河西岸购置了一个九英亩的果园农场,并在那里亲手设计和修建了一幢石屋。他称之为"河畔石屋"。1895年他又在距"河畔石屋"西边一英里处的山间盖了一所简易的房子——"山间木屋"。巴勒斯一生的后四十八年几乎都是在这两处贴近自然的乡间小屋中度过的。在那里,他过着农夫与作家的双重生活,用锄头和笔在土地和白纸上书写着他的心愿。诚如研究自然文学的学者佩恩(Daniel G. Payne)所述:"在许多他的散文中,巴勒斯探索了其家乡的树林及原野,并通过这种方式(如同梭罗及其在马萨诸塞州康科德的探索一样)超越了当地局限,以此来探寻我们与自然的关系及我们当地的风景这个全球视野中的命题。"他继而补充道,巴勒斯这种强调"地域"及地方色彩的做法在如今再度时尚起来,正如眼下人们对生态地域主义的兴趣所表现的那样,而且"以当地的角度来思考"(thinking locally)就是"以全球的角度来思考"(thinking globally)。(Payne, 2008. XVI - XVII)而另一位当代美国学者汤姆·林奇(Tom Lynch)对此有更深刻的阐述。他在其著作《沙漠情结》(*Xerophilia*, 2008)中倡导一种以生态地域为焦点的审美传统,其中包括"生态地域文学"(bioregional literature)。他解释道:"生态地域文学,通过讲述地域的故事,激发对地域的想象,促使人们对地域风景特征的领悟,产生对地域的自豪,……有助于我们培养一种生态地域的想象,使我们明智地、充满幻想地、富有道义地生活于我们的生态区,从而对我们及我们所生活的地域问心无愧。"(Lynch, 2008: 19; 22)林奇阐述的生态地域文学实际上是将文学作为人与所居住地域进行沟通的媒介。从当代生态文学理论的角度来看巴勒斯,不难看出他超前的生态意识。巴勒斯的文章不同凡响的原因之一也正是这种"当地视野"与"全球视野的结合"。诗人惠特曼在给友人的信中称赞"巴勒斯掌握了一种真正的艺术——那种不去刻意追求、顺其自然的成功艺术。在成为作家之前,他首先是个农夫。那便是他成功的真谛"(Renehan, 1992: 171)。英国作家爱德华·卡彭特(Edward Carpenter)在其传记《我的岁月与梦想》(*My Days and Dreams, Being Autobiographical Notes*)中专有一节描述他在巴勒斯位于哈德逊河畔的家中访问的情景。巴勒斯给他的印象是："外表粗犷含蓄，像个农夫，如同森林中裸露的老树根，久经风霜。"在给惠特曼的信中，卡彭特对巴勒斯的描述更为形象："一个带着双筒望远镜的诗人。一个更为友善的梭罗。装束像农民，谈吐像学者，一位熟读了自然之书的人。"（Renehan，1992: 131）

巴勒斯在乡间的这两处小屋，不仅成为他研习自然、描述自然的背景，也成为他与热爱自然的同行交流的场所，以及培养新一代大自然弟子的基地。

巴勒斯被称为"山间木屋的圣人"（the Sage of Slabsides）。约翰·缪尔是巴勒斯邀请到"山间木屋"的首批客人之一。1896年，当巴勒斯得知西部的缪尔要在东北部停留几周时，便邀请他前往他的"山间木屋"。在被告知要在山间小屋里过夜时，缪尔说："在林子里随便找个地方就行，荒天野地就是我的家。"巴勒斯在随后的日记中这样描述缪尔："他是一位诗人，一位预言家。在他的眼中有一种远古的、深邃的目光。不同于梭罗，他无法只待在大自然的某一个角落。他必须让整个大陆成为他的游乐场。"（Renehan，1992: 205-206）

在"山间木屋"里，巴勒斯还接待了当时是《成功杂志》的记者，后来成为美国著名作家的西奥多·德莱塞

（Theodore Dreiser）。后者慕名而来，向隐居在山中的巴勒斯寻求"成功的真谛"。到"山间木屋"中来的还有当时的美国总统西奥多·罗斯福。他亲切地称巴勒斯为"亲爱的约翰大叔"（Dear Oom John）[1]。多年后巴勒斯在回忆罗斯福的那次访问时，生动地勾画出后者爬两英里山路到他的小屋时的情景："他（罗斯福）摩拳擦掌，像一匹参赛的马一样冲上了山头。"（Renehan，1992: 254）

当然，光顾"山间木屋"最频繁的还有附近瓦萨学院（Vassar College）的学生们。巴勒斯总是把这些将要成为教师的学生领到他的常青树林中和垂洒着瀑布的黑溪边。当学生们坐在石头上野餐时，他会站在"山间木屋"的台阶上告诫她们："不要成为暗室中的自然学家。""要学会在原野、在林间，寻求原始的、活生生的自然。"（Renehan，1992: 183）

不同于在自然中走马观花的文人墨客，巴勒斯不是自然画卷之外的旁观者，而是画中人，是自然中的一部分。从他的书中，我们感觉到由于发自内心的喜爱与乐趣而自然地潺潺流出的情感及文思。正如作者在本书前言中所述："写作此书的过程是我在原野或林中的再次度假或重享那些欢乐的

---

[1] 此处的"约翰"为巴勒斯的名。原文中的"Oom"是荷兰语，意为"大叔"。

时光。"他声称在林中观鸟是他"再访老朋友、结识新朋友的愉快经历","不同的鸟鸣像是故友在呼唤我的名字"。

所以,在阅读《醒来的森林》时,与其说我们在读书,不如说我们在随巴勒斯一起游历哈德逊山谷,结识不同的鸟儿,感受清新动人的森林,蹑手蹑脚、充满期待地探索大自然的奥妙。我们倾听林中鸟的音乐会;我们来到迷漫着原始气息的常青树林中,观察不同的鸟类筑巢的乐趣;我们来到林肯就职时离白宫仅两英里处的原野,那里当时还是鸟的天堂、野花的世界;我们在巴勒斯自己的小花园中,看到了在那里小憩的蓝鸲,听主人赞叹新大陆的阳光与天空为它染上的蓝天与大地的色泽,从而使它比其欧洲的"表兄"更为优秀……难怪美国19世纪作家、评论家詹姆斯·拉塞尔·洛厄尔(James Russell Lowell)曾感叹道:"似乎林中暮色及清新宁静的氛围使得他(巴勒斯)的书的读者无法自拔,只是一页页地翻阅,就会有夏日度假的感觉……"(Brooks,1980: 9)

巴勒斯的写作风格,还体现出当代自然文学中所运用的"叙事学术"这一术语:以叙事或讲故事的方式来解析文学作品(Slovic,2008: 28)。他捕捉住了林中一年内最美妙的时节——4月至8月:林中的鸟儿纷纷归来,红色的知更鸟、蓝色的冠兰鸦、金褐色的黄鹂、色彩斑斓的蜂鸟,从而使原本寂静的森林充满了欢乐与活力。他认为只有当他听到一只鸟的叫声时，才能了解它，因为鸟的歌声含有其生命的线索，并在它与听者之间建立起某种同情与理解的情感。他形象地表达出不同鸟类歌声的寓意：刺歌雀的歌声表达了欢乐，麻雀的歌声象征着忠诚，蓝鸫的歌声意味着爱情，灰猫嘲鸫的鸣叫表示着骄傲，白眼翔食雀的啾唧显露出羞涩，隐居画眉鸟的吟唱体现出精神的宁静，而知更鸟的叫声，则含有某种军人的庄重。他从不同鸟类的生活习性中观察到颇具人性的方面：在鸟的世界中，女权主义占着上风。雄鸟总是围着雌鸟转，雌鸟才是一家之长；他剖析出雄雌鸟不同的个性：前者的生活极富诗情与浪漫，后者的生活则充满了事务与责任。他展示出鸟类不同的脸谱：沉静庄严的金鹰、举止优雅的棕林鸫、冷漠无情的红眼雀、多嘴多舌的模仿鸟、小肚鸡肠的鹪鹩、温顺孤寂的杜鹃。一个鸟类的世界在他的笔下，竟有着如此生动的故事、活泼的画面、滑稽的闹剧、深奥的哲理……那是一片值得我们人类探索与借鉴的领域。

在《醒来的森林》中，我们还可以感受到独特的审美情趣及美学价值。这在作者描述他所喜爱的画眉鸟时尤为突出："一旦我走进林中，当鸟儿的歌声渐渐减弱，我面对着周围那静谧的林木沉思时，总会有一支曲子由林海深处传入我的耳际,那自然界中最优美的音乐——画眉鸟的歌声。我时常这样远远地听它歌唱,有时距它将近半英里远,这时只能听到它乐曲中那最强最美的部分。在那些鸫鹩和其他鸣禽的大合唱中,我总能察觉出这种悠然升起的清纯而沉静的声音,仿佛来自上苍某个遥远之处的一个精灵,以一曲神圣的歌儿在伴唱。这歌声在我心中激起了美感,并暗示一种自然中任何声音都不能给予的宁静而神圣的欢乐。"(Burroughs,1904:51)通过巴勒斯这段生动的描述,我们不妨可以说,在自然文学作家的心目中,自然已进入文学艺术的殿堂,成为历史与文化的载体。他们写的作品并不仅是对自然印象的简单复印,或者是纯粹地折射自然,而是把对自然的领悟与人类特有的智慧结合起来,用艺术的手法来解读自然。

如前所述,自然文学的主要特征之一就是土地伦理。自然文学将人类对自然的热爱和人类之间的亲情融为一体,将土地伦理转化为社会伦理,将对大地的责任转换为对社会的责任。它所称道的是大爱无疆、爱的循环。其实,这种人间的博爱,在东西方文化中都有所体现。生活在战国中期的庄子在《齐物论》中就提倡"吾丧我"的境界,打破自我中心,天地与我并生,而万物与我为一(陈鼓应,38)。梭罗则在《瓦尔登湖》"孤寂"(Solitude)一章中引用了《论语》中的格言："德不孤,必有邻。"(Miller,1991: 1180)托尔斯泰也认为,艺术只有当它具有一种道德目的时才是好的。康德则更明确地阐述了美学与伦理道德的关系,他在《实践理性批判》的结论中归纳道:"有两样东西,我们愈经常持久地加以思索,它们就愈使心灵充满日新又新、有加无已的景仰和敬畏:在我之上的星空和居我心中的道德法则。"他还更明确地说道:"美是道德的善的象征。"(《判断力批判》)我们不妨说,自然文学所体现出的不仅是自然美,还有通过人的心灵感悟所产生的动人的美感及道德和精神的升华。自然文学是自然美与艺术美的结合,是优美和壮美的联姻,是自然之美与伦理道德的交融。而巴勒斯更是用感人的语言诠释了这一美学理念:

"属于自己一个人的风景,终究会成为某种本人的外在部分;他已经把自己像种子似的播撒在这片土地上,而它将反映出他自己的心境和感情,他与这整片的土地息息相关:砍那些树,他会流血;损坏那些山,他会痛苦。"(Buell,1996)从巴勒斯的肺腑之声中,我们感受到他已经把周围的自然景物看作自我的外在表现,他的心境和情感已与外在的自然紧密相连。土地和树木不再是无知麻木的物质,它们已被热爱和描写它们的人注入了情感,成了一片精神的风景。读着《醒来的森林》,使我们有这样一种感觉:即使身居闹市的人，知道在世界上的某个地方，仍有着一片荒野，那么，哪怕暂时无法亲身去体验，也能够在精神上不断地去光顾那方令我们沉静的圣土，并且在心中存着一份希望，一种内心世界与外在世界休戚与共、生死相依的意念。

巴勒斯去世后，美国设立了约翰·巴勒斯纪念协会（John Burroughs Memorial Association）。该协会每年4月在巴勒斯生日之际向在自然文学创作中有突出贡献者颁发约翰·巴勒斯奖章，同时举行有关巴勒斯生平作品研究的各种学术活动。巴勒斯的"山间木屋"还作为国家历史遗址受到保护，并定期开放，举行自然文学研讨会。在美国，有十一所学校以巴勒斯的名字而命名。

淡化自我，贴近自然，以一种更加淳朴、更容易被普通大众接受的形式来描述自然，这或许就是世纪之交自然文学的一个特点。巴勒斯的著作为成千上万的年轻读者打开了一扇通向自然王国的窗口。老年时的巴勒斯曾说："每当我看到年轻人那样（肩背露营装备）在乡间跋涉时，便常常暗自得意，或许是我的书把他们送上了路。"（Brooks, 1980: 11）

（程虹，首都经济贸易大学英语教授，研究方向为美国自然文学及生态批评。）

参考文献

［美］约翰·巴勒斯，《醒来的森林》，生活·读书·新知三联书店，2004年。

陈鼓应，《庄子今注今译》（上），中华书局，2011年。

程虹，《美国自然文学三十讲》，外语教学与研究出版社，2013年。

［德］康德，《判断力批判》（上），商务印书馆，2009年。

［德］康德，《实践理性批判》，商务印书馆，2009年。

［英］安东尼·肯尼，《牛津西方哲学史》（四），吉林出版集团有限责任公司，2010年。

程虹，《自然文学的美学价值》，载《外国文学》2016年第四期。

程虹，《自然文学的三维景观：风景、声景及心景》，载《外国文学》2015年第六期。

Brooks, Paul. *Speaking for Nature: How Literary Naturalists from Henry Thoreau to Rachel Carson Have Shaped America*. Boston: Houghton Mifflin Company, 1980.

Buell, Lawrence. *The Environmental Imagination: Thoreau, Nature Writing, and the Formation of American Culture*. second printing, Cambridge: Harvard University Press, 1996.

Burroughs, John. *Wake-Robin, The Writings of John Burroughs*. Vol. I. Boston: Houghton Mifflin Company, 1904.

——*Signs & Seasons*. Syracuse: Syracuse University Press, 2006.

Finch, Robert and Elder, John. eds. *Nature Writing: The Tradition in English*. New York: W. W. Norton & Company, 2002.

Hart, James D. *The Oxford Companion to American Literature*. New York: Oxford University Press, 1995.

Highland, Chris. *Meditations of John Burroughs: Nature is Home*. Charleston: BookSurge Publishing, 2007.

Kanze, Edward. The world of John Burroughs: The Life and Work of One of America's Greatest Naturalists. Sierra Club Books, San Francisco. Published in conjunction with Radom House,. Inc., New York.,1999.

Lutts, Ralph H. *The Nature Fakers: Wildlife*, Science & Sentiment. Golden, Colo.: Fulcrum Publishing, 1990.

Lynch, Tom. *Xerophilia: Ecocritical Explorations in Southwestern Literature*. Lubbock, TX: Texas Tech University Press, 2008.

Lyon, Thomas J. ed. *This Incomperable Lande: A Book of American Nature Writing*. Boston: Houghton Mifflin Company 1989.

Marshall, Ian and Taylor, David. " A Catskills Dialogue: Looking for John Burroughs, from Wake Robin to Slabsides," *ISLE* Vol. 13.1.

Winter, 2006.

Miller, James E., Jr. ed. *Heritage of American Literature: Beginnings to the Civil War*. Vol. I. San Diego: Harcourt Brace Jovanovich, Inc, 1991.

Payne, Daniel G. ed. *Writing the Land: John Burroughs and His Legacy*. Newcastle: Cambridge Scholars Publishing, 2008.

Renehan, Edward J., Jr. *John Burroughs: An American Naturalist*. Post Mills, Vermont: Chelsea Green Publishing Company, 1992.

Ronald, Ann. ed. *Words for the Wild*. San Francisco: Sierra Club Books, 1987.

Scheese, Don. *Nature Writing: the Pastoral Impulse in America*. New York: Twayne Publishers, 1996.

Slovic, Scott. *Going Away to Think: Engagement, Retreat, and Ecocritical Responsibility*. Reno: University of Nevada Press, 2008.

Thomson, Roger, and J. Scott Bryson, eds. *Dictionary of Literary Biography: American Nature Writers*, Volume 275. Detroit: The Gale Group, Inc., 2003.

Warren, James. *John Burroughs and the Place of Nature*. Athens: University of Georgia Press, 2006.

Whitman, Walt. *Specimen Days*. Boston: David R · Godine Publisher, 1971.

进一步阅读书目

约翰·巴勒斯著作

Notes on Walt Whitman as Poet and Person（1867）

Wake Robin（1871）

Winter Sunshine（1875）

Birds and Poets（1877）

Locust and Wild Honey（1879）

Pepacton（1881）

Fresh Fields（1884）

Signs and Seasons（1886）

Indoor Studies（1889）

Riverby（1894）

Whitman: A Study（1896）

The Light of Day（1900）

John James Audubon（1902）

Literary Values and Other Papers（1902）

Far and Near（1904）

Ways of Nature(1905)

Bird and Bough(1906)

Camping and Tramping with Roosevelt(1907)

Leaf and Tendril(1908)

Time and Change(1912)

The Summit of the Years(1913)

The Breath of Life(1913)

Under the Apple Tree(1916)

Field and Study(1919)

Accepting the Universe(1920)

Under the Maples(1921)

The Last Harvest(1922)

My Boyhood, with a conclusion by Julian Burroughs(1922)

John Burroughs Talks: His Reminiscences and Comments(Clifton Johnson, editor, 1922)

The Heart of Burroughs's Journals(Clara Barrus, editor, 1928)

相关文献

Barrus, C. *Our Friend, John Burroughs*. Boston: Houghton Mifflin, 1914.

—— *John Burroughs, Boy and Man*. Garden City, N.Y.:

Doubleday, Page & Company, 1921.

——*The Life and Letters of John Burroughs*. 2 vols. Boston: Houghton Mifflin, 1925.

——*The Heart of Burroughs's* Journals. Boston: Houghton Mifflin, 1928.

——*Whitman and Burroughs: Comrades*. Boston: Houghton Mifflin, 1931.

Begiebing, Robert J. and Grumbling, Owen. eds., *The Literature of Nature: The British and American Traditions*. Medford, NJ.: Plexus Publishing, Inc., 1990.

Bergon, Frank, ed. *A Sharp Lookout: Selected Nature Essays of John Burroughs*. Washington, D.C.: Smithsonian Institution Press,1987.

Brooks, Paul. *Speaking for Nature: How Literary Naturalists from Henry Thoreau to Rachel Carson Have Shaped America*. San Francisco: Sierra Club Books, 1980.

Buell, Lawrence. *The Environmental Imagination: Thoreau, Nature Writing, and the Formation of American Culture*. second printing, Cambridge: Harvard University Press, 1996.

Burroughs, Julian. *Hudson River Memories*. West Park, New York: Riverby Books, 1987.

——*Recollections of John Burroughs*. West Park, New York:

Riverby Books, 1992.

Clarke, James Mitchell. *The Life and Adventures of John Muir*. San Francisco: Sierra Club Books, 1980.

Davis, Charles E. *Harvest of a Quiet Eye*. Madison, Wisc.: Tamarack Press, 1976.

DeLoach, R.J.H. *Rambles with John Burroughs*. Boston: Gorham Press, 1912.

Evers, Alf. *The Catskills: From Wilderness to Woodstock*. Woodstock, New York: Overlook Press, 1972.

Finch, Robert and Elder, John. eds. *Nature Writing: The Tradition in English*. New York: W. W. Norton & Company, 2002.

Fleck, Richard, ed. *Deep Woods: John Burroughs*. Syracuse, New York: Syracuse University Press, 1990.

Foerster, Norman. *Nature in American Literature*, New York: Russell and Russell, 1958.

Ford, Henry, in collaboration with Samuel Crowther. *My Life and Work*. Garden City: Garden City Publishing Company, 1926.

Freitzell, Peter A. *Nature Writing and America: Essays upon a Cultural Type*. Iowa: Iowa State University Press, 1990.

Garland, Hamlin. *Back-Trailers from the Middle Border*. New York: MacMillan, 1928.

——*Roadside Meetings*. New York: MacMillan, 1930.

Glotfelth, Cheryll & Fromm, Harold. eds. *The Ecocriticism Reader*. Athens, Georgia: the University of Georgia Press, 1996.

Goetzmann, William H. and Kay Sloan. *The Harriman Expedition to Alaska*, 1899. Princeton: Princeton University Press, 1982.

Griffin, Irma Mac. *The History of the Town of Roxbury*. Roxbury: Roxbury Historical Society, 1975.

Haring, H.A. *Our Catskill Mountains*. New York: G.P. Putnam's, 1931.

——ed. *The Slabsides of John Burroughs*. Boston: Houghton Mifflin, 1931.

Hicks, Philip M. *The Development of the Nature History Essay in American Literature*. Philadelphia: University of Pennsylvania Press, 1924.

Hubbard, Elbert. *Old John Burroughs*. East Aurora, New York: The Roycroft Shop, 1901.

Huth, Hans. *Nature and the American: Three Centuries of Changing Attitudes*. Berkeley: University of California Press, 1957.

Jackson, Wes. *Becoming Native to This Place*. Washington, D.C.: Counterpoint, 1994.

Johnson, Clifton, ed. *In the Catskills*. Boston: Houghton Mifflin,

1910.

——*John Burroughs Talks: His Reminiscences and Comments.* Cambridge, Mass.: Riverside Press, 1922.

Kanze, Edward. *The World of John Burroughs*. San Francisco: Sierra Club Books, 1999.

Keith, W. J. *The Rural Tradition: A Study of the Non-fiction Prose Writers of the English Countryside*. Toronto : University of Toronto Press, 1974.

Kelley, Elizabeth Burroughs. *John Burroughs, Naturalist*. West Park, New York: Riverby Books, 1987.

—— *John Burroughs's Slabsides*. West Park, New York: Riverby Books, 1987.

Kennedy, William Sloane. *The Real John Burroughs*. New York: Funk and Wagnalls, 1924.

Kligerman, Jack, ed. *The Birds of John Burroughs*. Woodstock, N.Y.: Overlook Press, 1976.

Kline, David. *Great Possessions*. New York: North Point Press, 1990.

Leopold, Aldo. *A Sand County Almanac and Sketches Here and There*. New York: Oxford University Press, 1949.

Love, Glen. *Practical Ecocriticism: Literature, Biology, and the Environment*. Charlottesville: University of Virginia Press, 2003.

Lutts, Ralph H. *The Nature Fakers*. Golden, Colorado: Fulcrum Publishing, 1990.

Lyon, Thomas J. ed. *This Incomperable Lande: A Book of American Nature Writing*. Boston: Houghton Mifflin Company 1989.

Marshall, Ian and Taylor, David. "A Catskills Dialogue: Looking for John Burroughs, from Wake Robin to Slabsides," *ISLE* Vol. 13.1. Winter, 2006.

Matthiessen, F. O. *American Renaissance: Art and Expression in the Age of Emerson and Whitman*. London: Oxford University Press, 1946.

McKibben, Bill, ed. *Birch Browsings: A John Burroughs Reader*. New York: Penguin Books, 1992.

Melham, Tom. *John Muir's Wild America*. Washington D.C.: National Geographic Society, 1976.

Miller, Perry. *Nature's Nation*. Cambridge, Massachusetts: The Belknap Press of Harvard University Press. 1967.

Nabhan, Gray. *The Desert Smells Like Rain*. San Francisco: North Point Press, 1982.

Nash, Roderick Frazier. *Wilderness and the American Mind*. fifth edition. New Haven & London: Yale University Press, 2014.

Osborne, Clifford Hazeltine. *The Religion of John Burroughs*. Cambridge, Mass.: Riverside Press, 1930.

Paul, Sherman. *For Love of the World: Essays on Nature Writers*. Iowa City: University of Iowa Press, 1992.

Payne, Daniel G. ed. *Writing the Land: John Burroughs and His Legacy*. Newcastle: Cambridge Scholars Publishing, 2008.

Peattie, Donald Culross. *The Natural History of Trees of Eastern and Central North America*. Boston: Houghton Mifflin, 1948.

Perkins, William D. *Indexes to the Collected Works of John Burroughs*. New York: John Burroughs Association, 1995.

Renehan, Edward J., Jr., ed. *A River View and Other Hudson Valley Essays*. Croton-on-Hudson, New York: North River Press, 1981.

—— *John Burroughs: An American Naturalist*. Hensonville, New York: Black Dome Press, 1992.

Riordan, Roger. "John Burroughs," in *Authors at Home*. J.L. Gilder and J.B. Gilder, eds. New York: A. Wessels and Company, 1905.

Ronald, Ann. ed. *Words for the Wild*. San Francisco: Sierra Club Books, 1987.

Sanders. Scott Russell. *Staying Put: Making a Home in a Restless World*. Boston: Beacon Press, 1993.

Scheese, Don. *Nature Writing: The Pastoral Impulse in America*. New York: Twayne Publishers, 1996.

Sharp, Dallas Lore. *The Seer of Slabsides*. Boston: Houghton

Mifflin, 1921.

—— *The Boy's Life of John Burroughs*. New York: The Century Company, 1928.

Shatraw, Harriet. *John Burroughs: Famous Naturalist.* Charlottesville, New York: Sam Har Press, 1972.

Swift, Hildegarde Hoyt. *The Edge of April*. New York: William Morrow & Company, 1957.

Tallmadge, John. "Rediscovering John Burroughs." Keynote address at the Sharp Eyes III Conference, Oneonta, New York, June, 2004.

Teale, Edwin Way. *Days Without Time*. New York: Dodd, Mead and Company, 1948.

Turner, Frederick. *Spirit of Place: The Making of an American Literary Landscape.* Washington, D.C.: Island Press, 1992.

Wadsworth, Ginger. *The Sage of Slabsides*. New York: Clarion Books, 1997.

Walker, Charlotte Zoë, ed. *Sharp Eyes: John Burroughs and American Nature Writing*. Syracuse, New York: Syracuse University Press, 2001.

—— ed. *The Art of Seeing Things*. Syracuse, New York: Syracuse University Press, 2002.

Welker, Robert Henry. *Birds and Men*. New York: Atheneum

Books, 1966.

Williams, Terry Tempest. *An Unspoken Hunger*. New York: Pantheon Books, 1994.

——*The Hour of the Land: A Personal Topography of American's National Parks*. New York: Sarah Crichton Books, 2016.

作家生平及创作年表

1837年　4月3日,约翰·巴勒斯出生于美国纽约州西卡茨基尔山区的罗克斯伯里镇(Roxbury)。其父母在那里拥有一个三百英亩的乳牛场。巴勒斯是十个兄弟姐妹中的第七子。

1854年　巴勒斯离开家乡,在哈德逊河谷、卡茨基尔山区及新泽西州等地的社区教书。此时他对系统地研究鸟类及野花产生兴趣,并开始阅读拉尔夫·沃尔多·爱默生(Ralph Waldo Emerson)的著述。

1857年　时年二十岁。回到纽约,9月12日与厄休拉·诺斯(Ursula North)结婚。婚后在纽约州海福尔斯(High Falls)教书。

1859年　在新泽西州纽瓦克(Newark)教书。为《星期六新闻报》(*Saturday Press*)撰稿。

1860年　11月,在《大西洋月刊》(*The Atlantic Monthly*)发表《表述》(*Expression*)一文。

1861年　开始为《纽约领袖》(*The New York Leader*)撰文并由

此结识一位当时小有名气的诗人及散文作者迈伦·本顿（Myron Benton）。两人都对爱默生、梭罗（Henry D. Thoreau）及惠特曼（Walt Whitman）充满敬佩。

1863年　夏天与本顿及另外一位朋友在阿迪朗达克山脉（the Adirondacks）进行了为时两周的野营。其结果是巴勒斯写就了其最精彩的散文之一《阿迪朗达克山脉》，此文继而收入他的首部自然散文集《醒来的森林》之中。同年结识爱默生。辞去教职。搬家到华盛顿特区，结识了惠特曼，两人成为终生的挚友。

1864年　1月8日开始任职于美国财政部。

1867年　时年三十岁。第一本书《惠特曼笔记——诗人及其人》（*Notes on Walt Whitman, as Poet and Person*）出版。

1871年　第一部自然散文集《醒来的森林》（*Wake-Robin*）出版。首次游历英国并在那里与卡莱尔（Thomas Carlyle）、罗塞蒂（William Michael Rossetti）等人会面。描述此次英伦之行的四篇散文以《10月出国游记》为题收入他于1875年出版的第三本书《冬日的阳光》。

1872年　12月31日，从财政部辞职。

1873年　1月1日，成为纽约州米德尔敦（Middletown）的银行破产事务官（bank receiver）。他购买了位于纽约州韦斯特帕克（West Park）的一个果园并开始在那里建造一座石屋。

1874年　搬至新居,后来将之命名为"河畔石屋"(Riverby)。

1875年　《冬日的阳光》(*Winter Sunshine*)一书出版。

1876年　5月,开始撰写日记,几乎每天都记日记的习惯一直保持到他去世。

1877年　时年四十岁。《鸟与诗人》(*Birds and Poets*)一书出版,此书既有自然散文又有文学评论,旨在表明自然写作与文学写作相辅相成、相互影响的关系,并将这两种写作形式融为一体。

1878年　朱利安·巴勒斯(Julian Burroughs)出生。

1879年　第四本书《蝗虫与野蜜》(*Locust and Wild Honey*)一书出版。

1881年　《河上漂流记》(*Pepacton*)一书出版。"山间石屋"(Bark Study)建成。

1882年　第二次游历英国,拜访威廉·华兹华斯,拜谒卡莱尔墓地及英国博物学家吉尔伯特·怀特(Gilbert White)在塞尔伯恩的墓地。

1884年　《新鲜的原野》(*Fresh Fields*)一书出版。此书共十一章,主要以其第二次英伦之行为主题,兼述文学及自然史、英美不同的风景及文化视野。

1885年　结束银行破产事务官工作。此后,巴勒斯成为一位全职作家和农夫。

1886年　《迹象与季节》(*Signs and Seasons*)一书出版。此书所述的事物繁多,包括鸟类、森林、海滨、哈德逊河、缅因荒野、哈德逊河谷及卡茨基尔山脉的优美田园风光、博物学家的方法及目标等,充分体现出巴勒斯的多种才能。

1887年　时年五十岁。巴勒斯第一本为学童编著的文集《鸟类与蜜蜂》(*Birds and Bees*)出版。随后,他又陆续编著了多本此类文集。

1889年　《闭门研读》(*Indoor Studies*)一书出版。不同于巴勒斯所著的那些"野外文集"(out of door papers),此书的主题是评述爱默生、梭罗、吉尔伯特·怀特等人以及英国作家阿诺德(Matthew Arnold)对爱默生与卡莱尔的评论等。书的最后有八篇题目宽泛的散文。尽管如此,此书的字里行间仍体现出作者对自然的关爱。

1892年　惠特曼去世。巴勒斯是其扶灵者之一。

1893年　在纽约市的一个文学晚宴上,结识了约翰·缪尔(John Muir),由此,开始了两人长达二十年的友谊。

1894年　《河畔石屋》(*Riverby*)一书出版。巴勒斯原本以为此书是其"野外文集"的最后一本。此书的写作风格更加开阔,令人耳目一新。书中作者让儿子朱利安以"乡村男孩"的身份出现,来表达年轻一代观察自然的心声,以讲故事的方式来教育年轻一代热爱自然。

1895年　建造山中木屋（Slabsides）。编辑出版吉尔伯特·怀特的《塞尔伯恩的自然史》（*The Natural History of Selborne*）。

1896年　《惠特曼研究》（*Whitman, A Study*）一书出版。

1897年　时年六十岁。

1899年　时年六十二岁的巴勒斯将注意力转向探险，参加哈里曼组织的阿拉斯加探险（Harriman Alaska expedition）。作为官方的历史学家，巴勒斯写了《阿拉斯加：探险叙述》作为《哈里曼阿拉斯加探险丛书1901—1914》十二卷的首篇。

1900年　《日光》（*The Light of Day*）一书出版。此书的主题为科学与宗教的关系。巴勒斯以对宗教的感知力及美学的鉴赏力为途径，向人们表述了科学的理论及知识。

1901年　编辑出版诗集《自然之歌》（*Songs of Nature*）。埃尔伯特·哈伯德（Elbert Hubbard）所著传记《老约翰·巴勒斯》（*Old John Burroughs*）出版。

1902年　《文学价值》（*Literary Values*）和《奥杜邦传》（*Life of Audubon*）出版。前者是巴勒斯最重要的一部文学评论。身为评论家及自然文学作家，巴勒斯以博物学家的眼光来看待解析诸如爱默生、梭罗、吉尔伯特·怀特、卡莱尔、华兹华斯、阿诺德及丁尼生（Alfred Tennyson）等人。堪称其本人一生的阅读、思索及写作的结晶。同年赴牙买加游历。

1903年　自然造假者争论（Nature faking controversy）开始。同西奥多·罗斯福总统一起考察黄石公园。7月，罗斯福总统到巴勒斯的山间木屋做客。

1904年　《远与近》（*Far and Near*）一书出版，前部分主要记述巴勒斯的阿拉斯加及牙买加之行，可谓"远"。结尾处是几篇诸如《我的小木屋周围的野生动物》的散文，可谓"近"。

1905年　《自然之道》（*Ways of Nature*）一书出版。作者在此书的序言中表明，此书在语气及风格上与之前散文略有不同，这本文集的主题是动物的智能。

1906年　诗集《鸟与树》（*Bird and Bough*）一书出版。该书收集了巴勒斯的三十四首诗，包括被公认为的最佳诗作《等待》（*Waiting*）。

1907年　时年七十岁。《与罗斯福一起露营和跋涉》（*Camping and Tramping with Roosevelt*）一书出版，主要记述了年迈的巴勒斯与时年四十五岁的罗斯福于1903年共游黄石公园的经历。

1908年　《叶与蔓》（*Leaf and Tendril*）一书出版。在此书中，巴勒斯收集了一些关于"野外"（outdoor）的自然散文作为"叶"，又加入了一些"室内"（indoor）的哲学思索作为"蔓"。

1909年 历经十年,巴勒斯与约翰·缪尔在美国西部再度重逢。他们与克拉拉·巴鲁斯(Clara Barrus)等友人一起到石化森林(the Petrified Forest)、大峡谷(the Grand Canyon)及莫哈韦沙漠(the Mojave Desert)旅行。后又去夏威夷威基基海滩(Waikiki)冲浪。

1910年 接受耶鲁大学荣誉博士学位。

1911年 接受科尔盖特大学(Colgate)荣誉博士学位。

1912年 时年七十五岁。《时光及变化》(*Time and Change*)一书出版。此书主要记述1909年巴勒斯的西部之行及夏威夷之行。他以"地质学家的眼光"来观察并认知宇宙,其中不乏对科学的信奉、对自然的崇拜以及作者本人的哲思。R. J. H. 德洛克(R. J. H. Deloach)所著的《与约翰·巴勒斯一起漫步》(*Rambles with John Burroughs*)出版。

1913年 《岁月之巅》(*The Summit of the Years*)一书出版。此书的书名体现出巴勒斯本人进入暮年的情感。包含了巴勒斯一些最佳的自然散文,如他在书中所述:"活得越久,我的心就会越沉浸于这个世界的美丽与奇妙之中。"结识亨利·福特(Henry Ford)。

1914年 赴佛罗里达探访福特和托马斯·爱迪生(Thomas Edison)。克拉拉·巴鲁斯所著的《我们的朋友约翰·巴勒斯》(*Our Friend John Burroughs*)出版。

1915年　《生命之息》(*The Breath of Life*)一书出版。在书中，巴勒斯通过其花园中的一种杂草——牛蒡——百折不挠的生命力，揭示了生命的奥妙及神奇，表达了生物只要一息尚存便生命不息的哲理。此书一经出版，便受到广泛好评。接受佐治亚大学荣誉博士学位。

1916年　《苹果树下》(*Under the Apple Tree*)一书出版。书名出自此文集的首篇文章，因为此书中收集的散文多数都是作者在其果园苹果树下的营帐中写就，主要阐述的是有关地质学、自然史及科学等主题，充满了哲学的思索。巴勒斯被美国艺术文学学会(American Institute of Arts and Letters)授予金质奖章。

1917年　时年八十岁。与亨利·福特一同赴古巴旅行。妻子厄休拉·巴勒斯去世。

1919年　《田野及研究》(*Field and Study*)一书出版。此书上半部依然是描述鸟类、昆虫及动物的自然散文，后半部则是有关文学、宗教、科学及进化论等更广泛的主题。书中一篇散文的题目——《旧地新识》(*New Gleanings in Old Fields*)，堪称此书的点睛之笔。

1920年　时年八十三岁。《接受宇宙》(*Accepting the Universe*)一书出版。书中共收入四十二篇散文，多以描述自然界或宇宙的壮美与奇妙为主。巴勒斯倡导人们信奉自然，并以乐观的态度看待生命。作者以《宇宙的诗人惠特曼》为全书结尾。克拉拉·巴鲁斯（Clara Barrus）所著的传记《约翰·巴勒斯：男孩与男人》（*John Burroughs: Boy and Man*）一书出版。

1921年 3月29日巴勒斯在俄亥俄州的一列火车上去世。遗作《枫树下》（*Under the Maples*）出版。此书写于作者离世两年前。在大地回春、众鸟归来时，年迈的巴勒斯在他位于哈德逊河畔农场的枫树林中写下了这些散文，其中有对身边自然景物的描写、对生命起源的探索，也有1921年在美国加利福尼亚州过冬的记忆，还有与时任总统罗斯福在后者位于弗吉尼亚林中小木屋周边观鸟的经历等。达拉斯·罗尔·夏普（Dallas Lore Sharp）所著的《山间木屋的预言者》（*The Seer of Slabsides*）一书出版。

1922年 遗作《最后的收获》（*The last Harvest*）和《我的少年时代》（*My Boyhood*）出版。前者的前半部主要评论爱默生、梭罗、惠特曼、达尔文及法国哲学家柏格森（Henri Bergson）及其著述，后半部分的散文则表明了作者在行将离世时的天鹅绝唱。后者是巴勒斯在七十六岁时与儿子朱利安共同撰写的回忆录，上半部是巴勒斯本人对自己出生及成长的那片土地充满情感的回忆，后半部由朱利安写就，其中包括多封父亲给他的来信，以及他对其父的描述。克利夫顿·约翰逊（Clifton Johnson）编辑出版《约翰·巴勒斯之言谈》(*John Burroughs Talks*)一书。

1924 年　威廉·斯隆·肯尼迪（William Sloane Kennedy）所著《真实的约翰·巴勒斯》(*The Real John Burroughs*)出版。

1925 年　克拉拉·巴鲁斯所著两卷《约翰·巴勒斯的生平与其著作》(*The Life and Letters of John Burroughs*)出版。

1926 年　首个自然文学约翰·巴勒斯奖章授予美国博物学家及探险家威廉·毕比（William Beebe，1877—1962）。

1928 年　克拉拉·巴鲁斯编辑的《约翰·巴勒斯日记之精髓》(*The Heart of Burrough's Journal*)和达拉斯·罗尔·夏普（Dallas Lore Sharp）所著《约翰·巴勒斯的少年生活》(*The Boy's Life of John Burroughs*)出版。

1930 年　克利福德·哈泽尔丁·奥斯本（Clifford Hazeldine Osborne）所著《约翰·巴勒斯的宗教》(*The Religion of John Burroughs*)出版。

1931 年　哈林（H.A. Haring）编辑的《约翰·巴勒斯的山间木屋之书》(*The Slabsides Book of John Burroughs*)和克拉拉·巴鲁斯的《惠特曼和巴勒斯，志同道合》(*Whitman and Burroughs, Comrades*)出版。

1951 年　法里达·威利（Farida Wiley）编辑、弗朗西斯·李·贾克斯（Francis Lee Jaques）配图的《约翰·巴勒斯的美国》

(*John Burroughs's America*)出版。

1959 年 伊丽莎白·巴勒斯·凯利（Elizabeth Burroughs Kelley）的《约翰·巴勒斯：博物学家》(*John Burroughs: Naturalist*)出版。

1968 年 山间石屋（The Bark Study）、山间木屋（Slabsides）和土拨鼠小屋（Woodchuck Lodge）被列为美国国家历史地标（National Historic Landmark）。

1974 年 佩里·韦斯特布鲁克（Perry Westbrook）所著的《约翰·巴勒斯传》(*John Burroughs*)出版。

1976 年 杰克·克里格曼（Jack Kligerman）编辑的《约翰·巴勒斯作品中的鸟》(*The Birds of John Burroughs*)出版。

1978 年 巴德学院（Bard College）在纽约的安南戴尔举办"纪念约翰·巴勒斯研讨会"。

1982 年 瓦萨学院（Vassar College）购买约翰·巴勒斯日记集。

1983 年 瓦萨学院和纽约州立大学新帕尔兹分校（The State University of New York at New Paltz）赞助举办约翰·巴勒斯研讨会。

1987 年 弗兰克·伯贡（Frank Bergon）编辑的巴勒斯自然文学散文集《敏锐的观察者》(*A Sharp Lookout*)由史密森学会出版社（The Smithsonian Institution Press）出版。纽约州将卡茨基尔山的斯莱德峰（Slide）、维滕贝格峰

（Wittenberg）和康奈尔峰（Cornell）命名为"巴勒斯山脉"（The Burroughs Range）。

1992年　小爱德华·勒内汉（Edward Renehan, Jr）的《约翰·巴勒斯——一位美国博物学家》（*John Burroughs: An American Naturalist*）出版。

1996年　爱德华·坎泽（Edward Kanze）的《约翰·巴勒斯的世界》（*The World of Burroughs*）出版。

2000年　夏洛特·佐薇·沃克（Charlotte Zoe Walker）编辑的巴勒斯自然文学散文集《敏锐的观察者：约翰·巴勒斯及美国自然文学》（*Sharp Eyes: John Burroughs and American Nature Writing*）出版。此文集旨在探索巴勒斯的人生及性格，一个身为作家的巴勒斯以及他与爱默生、梭罗、惠特曼及缪尔的关系。

2001年　夏洛特·佐薇·沃克编辑的巴勒斯文集《观看的艺术》（*The Art of Seeing Things*）出版。不同于前一部文集，此文集体现了巴勒斯令人赞叹的写作视野，其中包括宗教、哲学、自然保护及农事等。

2006年　詹姆斯·沃伦（James Warren）的关于巴勒斯的传记《约翰·巴勒斯及自然之地》（*John Burroughs and the Place of Nature*）出版。该书展示出在工业化及城市化兴盛的美国，巴勒斯是如何引导美国大众"重返自然"，寻求自然与文化、荒野与文明之间的平衡的。同时，也通过分析巴勒斯与爱默生、梭罗、惠特曼、缪尔及西奥多·罗斯福的关系，来展示19世纪末及20世纪初自然文学的现状及趋势。

2007年 克里斯·海兰编著的巴勒斯关于自然与心灵的书《约翰·巴勒斯的冥想：自然是家园》（*Meditations of John Burroughs: Nature is Home*）出版。该书从巴勒斯的著述中选择了六十则他与自然进行心灵交流的引语。从而说明巴勒斯向往的是"一种旷野宗教之感"，那种由理性、科学以及文明驱使的"神圣的理想"。进而得出结论：生机勃勃的荒野可以滋养充满自由的、野性的心灵及精神。

2008年 丹尼尔·G. 佩恩（Daniel G Payne）编辑的《书写大地：约翰·巴勒斯及其传承》（*Writing the Land: John Burroughs and His Legacy*）出版。此书由三部分组成。第一部分的文章旨在描写约翰·巴勒斯、其所生活和经常描述的哈德逊山谷及卡茨基尔山区的风景以及他对自然文学的影响；第二部分收集了几位像巴勒斯那样以自己所处的特定地域作为描写对象的作家的作品；第三部分则由三位著名自然文学作家的文章所组成，这些文章分别评述了市区、郊区及乡村三个区域的自然写作，从而展示了自然文学的多维层面。

醒来的森林

Wake-Robin

首版序

这是一本关于鸟的书。确切地说,是邀请人们研习鸟类学的书。此书将展示作者的意图:唤醒和激发读者对自然史这一分支的兴趣。

尽管在写作此书的过程中,作者因对鸟的热爱和熟知而挥洒自如,并不是古板地进行精确的科学阐述。但是,书中绝无随意歪曲事实的情况或任凭作者的想象而给人以假象或粉饰事实。此书的收获是在林间原野而不是在书房。事实上,我所奉献给读者的,是通过精确的观察与体验而做出的细心严谨的记录,因此,如它所述,每一个字又都是真实的。然而,在鸟类学中使我最感兴趣的莫过于寻找、追踪与发现,其中的乐趣与狩猎、垂钓和野外活动相似。无论我去何处,它都伴随我的视觉与听觉而至。

我无法十分自信地回答某位诗人的询问:

"你不用猎枪就能说出所有鸟的名字吗?"

但是我能做到的,是使人们了解我听到的"黎明时在赤杨树枝上唱歌"的麻雀以及那"河流与天空"。或者说我试图呈现一只活生生的鸟,一只在林中或原野中的鸟,带着它所处的氛围与景物,而不仅仅是一只被填充和归类的鸟标本。或许我应当寻求一个更为明了的书名。但是由于难以实现这一愿望,我反复地斟酌,想用一个词来涵盖全书的氛围与神魄。我找到了"延龄草"一词:这是一种白色延龄草属的通俗名称。它在我们所有的林中开放,并标志着所有鸟儿的归来。[1]

约翰·巴勒斯

---

[1] 作者的意图是通过"延龄草",一种初春开放的白色小花,来暗示众鸟归来、森林与大地苏醒。根据此意及全书的内容,中文版书名译为《醒来的森林》。——译注

修订版序

在我的作品新版本将要面世之际,我要对已经熟悉的读者们说些什么来加深我们之间的了解呢?或许什么都不必说。我们彼此已经十分了解。我作为向导向读者介绍了野外的一些活动和户内的些许事情。依我看,读者已经接受了我,而且,总的来看,对我的满意程度比我预想的还要好。对此我当然心存感激。那为什么还要多说呢?既然我现在已经开始说了,那我就用闲聊的方式,再赘言几句。

自我的第一本书《醒来的森林》出版至今,已经将近二十五年了。[1] 从这本书写就之后,我在世上又活了这么多岁月。其他集子陆续出版,而且连续不断。当被问及总共有多少本时,我常常要停下来数一数。我想一个大家庭的母亲不用数,便可回答她有多少个孩子,她的眼前会浮现出所有孩子的面孔。据说,某个原始部落的人数数只能数到五,可是却拥有众多的家禽与牲畜。然而,每个土著

---

[1] 该书首版于1871年。——译注

人都知道是否所有的牲畜都回来了。他不是靠数数,而是通过记住每一头牲畜的特征。

土著人每天都与他的牲畜在一起;母亲总是心存对子女的爱。但当一本书离作者而去时,在某种程度上而言,它便一去不复返了。然而,坐下来谈论自己的书,就像父亲谈论自己的儿子,那些离开家门、到外面去独闯世界的儿子,这不是一件简单的事情。作者与书的关系同父亲与儿子的关系相比,毕竟更直接、更带有个人色彩、更依据本人的意愿和取舍。书是不会改变的。而且不论其命运如何,它从始至终都保持着原著的样子。儿子是一脉血缘进化延续的结果。一个人对这样或那样的特征所负的责任通常很小。但是书却是作者心灵的真实写照,或明智或愚蠢,都取决于作者之手。因此,如果我回避谈论我这些心灵之子的某些优缺点,或沉湎于对它们已先为人知的评述之中,我相信我的读者会予以谅解。

我无法把自己的书视为"著作"。因为在写这些书时我付出的"劳作"很少。写书是在娱乐中完成的。我去垂钓、野营或泛舟,而新的文学素材就是结果。当我在游逛或睡觉时,我的庄稼成熟了。写书的过程只不过是我对在原野或林中度假的再度甚至更好的回味。只有将它付诸笔端,似乎才打动了我,从而成为我的一部分。

修订版序

我有一位著作等身的朋友,现已步入老年。他的青年时代是在俄亥俄州北部度过的。他说:"直到我流落异乡时,才萌发了写书的念头。而那时也只是为了让昔日的生活再现于自己眼前。"写作或许可以医治或减轻某种乡愁。我本人的情况也大致如此。我的处女作《醒来的森林》写于我在华盛顿当政府职员的时期,它使我能够重温年轻时代与鸟儿为伴的情景与岁月。当时,我是坐在面对一堵铁墙的桌前写这本书的。我是贮有数百万钞票金库的保管员。在那些漫长而无所事事的岁月里,我从写作中寻求慰藉。我的心灵是如何从我面前那堵铁墙上反射回来,从那些在夏日原野和林中与鸟儿游戏的回忆中寻到安慰的!多数《冬日的阳光》中的章节也写于同一张书桌。书中所描述的阳光要比在纽约或新英格兰的阳光更加灿烂。

自从1873年我离开华盛顿之后,我的面前不再有一面铁墙。取而代之的是一扇可以俯瞰哈德逊河与远处青山的大窗户。我用葡萄园取代了金库。或许我的心灵对葡萄园的反应要比对金库更具活力。葡萄园的蔓藤缠绕着我,挽留着我。它那满架的果实要比金库中的美钞更令我满足。

唯一使我联想起面前铁墙的时候,是在冰雪遮蔽了风景的冬季。我发现正是在这一季节,我的心灵深情地沉湎于我所喜爱的主题上。冬季将人驱向自我,检验着他自娱的能力。

  我的书是否给人以自然的假象，并使读者对于他们在林中的一次寻常的散步或野营报以过高的期待呢？有几次我也曾这样想过。只有当我试图将自己从一次散步中所获取的巨大欢乐与读者共享时，我才意识到那种欢乐。创作的激情能挖掘出情调与风趣。我们可不能忘却艺术的想象力。如果我的读者认为他从自然中得到的与我所得到的不同，那么我要提醒他，只有当他像我那样自己去解析自然，并对其抛撒词语的魔力，才能理解从自然中的所得。文学并非是在林中自然生成的。每位艺术家所做的也不仅是照搬自然，在他的描述中所呈现出的远远不只原始的经历。

  多数人认为蜜蜂从花中得到蜂蜜，但并非如此。蜂蜜是蜜蜂的产物，它是蜜蜂添加了花蜜而形成的。蜜蜂从花中得到的是甘露，并通过自身的转化过程来酿蜜并赋予它特性：减少其水分并加入一小滴蚁酸。正是蜜蜂自己的这一滴，才最终产出美妙的蜂蜜。因此，蜜蜂是一类真正的诗人，真正的艺术家。它的产物总是反映出它的环境以及超越其环境的某些东西。我们品尝三叶草、百里香、椴树和漆树的蜜时也在品尝某些根本不存在于这些花中的东西。

  真正的博物学家并不歪曲事实。事实是他赖以生存的自然环境，事实越多越新鲜越好。离开了事实我便无法写作。但我必须在事实中添加自己的风味,我必须给它们添加一种能够使其升华和强化的品质。

解释自然并非改良自然,而是要挖掘其精华、与其进行情感的沟通,吸收自然并用精神的色彩再现自然。

如果我罗列在散步中所见的每只鸟的名字、描述其颜色与形态等,给出许多鸟的事实与细节,很难说我的读者会对此感兴趣。如果我在某种程度上把鸟与人类生活、与我的生活连在一起——表明它与我的关系以及它所处的风景和季节——那么我给予读者的将是一只活生生的鸟,而不是一个分项归类的鸟标本。

约翰·巴勒斯

1895 年

第一章 | 众鸟归来

就我们北部的气候而言，可以说，春天是从3月中旬延续到6月中旬。不管怎么说，和煦的春潮迟迟不肯退去，直到夏至。这时，嫩芽和细枝开始生长成林，小草也不似以往那般鲜嫩水灵。

正是这一时期标志着鸟儿的归来，一两种更耐寒并且没有被完全驯化的种类，诸如歌雀与蓝鸲，通常是在3月归来，而那些稀有的、色泽更漂亮的林鸟要到6月才露面。但是如同特别关照某种鲜花一样，每个季节的某段良辰都对某种鸟类格外垂青。蒲公英告诉我何时去寻找燕子，紫罗兰告诉我何时去等待棕林鸫。当我发现延龄草开花时，便知道春天已经开始了。这种花不仅表明知更鸟的苏醒，因为他[1]已经醒来几周了，而且预示着宇宙的苏醒和自然的复原。

---

[1] 原著中经常把雄鸟称为"他"，雌鸟称为"她"。为尊重作者的拟人化描写，中文译文完全沿用原著的称谓。——译注

然而，鸟儿的来来往往竟带着些许神秘与惊奇。我们清晨来到林中，一点儿也听不到棕林鸫和绿鹃的歌喉。但再访时，每一丛林、每一棵树中都回荡着鸟鸣。可是再回顾，却又是一片沉寂了。谁看见鸟儿飞来？谁又看到它们飞去呢？

比如说，这只活泼的小冬鹪鹩，在篱上跳来跳去，时而钻到这边的垃圾下面，时而又跃到几码之外。他是怎样抖动着那弧形的小翅膀，飞越千山万水，总是如期地到达这里的？去年8月，我是在阿迪朗达克山脉的深山野林中看见他的，他如同往常那样急切而好奇。几周后，我在波托马克河畔与这同一只顽强的、多嘴多舌的小家伙相遇。他是一路轻松地越过一片片树丛与森林来到这里，还是抖动着那个结实的小身躯，凭借着毅力与勇气，战胜黑夜与严寒，施出全身的解数来到此地的？

那边那只腹部带着大地的原色、身披蓝天之色泽的蓝鸲——他是否在一个明媚的3月从天而降，轻柔而又多情地告诉我们，如果我们乐意，春天已经来临？的确，在众鸟归来时，没有任何情景比得上这只小蓝鸟的初次露面，或者说是露面时的那种窃窃私语，更令人好奇和富有启示。起初，这鸟儿似乎只是空中一种奇妙的声音：在阳春三月的某个清晨，你可以听到他的鸣叫与歌声，却说不准来自何处或哪个方向，其飘然而至，就像没有一丝云时落下的一滴雨。你只是望着，听着，却不带任何目的。天气瞬息万变，或许降雪会带来一段乍寒，那么，我要等一周以后才能再听到那种鸟鸣。没准儿我会看到那鸟儿栖在篱桩上，扬着翅膀，欢快地向他的配偶鸣叫。现在，他的叫声变得日益频繁。鸟儿也越来越多。他们轻快地飞来飞去，啼鸣与歌喉也更为自信与愉悦。他们肆无忌惮地飞着、叫着，直到飞至谷仓和马厩。这时他们开始以活泼而询问的神态盘旋，瞥望鸽舍和马厩的窗，审视节孔与腐心的树木，一心一意寻找栖身之处。这些蓝鸲与知更鸟和鹪鹩作战，与燕子争吵，似乎就是否强行进入后者的泥巴屋的策略议而复议，考虑再三。但是随着季节的逼近，他们又流落到偏僻的地方。他们放弃了最初打算实施的征服方案，最终心平气和地回到偏远、遍地残株的原野，在那里的老家中居住下来。

在蓝鸲归来不久，知更鸟就来了。有时是在3月，但在大多数北部的州，4月才是知更鸟之月。他们成群结队地掠过原野与丛林。在草原、牧场和山腰，人们都能听到他们的啁啾。如果你行走于林间，可以听到干干的树叶随着他们翅膀的抖动而瑟瑟作响，空中回荡着他们快乐的歌声。出于极度的欢欣与快活，他们跑啊，跳啊，叫啊，在

第一章 众鸟归来

空中相互追逐、俯冲而下,在树中拼命穿梭。

像在新英格兰地区一样,在纽约州,许多地方的知更鸟仍保留着产糖的习惯。然而,那是种自由迷人、边干边玩的行当,因此知更鸟就成了人们常相随的伙伴。当天气晴朗、大地空旷时,你处处都能看见他、听到他。日落时分,在高高的枫树顶上,面朝天空,带着纵情的神态,他吟唱起自己纯朴的歌曲。此时,天空中仍带着些许冬季的

寒意，知更鸟就这样栖息在强壮、宁静的树中，在潮湿而阴冷的大地之上放声歌唱。可以说，在整整一年中没有比他更合适和更甜蜜的歌手了。这歌声与景色和时节极为相符。多么圆润而纯正的歌喉！我们又是多么急于去倾听！他的第一声啼鸣打破了冬季的沉闷，使得漫漫冬日成为遥远的记忆。

知更鸟在我们的鸟类中属于最为土生土长的一类。他是鸟家族的一员，但似乎比来自异国他乡的那些出身高贵的稀有候鸟——如拟鹂鹛或玫胸大嘴雀——与我们更为亲近。知更鸟身体强壮、喜爱喧哗、天性快活、亲切和睦。他有着本土的生活习性，翅膀强劲、胆略过人。他是鸫类的先驱，无愧于那些优秀艺术家的使者，他让我们做好了迎接鸫类到来的准备。

我真希望知更鸟在一个方面，即筑巢方面，别那么土气和平庸。尽管他身怀劳动者的技巧，享有艺术家的品位，可是他那粗糙的筑巢材料与不精细的泥瓦活儿真令人不敢恭维。观察着对面蜂鸟的小巢，我强烈地感到知更鸟的欠缺。那堪称天造地设的杰作是蜂鸟这种珍禽最适当的住所，其主体由一种白色的、像毛毡一样的物质构成，大概是某种植物的绒毛或某类虫体上的毛状物，柔和地与它所处的、长着细小青苔的树枝相协调。小巢用细若游丝般的丝线编织在一起。鉴于知更鸟漂亮的外表和音乐才能，我们有理由推测他应当有一个与之匹配的高雅住所。至少我要求他有一个像极乐鸟那样清洁而美观的小巢。后者那刺耳的尖叫与知更鸟的夜曲相比，就像下里巴人与阳春白雪。与拟鹂与橙腹拟黄鹂的歌喉相比，我更喜欢知更鸟的歌声与神态。然而，他的小巢与他们的相比，却如同乡下的草舍与罗马的别墅，形成了鲜明的反差。鸟的悬巢含有某种品位与诗意。一座空中城堡的旁边，是一处悬在一棵大树细枝上的寓所，不停地随风摇荡。为什么长着翅膀的知更鸟却害怕掉下来呢？为什么他要把巢建在顽童可以爬到的地方呢？毕竟，我们要把它归于知更鸟民主的禀性：他绝不是贵族而是人民的一员。因此在他的筑巢手艺中我们应当期待的是稳定性，而不是高雅。

另一种4月归来的鸟是菲比霸鹟——翔食雀[1]的先驱。她的露面有时比知更鸟稍早，有时稍晚。我心中珍藏着对她的记忆。以前，我总是于大约复活节时期的一个明媚的清晨，在内地的农耕区发现她。她在谷仓或草棚上，搔首弄姿，宣告她的到来。迄今，你或许只听到过蓝鸲那哀怨

---

[1] 此处原文为：flycatcher，又译"霸鹟"或"蝇霸鹟"，为雀形目各种能跃飞空中捕捉昆虫的鸟类。——译注

思乡的吟唱，或歌雀婉转的啼鸣。然而菲比霸鹟那清脆欢快、充满自信的歌喉也深受众人的欢迎，因为这表明一个真实的她又回到我们身边。在停止歌唱的那段愉快的间隙，她展翅在空中划出一个圆形或椭圆形，表面上像是在寻虫觅食，但实际上，我猜测，是以炫耀性的动作来多多少少弥补一下她乐曲表演的不足。如果依据常理，朴实无华的服饰更能显示歌喉的力量，那么，菲比霸鹟在音乐才能上应当是无以匹敌的。因为她那灰白色的外衣当然是朴实无华的最高形式。况且，她的形态也很难被称作一只鸟"完美的身材"。然而，她的如期归来，她那彬彬有礼、亲切和蔼的态度，将弥补所有其歌喉及外衣的不足。几周之后，菲比霸鹟就很少见了。只是偶尔可见她从某座桥下或斜崖下青苔覆盖的巢中展翅飞起。

4月归来的还有一种鸟——金翼啄木鸟，同时也被称作"高洞鸟""弯嘴小啄木鸟"和"哑噗鸟"。他比自己在春季和秋季相识的红腹知更鸟稍晚到一点，是我童年的老相识了。因此，他的歌声对我而言，意味深长。这种鸟的到来伴随着一声悠长而洪亮的鸣叫，在某个干树枝或篱桩上空回荡——真是旋律优美的春之声。我想，所罗门王在描述春之良辰美景时的结束语是这样的："斑鸠的声音在大地回响。"[1]鉴于这片农业区的春之景有着同样的特色,那么,也应当用类似的方式结束:"金翼啄木鸟的鸣叫在林中回响。"

这是一种洪亮而浑厚的啼鸣,仿佛并不期待应答,只是出于喜爱或歌唱的目的,是金翼啄木鸟向世界发布的和平友好宣言。再仔细地观察一下,我发现大多数鸟,并非那些著名的鸣禽,在春天都会发出某种音调或叫声或啼鸣,都暗示着某种歌声,同时又不是那么完美地解答着美与艺术的目的。正如"在闪光的鸽子边,鸢尾花会更为鲜艳",因而,那只小家伙的幻想曲感染了他那漂亮的表兄。于是那焕然一新的精神触动了"沉寂的歌手",他们不再沉默。轻轻地,他们吟唱出美妙传说的前奏。亲耳倾听一下吧:灰冠山雀清脆甜蜜的哨子,五十雀柔和、略带鼻音的笛鸣,蓝鸲多情而轻快的颤音,草地鹨悠长洪亮的鸣声,鹌鹑的口哨、松鸡的鼓点、燕子的唧唧喳喳与喋喋不休,等等。甚至连母鸡都能唱出亲切而满足的曲子。而且我相信猫头鹰有着一种让黑夜充满了音乐的愿望。在春天,所有的鸟

---

[1] 所罗门——以色列最伟大的国王。大卫之子和继承人。他也是一位诗人,写过一千多首诗歌,其中主要是《圣经》中所收《所罗门之歌》。书中所引部分即出自《所罗门之歌》。——译注

起初就是或者终将成为歌手。甚至在公鸡的啼叫中我都可以找到上述结论的确凿证据。尽管枫树开花不如木兰开花那么显著，但是它确实开花了。

鲜有作家称赞那个常见的小麻雀的歌声。然而，但凡观赏过他栖在路边，竭尽全力地重复着那支美妙滑润的歌曲的人，谁又能否认他是一个被忽视的歌手呢？有人听过雪鸫唱歌吗？他发出的颤音是十分悦耳的。我甚至曾在2月就听到他如醉如痴地歌唱。

就连褐头牛鹂也具有这种音乐气质并且急于显示它，不甘落后。妻妾成群的他，栖在最高的树枝上，因为他是主张一夫多妻者，平时总是有两三个身着青衣、容貌端庄的小妇人陪伴着他——他通常在清早真切地吐出他的音符。仿佛煞费苦心，这些音符如泣如诉，潺潺地从他口中流出，带着某种奇特微妙的响声，落入人们的耳际，宛如从玻璃瓶中倒水，带着某种悦耳的韵律。

普通啄木鸟对于春天的诱惑也并非无动于衷。如同皱领松鸡一样，他以一种原始的方式陈述着对音乐的鉴赏力。在3月的某个晴朗宁静的清晨穿过林地，天地之间弥漫着冬天的紧张与寒意，突然，从干枯的枝干或残株中传来的悠长、带着回音的敲击声打破了沉寂，那是绒啄木鸟在敲打春天的晨曲。在全然的寂静和刚硬的树木包围中，我们满心欢喜地倾听。鉴于它总是在这个时节传入我的耳际，我宁愿忽略其觅食的动机，而认定这是一场真正的音乐表演。

因此，不出所料，那只"金翼啄木鸟"也将不负众望，加入春天的大合唱。他在4月的鸣叫堪称绝妙之作，是其音乐才能的最佳表现。

我记得在一大片糖枫林中，有一棵像哨兵似的老枫树。年复一年，它用那已经腐蚀的树心，呵护着一窝金翼啄木鸟。在筑巢正式开始前一两周，在几乎任何一个明媚的早晨，都可见这类鸟三五成群地在老枫树腐朽的树枝中欢跃求爱。有时你仅听到一句轻柔的情话，或一阵窃窃私语——然后，当他们栖在裸露的枝干上时，是一声接一声悠长洪亮的鸣叫——即刻，传来某种狂野的嬉笑声，其中夹杂着各种喊叫、呼叫与尖叫，仿佛有什么事情激起了他们的快乐与欢笑。这种交际性的狂欢与喧嚣是配对的仪式，或者只是金翼啄木鸟一年一度重返夏季住宅的"乔迁之喜"？我将这个问题留给读者去判断。

不同于他的同类，金翼啄木鸟偏爱原野与林边，而不是林中的隐僻之处。因此，与其同族的觅食习惯相反，他的食源多半来自大地，譬如地上的蚂蚁、蟋蟀。他不太满足于当一只啄木鸟，于是便想进入知更鸟与雀类的圈子，放弃树林而选择了草地，急切地用莓果与谷物充饥。这种生活历程的最终结果或许是一个值得达尔文重视的问题。他对大地的喜爱和行走的技能是否会导致他的腿变长？他以莓果和谷物为生是否会减弱其色泽、降低其声音？他与知更鸟的联姻是否会使他也长出歌喉？

的确，有什么能比近两三个世纪以来我们鸟类的历史更有意思呢？毫无疑问，人的到来对鸟类产生了极为明显而有利的影响，因为鸟类是在人类社会中迅速繁殖的。据说，多数加州的鸟在那里安家之前是不会叫的，因此我疑惑土著印第安人听到的棕林鸫的叫声是否与我们听到的相同。在北部没有草地、南部没有稻田之前，刺歌雀在哪里玩乐嬉戏？那时他是否像现在这样身体柔软、充满欢乐、衣冠楚楚？还有像燕子、百灵和金翅雀那样似乎生来就喜爱原野、嫌恶树林的鸟类，难以想象他们能在没有人烟、广漠的荒野中生存。

言归正传。歌雀，那种人见人爱、春天最早来到的鸟，在4月之前就来了。它那纯朴的曲调让人人欢喜。

5月是燕子与黄鹂的季节，还有许多其他贵宾到来。事实上，到5月最后一周为止，鸟儿们十有八九都到齐了。只是燕子与黄鹂最为显著。后者那鲜艳的羽翼真像是来自热带。我看到他们在开花的树丛中掠过，而且在整个上午都能听到他们那无休止的啾唧与情歌。燕子落在谷仓上窃窃私语，或在屋檐下叽叽喳喳地筑巢；皱领松鸡在刚抽出嫩芽的林中敲响鼓点；草地鹨那悠长柔和的曲调则来自草地；日落时分，沼泽与池塘处处是蛙鸣。5月是过渡的月份，它是4月与6月的桥梁，又是鲜花的苗圃。

到了6月，我们已经饱尽眼福，心满意足，无所期盼。尤其是随着季节的成熟，各种鸟儿的歌声与羽翼也趋于完美。一流的艺术大师都汇集于此。知更鸟与歌雀不负众望。所有的鸫全都到齐了。我只需坐在随意看到的一块岩石上，手捧粉红色的杜鹃花，倾听即可。据我了解，杜鹃6月才到。通常金翅雀、极乐鸟和猩红丽唐纳雀也是在6月姗姗来迟。在草地上，刺歌雀可谓尽显辉煌；在高原上，原野春雀吟唱着如轻风拂面般的黄昏颂。林中响起了各类鸫的乐章。

杜鹃是林中最为孤寂的鸟，同时也出奇地温顺与安宁，似乎对于喜怒哀乐都无动于衷。仿佛某种遥远的往事沉甸甸地压在他的心头。其曲调与鸣叫含有那种失落游离的成分，对于农夫是雨的预示。在一片欢快与甜美的歌声中，我喜欢听这种超凡脱俗、深沉邃古的鸣叫。在几百米外倾听，林子深处传来的这种声音带着某种奇特清纯的气质。华兹华斯（Wordsworth）赞美欧洲杜鹃的诗句同样适合于

我们的物种:

> 欢畅的新客呵!我已经听到
> 你叫了,听了真快乐。
> 杜鹃呵!该把你叫作飞鸟,
> 或只是飘忽的音波?
>
> 我静静偃卧在青草地上,
> 听见你呼唤的双音;
> 这音响从山冈飞向山冈,
> 回旋在远远近近。
>
> 春天的骄子!欢迎你,欢迎!
> 至今,我仍然觉得你
> 不是鸟,而是无形的精灵,
> 是音波,是一团神秘。[1]

---

[1] 此诗引自19世纪英国诗人华兹华斯的《杜鹃颂》,中文译文引自杨德豫译《华兹华斯诗歌选》,北岳文艺出版社,2000年8月版,85页。——译注

在我们这一带只有黑嘴种类的杜鹃。黄嘴种类多在再往南的地方。他们的啼鸣几乎相同。前者的叫声有时像火鸡，后者的鸣叫或许可以这样表达：咕，咕咕，咕咕。

黄嘴杜鹃通常会在一棵树上栖身，搜遍所有的树枝，直至捉尽所有的虫子。他栖在嫩枝上，脑袋左顾右盼地审视着周围的树叶。一旦发现捕食物，便展翅扑向它。

6月，黑嘴杜鹃在果园和花园中旅游一番，用尺蠖类害虫来款待自己。此时，他是一只最温顺的鸟，允许你走进离他几码之内的范围。我甚至走到离他几英尺处，也没有引起他的恐慌与猜疑。他非常单纯，或者说，神色庄严，超然物外。杜鹃的羽翼是一种富有光泽的褐色，其美丽与我所熟识的其他浅淡色的羽翼相比，是无可匹敌的。其羽翼还以强硬和精纯而著称。

尽管在形体与色彩方面有所不同，黑嘴杜鹃所具有的某种特色令人想起一种旅鸽。这种杜鹃带着红眼圈的眼睛、头形、起落的动作都显示出二者的相像。当然，就飞翔时的优雅风度及速度而言，他显然是逊色多了。如同红鹃，他的尾翼似乎长得极不协调。他在树中的飞行无声无息，与知更鸟或鸽子飞过时哗啦啦的喧嚷形成鲜明的对照。

你听过原野春雀的歌吗？假如你住在牧区，那就几乎难以错过他的歌声。我想将他称作草雀的威尔逊[1]显然是没有领略过原野春雀的歌喉。此鸟的尾翼上有两条横向的白色羽茎,当你穿越原野时,他总是潜行于你前面几码处。上述两点足以辨认他。如果你要寻找他,不要去草地或果园,而要去那高高的、微风拂面的牧地。当太阳落山,其他鸟儿的歌声都平息之后,他的歌声是最为显著的。因此他被恰如其分地冠之以"黄昏雀"之名。黄昏时分,赶着牛群的农夫总能听到他那悦耳的歌声。他的歌声不同于歌雀,没有那么清脆,也没有那么多的变化。那是一曲更为低沉、原始、悦耳与哀怨的歌。将歌雀曲调之精华与林雀那甜美的、带有颤音的歌声相聚,就是朴实无华的牧地诗人——黄昏雀——的夜曲。暮色中,走向那辽阔平坦、牛羊成群的高地,寻一块温暖洁净的岩石坐下,倾听这首歌。那乐曲从牛羊吃草的矮草丛中升起,远近闻声,响彻四方。先是三两声悠长宁静的清亮音符,然后以渐弱的颤音结尾,构成了每一首歌。通常你只能听到一两个音节,因为那些微弱的部分已随风飘去。如此朴实、祥和而又无意识的美妙之曲!它是自然中最独特的音色。青草、岩石、残株、

---

[1] 亚历山大·威尔逊(Alexander Wilson, 1766—1813),美国鸟类学专家。曾著有长达九卷的《美洲鸟类学》。——译注

农田、宁静的牛群,以及晚霞映照下的山坡,一切尽微妙地表现于此歌之中。至少,这是鸟类可以成就的事业。

黄昏雀的雌鸟筑巢于露地,也不用众多的藤枝或草丛来遮掩或形成一个巢址。你会不经意地踩到它。牲口也会将它踏平。但我猜测鸟儿对上述危险的担忧要比另一种危险来得少。如雀类熟知,臭鼬与狐狸有着一种蛮横无理的好奇心。这些狡猾的无赖会将可以为鼠或鸟遮风挡雨的河岸、树篱、丛生的草或蓟搜个遍。毫无疑问,皱领松鸡也熟悉这种推理。因为像黄昏雀一样,她也筑巢于露天、没有遮掩的地方,从不躲躲藏藏。她由枝繁叶茂、盘根错节的森林来到视野开阔、可见天日的林中,在此,她可以控制各方来犯的敌人,并同样轻松自如地飞向四方。

另一种我喜爱的、鲜为人知的雀是通常被鸟类学家称为原野春雀的林雀。其大小和形态与麻雀相仿,但没有那么显著的斑纹,呈现出暗红的色泽。他喜爱偏僻、石南丛生的原野。在那里,他的歌声堪称是最悦耳的一种。有时它非常响亮,尤其是在初春。我记得在一个阳光明媚的日子里,坐在依然是光秃秃的、4月的林中,一只林雀突然飞到离我几码远的地方,歌声时起时伏,唱了近一个小时。那是一支完美的林中曲,并由于从如此空旷而沉寂的时空中传来而更为显著。它的歌像吐出的字词:佛—欧,佛—

皱领松鸡的巢

欧，佛—欧，佛尤，佛尤，佛尤，飞咿，飞咿，飞咿……以悠扬的高音开始，急促地转向结尾，尾声低沉而轻柔。

作为依然鲜为人知的鸟类，白眼绿鹃或称白眼翔食雀，尤其值得一提。此鸟的歌声并非特别悦耳和轻柔，相反，像靛彩鸦或黄鹂的歌声，有点生硬和刺耳。但就其勃勃生机、滔滔不绝、演技的高超及模仿能力而言，在我们北部的鸟类中，他却是无可匹敌的。他通常的歌声是有力而响亮的，但如前所述，并非特别悦耳："喊咔—拉—喊可……"他似乎在说着什么，同时将自己藏在低矮茂密的灌木丛中，躲避你机警的寻找，仿佛在与你玩游戏。但是

第一章 众鸟归来

在七八月，如果你与林中的鸟儿相处得很好，就会听到一种罕见的艺术演奏。你最初的印象或许是在那簇杜鹃花，或那丛湿地越橘树中隐藏着三四位不同的歌手，每位都想成为合唱的领唱。这种同时来自原野与森林、像是由多位歌手参加的乐曲集锦，演唱得极为清亮而紧凑，我确信，这时你听到的是纯正嘲鸫[1]那萦绕不去、经久不息的歌声。假如他模仿得不是那么惟妙惟肖，至少其中也会显示出知更鸟、鹪鹩、灰猫嘲鸫、金翼啄木鸟、金翅鸟及歌雀的歌喉。对最后一种鸟那种"噼噗、噼噗"的啼鸣模仿得是如此相像，我确信连歌雀都会信以为真。而且，整个演奏是如此紧凑，似乎上曲与下曲之间的连接达到了天衣无缝的水准。其效果深沉浑厚，在我听来，极为独特。同时，演奏者又留心不暴露自己。然而，曲子中却含有某种有意识的情调，让我感到我的来临与关注得到了理解与欣赏。那显然是一种含有自豪与喜悦，偶尔又带着嬉笑与戏谑的曲调。我相信只是在罕见的情况下，即当他确信听者是他喜爱的听众时，才会以这种方式演奏。你要寻找他，须避开参天大树或林海深处，去湿地那低矮茂密、蚋蚊生长的灌木丛中。

---

[1] 产于美国，善于模仿其他鸟的叫声，能在十分钟内模仿二十种以上鸟的鸣声，俗称"模仿鸟"。——译注

冬鹟鹩是另一种非凡的歌手。形容他，很难不加个"最"字。他不像白眼翔食雀那样对自己的力量和效果有如此强烈的意识与野心。然而，当听到他时，你的惊喜绝不亚于听到后者。鹟鹩因其歌声的流畅与多产而著称。除此之外，还能在其多种素质的组合中发现一种罕见的、浑厚、悦耳、节奏感很强的韵律，令你神魂颠倒。让我难忘的是一个6月的晴天，我漫步于一片低矮远古的常青树林中，它那貌似大教堂的通道弥漫着永久的清爽。突然，一阵急促而情感奔流的曲子打破了沉寂。那曲子带着某种浑厚的、森林之神的忧伤，令我在惊奇之中倾听。这位小小的游吟诗人是如此之羞怯，我到林中去寻找了两次才确信我听到的那位歌手。在夏季，他是栖居在偏僻的北部森林中的那类鸟，如同带斑点的加拿大威森莺及隐居鸫，只有那些熟悉他的人才能听到其歌声。

某一地域植物的分布与鸟类的分布大致相同，有明确的标志。给植物学家指定一方山水，他会告诉你到何处去寻找凤仙花、耧斗菜或蓝铃花。同样的道理，鸟类学家也会引导你到何处去寻找小绿莺、原野春雀或红眼雀。在毗邻的乡县，位于同一纬度，同是内陆地域，由于不同的地貌和不同的林木，你便会观察到不同的鸟类。在山毛榉和糖枫生长的土地上，我找不到在橡树、栗树及月桂茂盛的土地上同样的、我熟悉的鸣禽。从老红沙石的一个地区到我所行走的老火岩石地区，相距不足五十英里，在林中我却找不到韦氏鸫、隐居鸫、栗胁林莺、蓝背莺、绿背莺、纹胸林莺以及许多别的鸟类。取而代之的是棕林鸫、红眼雀、橙尾鹟莺、黄喉林莺、黄胸翔食雀、白眼翔食雀、鹌鹑及哀鸽。

我所在的高地这一带，鸟类的分布十分明显。在村子的南边，我肯定能找到一种鸟，在村子的北边会找到另一种。甚至在同一地点，在长满杜鹃花及泽地黑莓的地方，我总是能找到黑枕威森莺。在茂密的香灌木、金缕梅及桤木林中，我遇到的是食虫莺。在一片长有石南与羊齿、点缀着一两株栗树或橡树的偏僻空地，我在7月可以听到原野春雀的歌声。归来的路上，有一个布满残株败叶的浅浅的池塘，在那里，我肯定能发现灶莺。

在我居住的地域，似乎只有一处能吸引所有的鸟类。在这里你能观察几乎所有美国的鸟类。这是一片多岩石的土地，很久以前就被开垦了，但现在又恢复了荒野的原貌，找回了自然的自由。它呈现出半开垦、半荒野的特征，深得鸟类与顽童的喜爱。它的一边是村子，一边是公路，有许多马路的交叉路口，分布着通向四面八方的小道与旁道。士兵、劳工、逃学的孩子整日在这些路上川流不息。由于它远远地躲过了斧头与长柄镰的砍伐，竟与远处的山林融合在一起，长出了一行行的雪松、月桂与黑莓。这片土地主要由雪松与栗树所占据，在许多地方，还覆盖着石南与荆棘的灌木丛。然而，其主要特征在于它的中心地带是茂密的山茱萸、水山毛榉、沼泽桦、桤木、香灌木、金缕梅等的组合，并布满了牛尾草与霜葡萄。由远方沼泽地流来的、穿越盘根错节的林区的那条弯弯曲曲的小溪，倘若不能解释这片土地的来龙去脉，也能说明它众多的特征及物种的丰盛。那些不被石南、雪松或栗树所吸引的鸟类肯定有理由来访问这片由混杂的林木所组成的中央地带。多数常见鸟都聚集在这片闲置的荒野中，在此地我还遇见了许多稀有物种，诸如大冠翔食雀、孤莺、蓝翅泽莺、食虫莺及狐雀等。此地所有的鸟儿都不是肉食动物的饵食，而且这里蝇虫繁多，这就构成了鸟类接近此地的双重原因。不担心鹰的袭击，爱好和平的音乐家轻松地飞过。于是此处也就成了深受鸟类喜爱的游乐场。

但是在所有这些知更鸟、翔食雀与各类莺中，最高的荣耀当属棕林鸫。除了知更鸟与灰猫嘲鸫之外，比所有其他鸟类都多的是棕林鸫，他从每一块岩石与每一处灌木丛中向你致意。当他 5 月初次露面时，还面带羞涩与含蓄，但在 6 月底之前，他已经变得驯服而亲近，或者在你头顶上的枝头，或者在前方的几处岩石上歌唱。一对棕林鸫甚至在近处十一二英尺处的一所凉亭的回廊上筑巢并养育后代。但当客人们陆续来临，回廊上聚集着热闹的人群时，我就发现母鸟显示出某种类似恐惧与警觉的神态。她落在离你几英尺的地方，宁静而安详，久久地、一动不动地栖在那里，仿佛这个可爱的小动物下定了决心，如果可能的话，尽量不引起别人的注意。

假若我们以曲调的音质为标准，那么棕林鸫、隐居鸫、韦氏鸫在众多的鸣禽之中当名列前茅。

毫无疑问，嘲鸫具有广阔的音域、变幻多样的演唱技能，并且每一次演唱都令人惊喜。但是，他的本事主要是鹦鹉学舌，因此无法达到隐居鸫那种完美与崇高的境界。当我听到嘲鸫的歌声时，最能表达我的感觉的词是"佩服"。当然，我最初的情感是惊奇而又难以置信。如此众多而又不同的曲调竟出自同一个歌喉真可谓奇迹。我们观看此类表演时所产生的情感如同我们亲眼目睹了运动员或体操选手那惊人的技艺。这种表演，尽管出于众多模仿的曲调，依然含有原作的清新与悦耳。然而，由这些鸫之歌喉所激起的情感属于一种更高的层次。因为它们所唤起的是我们对这个世界的美与和谐的深层感受。

在所有的鸣鸫中，棕林鸫受到最高赞赏可谓当之无愧。

鉴于其欣赏者人数的众多，其亲属及对手隐居鸫所受的冷遇也就不足为奇了。两位伟大的鸟类学家威尔逊与奥杜邦[1]对前者赞誉有加，但对后者的歌喉却少有评价甚至无话可说。奥杜邦说隐居鸫有时的歌声还算悦耳，但显然他从未听过。纳托尔[2]比起他来更具辨别力，给了隐居鸫一个公正的评价。

隐居鸫是一种稀有鸟类，生性羞怯，离群索居，只有在鸣啭时期人们才能找到他。那也通常是在美国中部及东部深远偏僻的林海，往往是在潮湿的沼泽地中。因此，阿迪朗达克地区的人称之为"泽地天使"。由于他是如此这般的一个隐士，难怪人们会对他产生相应的忽视。

其歌声与棕林鸫之歌很相像，因此连一个敏锐的观察者都容易被迷惑。不过如果同时听两者歌唱，区别还是相当明显的：隐居鸫之歌的音调更高，更为浑厚与神圣，其乐器是他在偏僻孤寂的地方吹起的一支银笛。棕林鸫之歌

---

[1] 约翰·J.奥杜邦（John J.Audubon，1785—1851），美国鸟类学家、画家和博物学家，以绘制北美洲鸟类图而著称。——译注
[2] 托马斯·纳托尔（Thomas Nuttall，1786—1859），英国博物学家、植物学家。1808年离英赴美。1822年就任哈佛大学博物学讲师，并开始研究鸟类学。著有《北美植物属志》(1818)及《美国和加拿大鸟类学手册》(1832)。1842年返回英国，余生从事农业及园艺。——译注

则更为优美与悠扬，其音调近乎某种稀有的管弦乐器。你会感到假如棕林鸫竭尽所能，或许他具有更宽的音域与更高的才能，但是总体来讲，他还是或多或少地缺乏隐居鸫那种纯正、宁静、赞美诗般的音质。

然而，那些只听过棕林鸫歌唱的人完全可以视他为歌王。他的确是一位皇室音乐家，而且鉴于他在整个大西洋海岸分布广泛，或许比任何其他鸟类对我们的林中之曲所做的贡献都大。你可能会表示异议，说他在调音时花去的时间有点太多了，可是，正是他那种漫不经心与琢磨不定的试唱显露出其音域与才能。

除了金丝雀之外，他是我所熟悉的唯一能够表现出音乐天赋、对各种音阶运用自如的鸣禽。不久前的一个周六，我漫步于一片林子与果园的毗邻处，准确无误地听到了他那超越其所有对手的歌声。我的同伴，尽管对此类事情反应略为迟钝，还是惊异地察觉到了他。我们不约而同地停下来倾听这位罕见的表演者的歌声。如果说他的歌在质量方面没什么出奇的话，那么，在数量方面就非同寻常了。歌声如潮水般涌来，令人应接不暇。如此悠长、颤动、不断升级的序曲！这种急速、令人心醉神迷的序曲会使最迟钝的听者也陶醉其中。他的确是无可匹敌——一流的艺术大师。从那之后，我又两次听到同一歌手的演唱。

棕林鸫是该家族中最漂亮的物种。就举止的优雅而言，他无竞争对手。在飞翔时他带着高雅的神态，那种自如与沉着简直无法效仿。在言行方面，他又是一位诗人。他的一举一动在人们的眼中都堪称是艺术的享受。他那最普通的举止，比如捉一只甲虫，或从地上捡起一条小虫都像吐出一条妙语格言那样令人心醉。是否在很久以前，他就是一位王子？是否在他的变形之中，帝王的优雅举止仍然依附于他？多么匀称的体态！多么单纯而又深浓的色彩——明亮的红褐色的背，清澄的白色的胸，清晰的心形斑点！人们或许会厌恶知更鸟，嫌他多嘴多舌爱表现，嫌他在树中来去匆匆、怒气冲天地叫喊，粗野多疑地拍打着翅膀。褐弯嘴嘲鸫像个罪犯似的偷偷摸摸、躲躲闪闪，终日藏在桤木林深处。灰猫嘲鸫不仅是个放荡轻浮的女子，还是个好追根究底的长舌妇。红眼雀则像个日本人，冷漠地观察着你的一举一动。棕林鸫全无上述低级庸俗的特征。他对我没有疑意，像贵族似的与我保持着距离，如果我非常安静并且没有好奇心的话，他会优雅地跳到我面前，仿佛要向我致意或与我交友。我曾经从他的巢下走过，离他的配偶和一窝雏子仅几英尺之遥，当时他栖在近处的树枝上，目光犀利地看着我，但并没有张嘴。可是当我将手伸向他那毫无防御的家庭时，他那怒气冲冲的样子煞是好看。他具有一种多么高贵的傲气！10月下旬,当他的配偶与伙伴早已飞往南方之后,我连续几天在附近林中的茂密处观察到他。他轻快地、悄然无声地飞来飞去,神态庄严,仿佛因违犯了社交礼节而在赎罪。通过多次小心翼翼、间接的接触,我注意到他尾部的羽毛未丰。这位林中王子无法想象以这种状态返回王宫,于是便在落叶纷纷、凄风苦雨的秋季,耐心地等待良机。

韦氏鸫那柔和甜美的笛声回荡在森林合唱之中,就像黄昏雀的歌声响彻在原野合唱之中。与我们这里所有的鸫类一样,他有着夜莺在黄昏时演唱的习性。在6月一个温暖的黄昏,走向森林,在距他们二百多米处时,你便会听到他们那柔和的、带着回音的乐曲从十几个不同的歌喉中响起。

那是一种你所听到的最为纯朴的乐曲——纯朴得宛如一条曲线。它带给人们的欢乐完全出自其自身含有的和谐与美的因素,而并非来自任何新奇与怪诞的抑扬。于是便与诸如刺歌雀之类的嬉戏欢闹的鸣禽形成了鲜明的对比。从后者那里,我们主要因表演者那显而易见的知足与欢乐及其清脆完美的口唇音而满足。很难说灰猫嘲鸫带给我的是愉悦还是烦恼。或许她有点过于平民百姓化,她在大合唱中有点过于出风头。假如你在听另一只鸟的歌,她一定会立即放声高歌、拖着长音,压倒所有其他的声音。如果

棕林鸫　　　　　　　韦氏鸫

隐居鸫　　　　　　　灰猫嘲鸫

你静静地坐下来观察你所喜爱的一只鸟，或琢磨一只新来的鸟，那么，她的好奇心是无边无际的，她会从各个不同的角度来观察、审视并且嘲弄你。然而，我还是不会漏掉她。我只不过是对她轻描淡写，不让她那么显眼而已。

她是林中一个不怎么出色的模仿者。在她的曲子中总是含有淘气、嘲弄、略带讽刺的低音，仿佛她在有意效仿和扰乱某个令人嫉妒的歌手。纵然热切地渴望唱歌，私下里反复排练,可是她似乎是林中最不真诚的音乐家。好像她学音乐只是为了赶时髦,或者不被知更鸟和鸫类所超越。换言之,她唱歌似乎出自某种外在的动机,并非出自内心的欢乐。她是一个不错的打油诗人,但却不是一位伟大的诗人。她的表演活泼、急促、丰富多彩、别具风格,却缺乏高贵宁静的旋律,如同梭罗[1]的松鼠,总得有一个观众。

然而,在她的歌中有某种精雕细琢的成分,就像世上一位有教养的贵夫人生动的谈话。她那母性的本能也很明显。干枯的细枝与草团所组成的简易小巢是她向往的中心。不久前,漫步于林间,我的注意力被一小片茂密的沼泽地所吸引。它的周围长着蔷薇、荆棘和四季常青的牛尾草,里面传出悲伤、大难临头的高喊——这表明我那身着素衣的音乐家正面临灭顶之灾。为了避免荆棘扎在衣物表面,我脱掉衣帽走了进去。站在一片陆地上,环顾四周,我发现自己在观看一种令人厌恶而又怪诞的场面。离我三四码

---

[1] 亨利·大卫·梭罗(Henry David Thoreau,1817—1862),美国19世纪超验主义作家、自然文学作家的先驱。1845年春他在瓦尔登湖畔建起一间木屋,开始过起和大自然融为一体的自种自食的简朴生活,历时两年。著有《在康科德与梅里马克河上一周》(1849)、《瓦尔登湖》(1854)、《缅因森林》等书。其主题是探索人与自然的关系,寻求与自然的最纯朴、最直接的接触。——译注

之外有一个鸟窝。鸟窝下面有一条黑色的、带着长花纹的大蛇。一只几乎发育成熟的小鸟正慢慢地消失在它那膨胀的口中。由于它没有意识到我的存在，我悄然观看了整个过程。它不慌不忙地用有弹性的嘴吞下那只鸟。它把头放平，脖子蠕动着、吞咽着，随着它那闪光的身子起伏了两三下，就干完了这活儿。然后，它小心翼翼地抬起身子，口中的信子喷射着光，曲身爬向鸟窝，随着起伏微妙的动作，探索着鸟窝的内部。对于毫无防备的一窝鸟而言，我难以想象还有什么比在他们小窝的上方突然出现这个大敌的头与脖子更为令人胆战心惊的了。它足以使他们毛骨悚然。没有找到它要寻找的目标，它从鸟窝滑行到下面的树枝上，开始向别的方向展开它的搜索。它不声不响地在树枝中滑行，专心致志地要捉小鸟的父母。在树中，那个无腿无翅的家伙竟然如鱼得水，行动像鸟和松鼠那样敏捷而自如。它上蹿下跳，从弯曲的树枝上爬出，在树丛中以快捷的速度横越四面八方，真是令人惊讶。这使人联想起关于人类诱惑者那个伟大的神话以及"我们所有灾难的起因"，并疑惑是否眼前这个头号大敌又在人类面前玩弄它的恶作剧。我们是否将它叫作蛇或魔鬼都无关紧要。然而，我只是赞叹它那惊人的美丽，那黑油油的皱褶，那轻松自如的滑行，那高昂的头、闪光的眼、喷射火焰的口以及令人无从察觉的、飞速的移动。

  与此同时，小鸟的父母不停地发出悲痛欲绝的啼叫，不时愤怒地向其追捕者拍打着翅膀，甚至还用嘴和爪撕扯蛇尾。受到如此的攻击，蛇陡然重叠其身，顺势转过头来。起初，这种战略的实施仿佛击垮了其受害者，使之受制于它。但实际上并非如此。在它的大嘴还没来得及接近垂涎已久的猎物时，鸟已挣脱出来，看上去被吓得惊魂未定，抽泣着退回到更高的树枝上。它那以瞪视而征服猎物的驰名绝招对自己几乎没什么帮助。当然，一个略为脆弱、不那么好战的鸟或许会被那致命的魔力所征服。眼下，当它由所依附的细长桤木树干上游移下来时，其注意力被我的胳膊一个轻微的举动所吸引。它盯了我片刻，那是一种只有蛇和魔鬼才会发出的略带畏缩、一动不动的盯视。它迅速转身——那是种不显示就浑身发痒的技艺，然后，在树枝中滑行，显然它认出我就是它曾经狡猾地毁掉过的古代人类的一个代表。片刻之后，它漫不经心地在一株枝繁叶茂的桤木树顶上栖身，试图尽可能地使它那柔软易曲、闪闪发光的躯体给人以弯曲树枝的假象。这时，古老的复仇之念陡然而起。我行使了我的自卫能力，一块石头准确无误地击中了目标，使它缩成一团，痛苦地落在地上打滚。当我了结了它之后，林中又恢复了平静，一只险遭厄运、羽毛未丰的小鸟从藏身之处出来，跳上一节腐朽的枝头，叽叽喳喳地、欢快地叫着，显然是在庆祝胜利。

7月中旬，林中已经非常平静了。季节的盛衰已趋于平衡。尽管假日的活力未减，但随着庄稼在炎热漫长的夏日下逐渐成熟，悦耳的曲调也渐渐停止。幼鸟出巢，需要照料，鸟儿脱毛的季节也即将来临。当蟋蟀开始在你的窗下不停地重复着那单调的吟唱之后，在下一个季节之前，你将再也听不到棕林鸫无可匹敌的口才。刺歌雀因操劳过度而显得焦躁不安，当你接近他的小巢时，他会在责骂中陡然迸发出一阵歌声，既想照料儿女又要顾及其音乐声望使得他左右为难。某些雀类依然在歌唱。偶尔，越过炎热的原野，从林边的一株高树中，会响起猩红丽唐纳雀洪亮圆润的歌喉。这种具有热带色彩的鸟喜爱最炎热的天气，我甚至在三伏天都听到过他的歌声。

令燕子与翔食雀难以忘怀的夏日是那些饮宴狂欢。会有大量的蝇虫供捕食者享用而且机遇众多。你看栖在树枝上的那只暗淡、灰白色的绿霸鹟，作为一个绝不会让其猎物安心的真正的猎手，他总是在飞翔。游荡的苍蝇、半瞎的蛾子，千万小心别进入他的疆界。瞧瞧他那架势，头好奇地摆动着，"眼珠狂乱地转动着，由上至下、再由下至上地扫视着"。

第一章　众鸟归来

他的目光如同显微镜般细微，一看一个准儿。刹那间，他便捉住了猎物，返回原处。其间没有争斗，也没有追逐——一下子，事情就了结了。正如你会观察到，另外那只小雀的技能就比较逊色了。那是只麻雀，以各类种子和幼虫为食。但偶尔他也会产生更高的愿望，企图效仿绿霸鹟，像翔食雀那样从事他的职业，笨手笨脚地追赶甲虫或"粉蛾"。我想眼下他正在草丛中搜寻，满脑子都是一时兴起的、令他着迷的念头。啊！他的机会来了。一只乳白色的小草蛾尽其所能，拐弯抹角地逃了出去，麻雀也紧随其后。尽管我敢说，对草蛾而言，情况是严峻的，但这场较量还是一出闹剧。当他们追逐了几米远后，麻雀陡然往草地上一扑——然后又飞了起来。当麻雀的搜寻又接近时，草蛾也缓过气来。麻雀恼羞成怒，叽叽喳喳地叫着，誓不罢休，毫不费力地紧追逃跑者，他随时准备停下来一口咬住它，但却从未成功。不久，他便厌倦了这种徘徊于失望与期望之间的游戏，回归到他那更合乎逻辑的生存方式之中。

鸽鹰与麻雀或金翅雀之间的追逐，同麻雀与草蛾这种闹着玩的争斗形成了鲜明的对比。那是惊人的速度与机敏的较量，每块肌肉与每条神经都绷得紧紧的。鸟发出了惊恐的叫喊，左躲右闪，拼命地逃避。而鹰却沉着冷静，飞驰急转，紧追不舍。他把握自己的动作与鸟的动作的时机是如此精确和无情，令人产生极为焦虑的情感。你不由得会爬上栅栏或冲到外边去观看这一争端。鸟唯一的解救方式是采纳草蛾的战术，立即寻求树丛、灌木丛及树篱的掩护。在那里他那相对小的体积可以如鱼得水地穿梭移动。鹰这些强盗意识到了这一点，因此便情愿猛扑一下，抓住猎物。你会看到一只鹰在果园中徘徊，几只金翅雀在他的周围盘旋。鹰以极为失望的语调啼叫着："嚊—啼，嚊—啼（Pi-ty, pi-ty）！"[1]可是他仿佛并不在意身边的鸟，因为他知道，如同那些鸟也知道一样，在密集的树枝中，他们就像在铜墙铁壁里一样安全。

秋季是鹰展翅高飞的季节。鸡鹰最为显著。他喜欢这种烟雾渺渺、温暖的、漫漫长日中的那份宁静。他是一种自由自在的鸟，似乎总是那么悠然自得。他的动作是多么优美与威严！如此这般地平衡与沉着自若。他时而盘旋着呈螺旋状上升，时而又大胆地做着空中特技的表演。

缓慢自在地飞翔着，甚至连翅膀都不怎么抖动，他以螺旋式上升，直到成为夏日天空中的一个斑点。然后，他灵机

---

[1] 如果意译，此处原文的意思为："可惜！可惜！"——译注

一动，缩起双翅，如同一道弯弓，从空中直劈而下，像是要将自己摔得粉身碎骨。可是在将要着地的一刹那，他又陡然展翅高飞，弹向空中，自由自在地飞往别处。那是这个季节中最壮观的表演。人们会屏息静观直到他再次飞起。

如果想做一种缓和的、不那么惊险的降落，他便会目不转睛地盯住远处地上的一个点，然后在那里转弯。其动作依然大胆无畏，如流星般急速。你可以看到他那条由天而降的路直得像条线。如果离得近，你可以听到其羽翅哗哗作响，看到其影子在原野中飞快地移动，而且瞬间，他便安静地落在沼泽地或草地的矮树或腐败的树墩上，回味着刚刚吞下的青蛙与老鼠的美味。

当南风乍起时，这些三五一群的空中之王更值得一看。他们在山谷尽头顶着劲风挣扎着平衡，时而非常平静，除了像走钢丝那样微微一颤；时而又大起大落，仿佛是在随风漂泊，或者，扶摇直上，在山巅之上不慌不忙地平行飞行。但如前所述，偶尔，他们也会心血来潮，陡然增速。当这样的一只鹰飞过头顶时，即使向他开枪，除非他伤势严重，否则他亦不会改变飞行的航线或姿态。

鹰的翱翔是一幅动中有静的完美图画。它比鸽子与燕子的飞翔给观看者以更大的刺激与惊奇。因为它翱翔时所付出的努力是如此的均等而微妙，以至于人眼很难观察到，从而使其动作具有一种轻快、永恒的姿态，那是力量的自然流动而不是有意去利用力量。

当受到诸如短嘴鸦与极乐鸟攻击时，鹰所表现出的沉静与庄严值得称道。他几乎从不屈尊去顾及其吵闹、狂怒的攻击者，而是有意作空中的螺旋式飞行，上升，再上升，直至其追踪者变得头晕眼花，不得不返回大地。飞到令狂妄者眩晕的高度，使其茫然不知所措，采取这种方式来摆脱不堪一击的对手可谓独树一帜。我不知道这是否值得效仿。

然而，夏日渐渐离去，秋季即将到来。在收获期，播种期的鸣禽安静了，其他音乐家开始歌唱。这是昆虫一生的鼎盛时期。白天处处是虫鸣。所有春夏之歌仿佛更柔和、更精纯，飘荡在上空。鸟儿换上了节日色彩不那么艳丽的新装，朝南方飞去。燕子结群走了。刺歌雀结群走了。静静地、神不知鬼不觉地，各类鸦也走了。秋天到了，各种雀科鸣禽、莺、雀以及戴菊鸟纷纷离开了北方。这迁徙的日子悄然过去。远处的那只鹰沉静地飞向天际，消失在地平线上。那是季节结束、众鸟离去的象征。

1863 年

第二章 | 在铁杉林中

绝大多数人对于每年来我们地区的鸟儿的数目之多都表示质疑。只有寥寥无几的人意识到夏季在自己附近区域生活的鸟类,而且只知其半数。当我们走进林中时,很少顾及我们正在侵犯谁的私人领地——那些在我们头顶上的枝叶中团聚一堂,或者在我们面前的地上寻欢作乐的鸟儿,都是稀有而高雅的候鸟。他们的家乡在墨西哥、中南美洲以及遥远的岛屿。

我清晰地记得,透过梭罗那诗人的目光,所见到的在斯波尔丁的林间高屋中那令人仰慕、引人注目的一个鸟儿家庭。斯波尔丁并不知道那窝鸟住在那里,而当斯波尔丁吹着口哨,赶着他的牛群从那窝鸟的低堂中通过时,他们也没有恼怒。这些鸟儿没有进入村子的社交圈。他们过得挺好,生儿育女。他们不纺纱也不织布,啼鸣中仿佛含有某种有节制的欢乐。[1]

---

[1] 作者此段描述源自梭罗的散文《散步》。梭罗在一个下午(转下页)

醒来的森林

我自以为林中人[1]只是在为鸟儿美言,尽管我观察到当斯波尔丁的马车从鸟儿的房前隆隆作响地通过时,有时他们的确挺恼火。然而,总的来说,鸟儿对人的活动漠不关心,反之亦然。

前几天,在一片老铁杉林中散步时,我数了一下,共有四十多种夏季的候鸟。其中的许多与附近其他林子中的鸟类相似,但也有许多是在这片古老、荒寂的地方不曾见过的,而且还有不少是在任何地方都罕见的。在一片森林中,而且是一片不很大的森林中,发现如此众多栖息的鸟类可谓不同寻常。这些鸟儿多数在这里筑巢过夏。根据我的观察,许多这些种类的鸟通常是在更靠北一些的地区过夏。但是鸟类的地理分布通常是由气候决定的。相同的气候,尽管纬度不同,往往会吸引同种鸟类,即高度与纬度的区别对鸟类没有什么影响。位于纬度30度以下的一片高于海拔的高地会具有与低于纬度35度以下地区相同的气候、相似的动植物群。在我写作的特拉华河上游,纬度与波士顿相同,但该区的海拔更高,因此其气候与美国及新

(接上页)散步于斯波尔丁的农场,在洒满阳光的林间,他看到了一窝自由自在地生活在林中"高贵殿堂"里的鸟儿家族,从而引发了对这些林中精灵的一番富有诗意的联想与感叹。——译注
[1] 此处指梭罗。——译注

第二章 在铁杉林中

英格兰北部的气候更相似。向东南方向驱车半天便会将我带进不同的气候,更古老的地貌,不同的林木,不同的鸟类,甚至不同的哺乳动物。在我所处的地方,找不到灰色的小兔子和小狐狸,只有北方的野兔和红狐。上个世纪,一群海狸曾居住于此,但是最老的居民也无法指出传说中他们筑坝的地点。在我将要带领读者前往的老铁杉林中,除了各种鸟类之外,物产极其丰富。就此而言,毫无疑问,其财富主要在于林中枝繁叶茂的植物、果实累累的泽地以及幽暗静谧的林地。

铁杉林的历史颇具英雄气概。尽管被想要其树皮的制革工人掠夺蹂躏,被伐木工人乱砍滥伐,被移居者攻击践踏,然而其精神依旧,其气势不垮。前些年有条公路通过林区,那可从来就是一条让人无法容忍的路。大树横倒在路上,湿泥和树枝堵塞了路面,直至路人终于领悟了暗示,绕道而行。现在,当我走在它那荒芜的道上时,所见的只是浣熊、狐狸和松鼠的足迹。

大自然热爱这样的林子,因此便给林子封上了她自己的封条。在这里,她向我表明怎样处置羊齿、苔藓及地衣。土壤肥沃,满目绿意。站在这些香气袭人的绿色通道中,我感到了植物王国的强盛,并对身边悄然发生着的深奥而神秘的生命进程深表敬畏。

如今，没有带着斧头与铁铲的敌人造访这些僻静的地带。牛群在林中时隐时现，它们知道去何处寻觅最嫩的青草。在春季，农夫常到毗邻的枫林中去制糖。在七八月，所有乡间的妇女与孩童都穿过老巴克皮林，采摘山莓与黑莓。我还知道有个年轻人沿着林中那缓缓的溪流游荡，一心想钓到鳟鱼。

在这个6月的晴朗早晨，持有同样的心情、警觉与活力，我也前往收获我的收成——寻求比糖更为甘美的甜蜜，比莓果更为香醇的果实，比钓鳟鱼更为刺激的游戏。

在所有的月份中，鸟类学的学生最不可失去的良机便是6月。此时，绝大多数鸟儿都在筑巢，同时也是它们歌喉最响、羽毛最美的时期。如果一只鸟不会唱歌，那还能称其为鸟吗？难道我们不需等待陌生人开口说话吗？就我而言，似乎只有听到鸟的声音才算认识它。然后，我立即靠近它，而它也对我持有某种通人性的兴趣。我曾在林中遇到一只灰颊鸫，并将其捧在手掌中，可是我还是不认识他。雪松太平鸟的沉默给他罩上了一种神秘感，无论是他好看的外表还是他偷吃樱桃时的样子都无法消除这种神秘感。一只鸟的歌声含有其生命的线索，并在它与听者之间建立起某种同情与理解的情感。

我沿一座小山陡峭的山路而下，穿越一大片糖枫林，

第二章 在铁杉林中

走近铁杉林。当我距林子约一百米远时,便听到林中处处响彻着红眼绿鹃那经久不息、带着颤音的啼唱。那歌声欢乐无比,宛如一个学童欢快的口哨。红眼绿鹃是最为常见、分布最广的鸟类之一。从5月至8月,在美国中部或东部的任何地区,无论是何时,无论天气好坏,无论是在哪片森林,很可能你听到的第一声啼鸣就是来自红眼绿鹃的。无论晴天还是雨天,无论午前还是午后,无论是在林子深处还是在村庄的小树林——当鸫类鸟嫌天气太热或莺科鸟嫌天气太冷、风太大时,这个小小的音乐家却从不顾及演唱的时间与地点,总是沉湎于自己欢快的歌曲之中。在阿迪朗达克山脉的原始森林中,鲜见鸟类,也很少听到鸟鸣,然而他的啼鸣几乎总是萦绕在我的耳际。红眼绿鹃总是忙忙碌碌,一刻也不停地从事着颇具天赋、令他陶醉的音乐行当,他的曲子堪称是勤劳与满足合二为一的曲子。他的演唱毫无伤感之情调,也不是特别的悦耳,但是所表达出的显然是那种欢快的情感。的确,多数鸟的歌声对人类都具有某些意义,我认为,那是我们从中得到快乐的源泉。我认为,刺歌雀的歌声表达了欢乐,麻雀的歌声象征着忠诚,蓝鸲的歌声意味着爱情,灰猫嘲鸫的鸣叫表示着骄傲,白眼翔食雀的啾唧显露出羞涩,隐居鸫的吟唱体现出精神的宁静,而红色知更鸟的叫声则含有某种军人的庄重。

红眼绿鹃被一些作家归为翔食雀类，却更像食虫莺，几乎没有鹟科或纯种莺属那些特点与习性。他颇像歌绿鹃，因此这两种鸟常使粗心的观察者分不清。两种鸟鸣带有同样欢快的曲调，但后者更连贯、更急促。红眼绿鹃体形略大、略修长，带有淡青色的冠和淡淡的眼纹。他的动作有些奇怪。你会看到他在树干上跳来跳去，好奇地翻腾着树叶，左顾右盼，飞来飞去，并不停地啼叫。偶尔，那啼鸣的音调会减弱，那就说明声音来自很远很远的地方。当他发现喜欢吃的虫子时，就会从树干上纵身一跃，先用嘴弄伤虫子的头，然后再吃掉它。

当我进入林中时，石瓦色的雪鹀[1]在我面前飞起，叽叽喳喳地叫着。当他这样被打扰时所发出的抗议可谓严厉而冷酷。尽管他在此生儿育女，但由于他像歌雀一样，在临近冬天时离去，春天又返回，所以与寒冷和冰雪毫无关系，并不被视为"雪鸟"。鸟儿在不同的地区保留的习性有着天壤之别。甚至连短嘴鸦都不在此地过冬，在12月之后或3月之前难得见到。

雪鹀，当地农民也称之为"黑斑翅鸟"，是我所知道的第一流的地上建筑师。其巢址通常选在靠近树林的路边斜

---

[1] "雪鹀"又译"暗眼灯草鹀"。——译注

面的底部。稍稍挖开一点，带着一个半隐半露的入口，这个精美的建筑物就坐落其中。由于用了许多牛毛、马鬃，鸟窝的内部对称均匀、结实稳定、柔软舒适。

我走过糖枫的拱廊，仅顿足片刻看了看三只松鼠（两灰一黑）的滑稽表演，然后，穿过一片古老的林篱，才算真正进入老铁杉林界内。它位于一片最原始和僻静的领地。我踩在厚厚的苔藓上，好像脚被裹上了什么东西，眼睛的瞳孔在朦胧、近乎神圣的光线下膨胀、扩大。然而，无礼的红松鼠蹿过来，对我的来临窃笑不止。它们喋喋不休地嬉闹、欢跃，毫不理会这里的宁静。

这方僻静之地是冬鹪鹩首选的云集之处。在邻近地带，这是我可以找到他的唯一的地点，也是唯一的林区。他的声音仿佛由舞台上某种奇妙的回声结构相助，充斥着这些阴暗的通道。事实上，这么小的一只鸟唱出的歌是非常洪亮的，并且衔接得十分完美、极富情感。它使我想起了带着颤音的银嗓子。从它那情感横溢的抒情特色中，你或许会听出那是冬鹪鹩的歌，但是你必须仔细地瞧才能看见这小小的音乐家，尤其要选择他演唱的时候。他的颜色接近大地与树叶的色彩。他从不飞上高树，总是在低处轻快地在树桩与树根之间飞来飞去，从自己的隐身处跳进跳出，并且以怀疑的目光观察着所有的侵入者。他长着一副活泼可爱、近乎滑稽的面孔，尾巴竖得笔直，直指其头。在我所了解的鸣禽中，他是最不爱炫耀的一个。他演唱时从不装腔作势，只是自然地抬起头，清清嗓子做好准备，然后，栖在一条圆木上，任歌声自然涌出。他的目光直视前方，甚至朝下看着地面。作为歌手，比他优越者寥寥无几。在7月的第一周后，我就再也听不到他的歌声了。坐在如同加了软垫的圆木上，我品尝着爽口、略带酸味的酢浆草。这种植物的花朵硕大且带有粉红色纹理，在满是苔藓的地方怒放。此时，一只赤褐色的鸟轻快地飞过，落在十几米以外低矮的树枝上，用"唶！唶"或"唔！唔"的啼鸣向我致意。那声音如同你唤狗的口哨。从他那情不自禁的、优雅的动作中以及带着暗斑的前胸，我知道那是只鸫。这时，他吐出了几声轻柔圆润、如同笛子般的啼鸣——那是传入我耳际的最简约的音乐表达形式，然后，飞掠而过。我得知它是一只韦氏鸫，或威尔逊鸫。在所有的鸫类中，他的体型最小，与普通蓝鸲差不多，人们往往从他胸前斑点暗淡的程度来与其他鸫类区分。棕林鸫的斑点是椭圆形的，点缀在白色的羽毛上，非常醒目清晰。隐居鸫的斑点呈线状，分布在淡淡的、青白色的羽毛上。在韦氏鸫身上，这种斑点似乎已经不再新鲜，从十几米外望去，其胸前只呈现出一片模糊不清的黄色。要看清他，你只得在他的聚集处坐等静观。而在这种情况下,似乎他也同样急于仔细地打量打量你。

从那些高高的铁杉树上传来一声悦耳的、虫鸣般的鸟鸣。偶尔,我看到一根细枝在颤动,瞥见一扇鸟翅掠过。我看得头发昏,脖子都要错位了,但依然没有看清。不久,鸟飞出来了,或者说看似飞出来了,落下几英尺去追一只苍蝇或蛾子,我看到了他整体的轮廓,但在昏暗的光线下,我不敢确定。在如此紧急关头,我拿出枪。众鸟在林不如一鸟在手,此言从鸟类学研究的角度来看,也颇有道理。因为不猎杀鸟、不获取标本,就无法在鸟类学研究中取得可信而迅速的进展。从其习性及形态来看,显然,这只鸟是只莺。但是,是什么样的莺呢?我观望着他并试图叫出他的名字:深橙色或火红色的喉和前胸,眼纹及冠也呈现出同样的色彩,背部是黑白相间色。雌鸟的斑纹及色彩都偏淡一些。叫他橙喉莺似乎很适合,是个有特色的绰号。但不对,他注定要沿用他的发现者的名字,第一个用步枪打落他的巢、夺走其配偶的人大概是——布莱克伯恩,那么,他就是布莱克伯恩莺[1]。"伯恩"一词似乎用得特别贴

---

[1] 此处原文为"Blackburnian warbler",又译"橙胸林莺",但根据下文,此处音译为"布莱克伯恩莺"。——译注

切，因为在阴暗的常青树林中，他的喉和前胸像火焰般在燃烧。[1]他的颤音十分悦耳，令人想起橙尾鸲莺的颤鸣，但乐感不是特别强。除了此地之外，我在别处从未发现过他。

在同一地点，我被另一种莺所吸引，而且为了看清歌者，也经历了同样的艰难。那是一种与众不同的曲子，尖厉而带着齿擦音，在古老的树林中听起来煞是好听。人们在长着山毛榉和枫林的高原地带要比在这些僻静的地带更常听到它。将这种鸟置于手中，你不禁要惊叹："多么漂亮！"这么小巧而优雅，莺类中最小的一员；淡蓝色的背，肩部点缀着淡古铜色的三角形斑纹；上颚呈黑色，下颚黄灿如金色；黄喉，前胸呈深古铜色。他被称作"蓝黄林莺"[2]，尽管那种黄更接近于古铜色。他真是优美漂亮得不同凡响，是我所熟悉的莺类中最小、最美的。每当我在那些外貌粗犷、野蛮的动物中发现了如此优美纤巧的尤物时，便会惊叹万分。然而，这就是自然之规律。走向大海，攀登山峰，在最粗犷和最野蛮的自然中，你同样会发现最优美、最纤巧的一面。大自然的宏观与微观非常人所能理解。

---

[1] "伯恩"的原文"burn"亦为"燃烧"，作者此处用了双关语。——译注
[2] 学名为"北森莺"。——译注

第二章 在铁杉林中

布莱克伯恩莺或橙胸林莺

蓝黄林莺或北森莺

走进林中，当鸟儿的歌声渐渐减弱，我面对着周围那静谧的林木沉思时，会有一支曲子由林海深处传入我的耳中——隐居鸫的歌声。对我来说，那是自然界中最优美的音乐。我时常就这样远远地听他歌唱，有时距他有将近半英里远，这时只能听到他乐曲中那最强最美的部分；在那些鸫鹟和莺类的大合唱中，我总能察觉出这种悠然升起的清纯而沉静的声音，仿佛上苍某个遥远之处的一个精灵，以一曲神圣的歌儿在伴唱。这歌声在我心中激起了美感，并暗示一种自然中无其他任何声音所能带来宁静而神圣的欢乐。或许他更合适被称作是黄昏之曲而非晨曲，尽管我在一天中的任何时辰都能听到它。它极为简朴，其魅力几乎显而易见。"噢，和谐！和谐！"他似乎在说，"噢，上苍！上苍！噢，云消！云消！噢，雾散！雾散！"这些片语带着悦耳的颤音，点缀在优美的序曲中。它不同于唐纳雀或大嘴雀的曲子，不那么高傲和华丽；没有激情的起伏，没有个人的情感，仿佛是一个人在最佳时刻所获取的那种宁静、甜美而又不失庄重的声音。它达到了某种安详、深沉、亦庄亦谐的欢乐，这种欢乐只有最高尚的心灵才能领悟。几天前的一个夜晚，我登上一座山去看月光下的世界。当我接近山顶时，隐居鸫在距我几十米外开始唱他的夜曲。在寂静的山野中，有地平线上的一轮满月相伴，听着这支曲子，此刻，城市的华丽与人类文明的自负都显得廉价而微不足道。

我几乎不知道两只同类的鸟会在同一地点同时展开歌喉，以示高低，比如像棕林鸫或韦氏鸫。从树上打下其中的一只，我发现另一只在不到十分钟之内会在几乎同一栖处重展歌喉。那天晚些时候，当我进入老巴克皮林的中心地带时，突然在低泽地中遇到一只正在鸣啭的鸫。奇怪的是，他似乎没有惊慌，而是像没有被打扰似的，还升高了他那神圣的歌声。我掰开他的嘴,发现里面灿若黄金。我期待着能看到其间镶着珍珠和宝石,或从中飞出一个天使。

此鸟在书中所见不多。事实上,我几乎不知道有哪位研究鸟类学方面的作家在描述三种歌鸫的题目时能够将它们区别清楚。他们不是将其外形就是将其歌喉相混淆。《大西洋月刊》[1]的一位作家颇具权威性地告诉我们,棕林鸫有时也被称作隐居鸫,然而,在准确地描述了隐居鸫美妙的歌声之后,竟将它归属于韦氏鸫类。新近出版的大百科全书,援引奥杜邦的最新研究解释说,隐居鸫的啼鸣含有一种单调、悲哀的声音,而韦氏鸫的啼鸣与棕林鸫的啼鸣非常相似!隐居鸫可以通过其颜色而轻易识别:其背呈清晰的黄褐色,至臀部和尾部变成赤褐色。翅膀上的羽茎与尾部的羽茎在暗色基调上相并列,形成鲜明对比。

我沿着那条老路走下去,注意到在薄薄的一层淤泥上有走过的痕迹。这些动物是何时走过这里的?我从未遇见过一个。这里有一处皱领松鸡的脚印,那里是啄木鸟的。这边是松鼠或水貂,那边是臭鼬鼠,还有狐狸。列那狐[2]走

---

[1] 见 1858 年 12 月。——原注
[2] 列那狐是讽刺当时人类社会的几部中世纪动物故事组诗中的主角。此处是狐狸的代名词。——译注

过的痕迹显得多么清晰而又胆怯！它与小狗的足迹太容易区分了——它是如此整齐而轮廓清晰！在它旁边，狗的足迹显得粗鄙而笨拙。在动物足迹中，如同在其声音中一样，充满着野性。鹿的足迹更像绵羊还是山羊？从灰松鼠留在新雪上那交织着的清晰足迹上，我们可以推测是何等轻快机敏、动如脱兔的小动物从此掠过！啊！自然是最好的训练场。林中生活是怎样磨砺了触觉，赋予视觉、听觉及嗅觉以新的力量！难道林中之鸟不是最罕见、最绝妙的歌手吗？

在这些僻静之地，我处处都能听到东林绿霸鹟那凄凉、几近悲哀的啼鸣。绿霸鹟是纯正的翔食雀，十分容易识别。它们是个性很强的鸟，家族特征鲜明，有着争强好斗的性情。在我们的原野和森林中，他们是最缺乏魅力或风度的鸟。削肩、大头、短腿，无任何显著的色彩，飞姿和走相都不美观，摇摆尾巴的样子实在难看，不是与邻居争吵就是彼此之间拌嘴。因此，当观鸟者列举那些曾激起自己欢乐情感的鸟类时，绿霸鹟几乎从不在此列，他们也从未成为人类感兴趣和喜爱的对象。极乐鸟是鸟家族中打扮得最漂亮的一员，却是个吹牛大王。尽管他总是瞧不起自己的邻居，本人却是个声名狼藉的胆小鬼。对手略显一点勇气，他便投降。我曾见他在燕子面前仓皇逃走，还知道我们刚才所提到的小绿霸鹟把他击得一败涂地。大冠翔食雀及小绿翔食雀的生活方式及习性大致相同。在两点之间的飞行中，他们的速度很慢，在捕虫时，速度却极快，似乎毫不费力，一下子就捉住了行动最机敏的虫子。尽管他们的外表似沉静麻木，但表现出的动作却紧张急促。他们不像莺类那样急急忙忙地搜索树丛与树枝，而是栖在中间的树枝上，像个真正的猎人，等待着猎物的到来。当他们捕住猎物时，总能听到其口中发出"啪"的响声。

在这一带最常见的东林绿霸鹟以他那悦耳而悲哀的啼鸣引起你的注意。正如他的曲调有着持续升高的余地一样，森林中也有着他活动的巨大场所。

他的亲属——菲比霸鹟——用苔藓在倾斜崖面或悬岩上建起绝妙的小巢。几天前，路过一个位于荒山顶上的壁架时，我的目光停留在这样一种建筑之上，它看上去简直就像长在那里，与岩石上的苔藓融为一体。从此，我对这种鸟的喜爱与日俱增。岩石似乎十分喜爱这个小巢而视它为己有。我感叹道：在这里真能学到最好的建筑学！这所房子是由无尽的关爱及完美的适应性为目的而建成的，它看上去就像大自然的产物。同样明智的节俭也体现在所有鸟类的小巢中。没有任何鸟会把其巢漆成白色或红色，也不会增添任何装饰物。

在森林中最阴暗茂密的一处，我突然遇到了一窝已经成熟的鸣角鸮,栖息在长着苔藓、离地面仅几英尺的枯枝上。我在离他们四五米处驻足,当我四下环顾时,目光突然落在这些静止的灰色动物上。他们笔直地栖坐着,有的背朝我,有的面朝我,头部都不约而同地、齐刷刷地转向我,眼睛眯成一条黑线。通过这条线,他们在观察我,显然认为我并没观察他们。这种现象奇怪而可笑,让人联想起某种滑稽又可怕的事物。它产生了一种新的效果,白天森林中黑夜的一面。观察他们片刻之后,我朝他们走了一步,这时,他们的眼睛猛然睁开,姿态也随之转变,有的向这边弯腰,有的朝那边低头,充满生机与活力,瞪大眼睛环顾四周。我再走近一步,除一只外,他们全都飞走了。而这一只飞到下面的树枝上,扭头用恐惧的目光看了我片刻。鸣角鸮敏捷轻快地飞起,分散在树丛中。我打下了一只茶红色的,像威尔逊所描述的那种。令人惊奇的事实是,这些鸣角鸮的羽毛呈现出两种截然不同的样貌,它"与性别、年龄或季节无关":一种是灰白,另一种是茶红。

来到林中一个相对比较干燥、苔藓比较少的地方,我被金顶鸫逗乐了——可是,实际上他不是鸫,而是橙顶灶莺。他在我的前面像滑动似的轻松地走着,带着一种无意识的、全神贯注的神态,如同母鸡或松鸡那样扭着头,步履时快时慢,引得我不由得顿足观望。我坐下来,他也停

第二章 在铁杉林中

下来观察我,同时又朝四处继续他那漂亮的漫步,看上去像是一心一意地做自己的事情,却从未让我离开他的视线。然而,像这样长于行走的鸟寥寥无几,多数鸟都像知更鸟那样,是跳跃者。

看到我毫无敌意,这位漂亮的步行者心满意足地飞上离地面几英尺的枝干,给予我恩惠——可以听他演唱。那是支不断升调的曲子,由非常低的音节开始,低得仿佛他在遥远的一个什么地方。他的声音越来越大,直至全身都开始颤抖,歌声变成了高亢的尖叫,在我耳际回响。这支曲子或许可以用这种形式表达:"啼切儿,啼切儿,啼切儿,啼切儿!"——第一个音节的重音及吐出的每一个字都不断加重加强。我所熟悉的作家没有给予这种演唱技巧以应有的音乐才能方面的赞赏。然而,他的音乐才能才刚崭露头角。他保留着一支更罕见的美妙之曲,等待送给他在空中遇到的美人。轻快地飞向最高的树顶,他冲向空中,像雀那样以一种几乎静止、盘旋的姿态飞行,然后,突然迸发出一支绝妙、令人欣喜若狂的歌——清脆如铃,余音袅袅,那快活劲儿能与金翅雀媲美,那曲调能与朱顶雀匹敌。这支歌曲是人们绝少听到过的鸟之歌中的精品之一,并且通常在黄昏或太阳落山后才能听到。藏在森林中,躲开人们的视线,心醉神迷的歌手用颤音唱出他最美妙的歌曲。在这首歌中,你会立即发觉他与水鹨鸫的关系(它通常被误称为水鸫),其歌也是突然迸出,音质圆润清脆,含有青春的活力与快乐的曲调,仿佛唱歌的鸟儿刚得到了飞来的好运。将近两年以来,这个漂亮的步行者的这首曲子对我来说,更像是一种虚幻的声音,而且我对这种声音的困惑,如同梭罗被他那神秘的夜莺所迷惑一样。顺便提一句,我猜测那只夜莺对于梭罗而言,不是什么陌生的鸟,而是他熟悉的鸟。小鸟仿佛故意要保守秘密,不停地在你面前重复他那尖声、不断升高的曲子,似乎这便足矣,而且是他所拥有的全部。然而,我确信我可没有泄露任何秘密,将此事公布于众。我认为这是他绝妙的情歌,因为我常常在鸟的交配季节听到它。我曾在两只雄鸟在森林中拼命追逐时,捕捉到那种迸发出的、略受压抑的歌声。

从那条老路向左转,我走过柔软的圆木和灰色的残枝败叶,穿过小鳟鱼溪,深入到巴克皮林最繁茂的地区。在路上我不时地停下来观赏路边的景色:那朵从苔藓上探出头来的孤寂的小白花,带着心状的叶子,开的花儿除颜色外,与地钱一模一样,但是在我的植物学知识中却没有记载;还有羊齿,我数了有六种,有些大的长到齐肩高。

我来到一棵树皮粗糙、细细的黄桦树下,那里有一道石松的堤坝,上面嵌满了蔓虎刺果与稠密、闪闪发光的叶子，边缘点缀着鹿含草那一串串淡粉红色的花朵，散发出5月果园的气息。对于一个悠闲人而言，这个卧榻看上去过于奢侈，但我还是斜倚上去，看感觉如何。太阳刚刚过了子午线，下午的合唱还没有全面展开。多数鸟是在上午满怀激情地歌唱，然而，下午偶尔迸发出的一阵鸟鸣也会引起众声合唱；但是只有到了黄昏，你才能领略到隐居鸫圣歌中的力量与沉静。

我的注意力很快被一对在离我几米远的矮树上嬉戏的红喉蜂鸟所吸引。雌鸟兴奋地尖叫着，在树枝中躲躲闪闪，雄鸟在树上盘旋着，俯冲下来仿佛要将雌鸟驱逐。看到我，雄鸟轻盈地落到一个细枝上，转眼间，两只鸟都不见了。然后，似乎由一个预定好的信号所提示，所有的鸟儿都放开了歌喉。我斜倚在那里，闭目解析着由莺、鸫、雀及翔食雀组成的大合唱。一会儿，在众声之上，升起了隐居鸫略带孤寂的神圣的女低音。从那棵桦树顶上传来的极为柔和的颤鸣，常被无经验的人误认为是猩红丽唐纳雀的声音，其实是出自那只罕见的候鸟——玫胸大嘴雀。这是一支洪亮、活泼的曲子，一首明快的盛午之歌，充满了健康与自信，显示出演唱者卓越的才能，但不是天分。当我在树下起身时，他把目光投向我，但继续着他的演唱。据说这种鸟在西北部挺常见，但在东部地区却是罕见的。其嘴奇大而笨重,像一个巨大的鼻子,略微有损他那姣好的面孔。然而,大自然弥补了这一缺陷,赋予他玫瑰红的胸,以及双翅下两侧淡粉红色的里衬。他的背黑白相间,当他飞得很低时,白色便显露无遗。如果他从你头上飞过,你便会注意到他翅下那一抹柔和的红色。

那棵枯铁杉树上的一团璀璨的红色,像一块燃烧的炭火,在阴暗的背景上闪烁,似乎在这寒冷的北部气候里过于明艳,那是大嘴雀的亲属——猩红丽唐纳雀。我偶尔在铁杉林的深处遇到他,不知道在自然中是否还有比这更强的反差。我几乎有点担心他会点燃落脚的那条干树枝。他是一只离群索居的鸟,在这一带似乎喜欢高大僻静的林子,甚至飞往山顶。事实上,我上次进山的结果就是在山顶看到了这种正在放声歌唱的美妙动物。微风将歌声吹向四面八方。他好像很喜欢高地,而我想他的歌比平常音域更广、更为自如。当他飞向山那边很远之后,微风依然能将其美妙的歌声带给我。他是我们所见过的羽毛最漂亮的鸟。蓝鸲并非是纯蓝色;仔细观察的话,靛彩鹀、金翅雀、夏红衣主教雀也并非名副其实。可是在近处看,猩红丽唐纳雀的色彩丝毫不减:全身的深红色、翅膀与尾巴上的黑色完美无缺。这是她节日的盛装。秋季她的毛变成一种淡淡的褐绿色,那是雌鸟常年的颜色。

第二章 在铁杉林中

老巴克皮林一带大合唱中的领唱者之一是紫朱雀,或朱顶雀。他通常远远地栖在一株枯老的铁杉树上,用绝妙的声音吟唱。他是我们最好的鸣禽之一,如同隐居鸫位于鸫类之首一样,他位于雀类之首。他的歌达到了一种令人心醉神迷的境界,而且除了冬鹪鹩之外,是在林中可以听到的节奏最快、拖音最长的曲子。他缺乏冬鹪鹩特有的那种颤动的、清脆的、如同小溪潺潺的流音。但是它的曲子中响彻着一种丰

红喉蜂鸟　　　　　玫胸大嘴雀

雄(春季)
雄(秋季)
雌

猩红丽唐纳雀　　　紫朱雀

满圆润、十分柔和的口哨，非常悦耳动听。时而，会传来知更鸟那引人瞩目的啼叫，从始至终，他的唱法变幻如此之大、曲子唱得是如此之急促，给人的印象仿佛是两三只鸟在同时歌唱。知更鸟在此并不常见，我只是在这里或类似的林子中发现他。他的颜色怪怪的，看上去好像是把一只褐色的鸟放进稀释的十蕊商陆汁〔1〕中浸泡过的色彩。如果再浸泡两三次或许会使他成为纯紫色。雌鸟的颜色与歌雀相同，体型略大一点，嘴也略大，尾翼上的分叉更多。

在一块没有灌木丛与树木的空地上，我走向小溪，想把手没于溪水中。当我弯下腰时，一只淡青色的小鸟从堤上飞出来，离我的头不足三英尺远。她好像伤残得很重，飞过草地，进了最近的灌木丛。由于我没有尾随，而只是停在鸟巢边，她尖声地叫着，唤来了雄鸟。于是，我发现她是一只带斑的加拿大威森莺。我在书中没有发现此鸟在地上筑巢的引证，然而，巢就在这里，主要由干草构成，坐落在略微挖空了一点的堤上，离溪水不足两英尺，看上去易受小野鸭与滨鹬的威胁。巢中有两只雏鸟和一只刚生下的带斑的蛋。这是怎么回事？这里隐藏着什么秘密？一

---

〔1〕 十蕊商陆是生长于北美东部的一种灌木状植物，浆果呈红黑色。——译注

只雏鸟比另一只大得多,独占着鸟巢的一大半地方,而且叫声要比其同伴高得多,但显然两者的年龄相同,刚孵出不超过一天。啊!我知道了,这是褐头牛鹂惯用的把戏,像人类一样奸诈。我拎起这个好事者的后颈,有意将它扔进水中,它痛苦地抽搐了一下。我看到它裸着身子,在寒冷中颤抖着,顺水漂流而下。残忍吗?然而自然就这样残忍。我伤害了一条生命,却救了两条生命。否则,在两天内这个大腹便便的入侵者就会害死巢中两个正当的居住者。于是我插手干预,让事情重返原来的面目。

这种促使一只鸟将其卵产在其他种的鸟巢中,以逃避抚养后代之责任的本性,是自然界的一大奇观。褐头牛鹂惯使这种狡猾的把戏,当人们仔细盘算它们的数目时,便会很明显地发现。这种小悲剧时有发生。在欧洲,杜鹃也有同样的习性,而且,偶尔我们的杜鹃也会以同样的方式把抚养后代的责任强加于知更鸟或鸫类。据我观察,褐头牛鹂好像对此事毫无良知,总是选择小于其巢的鸟巢下蛋。它的蛋通常是最早孵出。当弄来食物时,它的雏鸟总是比宿主的雏鸟抢先吃。它长得极快,占据着巢中的位置,于是挨饿受挤的原居者很快就死去了。这时,宿主便移走其雏鸟的尸体,倾注其所有的精力与爱心来抚养其养子女。

莺类及小一点的翔食雀通常是此类事情的受害者。但我有时也看到石瓦色的雪鹀无意中上当受骗。有一天，在林中的一棵大树上，我发现一只黑喉绿林莺正在全神贯注地关照这种微黑色的、已经长成的弃儿。我曾向一个老农说明事实，他表示惊讶。因为此类事情发生在他的林子中，而他对此却一无所知。

在这个时节，人们会看到褐头牛鹂满林子徘徊，寻找将其蛋偷偷地产到别的鸟巢中的机会。一天，当我坐在一条圆木上时，看到一只褐头牛鹂在树丛中绕着小圈飞着，逐渐地接近地面。其动作急促而诡秘。在距我大约五十码处，它消失在低矮的灌木丛中，最后显然是落在地面上。

稍等片刻之后，我小心翼翼地朝那个方向走去。走到半路时，我不小心发出了轻微的响声。这时，鸟飞了起来，看到我后，便匆忙飞出了林子。到了地方，我发现了一个用干草和树叶筑成的简单的鸟巢，在一根伏地的树枝下半隐半现。我想那是个雀巢。巢中有三枚鸟蛋，还有一枚在离巢一英尺的下方，仿佛是滚落出来的，而它的确是的。它给人以这样的联想，当褐头牛鹂发现巢中的鸟蛋已满时，便扔出一个，在那里产下一枚自己的蛋。几天之后，我再访此巢，发现又一个蛋被扔出来，但空出的地方没有下新的蛋。雀巢被其主人遗弃了，鸟蛋已经变臭。

在所有我发现的这种借巢下蛋的情形中，我都注意到

第二章 在铁杉林中

雄雌褐头牛鹂在附近,雄鸟从树顶上发出流动滑润的啼鸣。

7月,在同一地带生养并变成了淡黄褐色的雏鸟开始成群,在秋季他们会长得很大。

带斑的加拿大威森莺是莺中极致,有着活泼可爱的歌喉,使人想起金丝雀的某些特征,但他的歌曲不是那么连贯和完整。此刻,这只鸟正在树枝间活泼地跳来跳去,沉浸在他那悦耳动听的鸣叫声中,高兴的样子让他难以保持沉默。

他的风度可谓十分醒目。当他发现你时,有向你致意的习惯,那样子非常漂亮。从体形上看,他是只优雅的鸟,身材略修长,背呈铅青色,毛至其冠时变成黑色。他的下半身,从脖子往下,是一种淡淡的、柔和的黄色,胸前有一圈带黑点的带状物。他还有一双带着淡黄眼圈的美目。

鸟的父母对我的来临深感不安,不停地高声大叫,引来了他们充满同情心的邻居。他们络绎不绝地前往探个究竟。栗胸林莺与布莱克伯恩莺携手而来。纹胸林莺稍停片刻,便急忙飞走了。马里兰黄喉林莺从下面矮灌木丛中羞涩地、啾啾地叫着,同情地发出了"飞扑!飞扑"的啼鸣。东林绿霸鹟直接飞到了树的上方。红眼绿鹃不停地徘徊着,用好奇而单纯的目光瞧着我,显然非常迷惑不解。但陆陆续续地,所有的鸟都飞走了,似乎没有给那对难过的父母以任何安慰与鼓励。我经常在鸟类中发现此类同情心的表露——假如他是真正的同情心，而不仅仅是好奇心，或是出于探究是否危险来临的念头。

一小时之后，我又来到此地，发现一切都平静了，母鸟待在巢中。当我走近时，她似乎往里又移了移，眼睛睁得很大，露出那种极富野性的、美丽的表情。她一直在巢中待着，直至我走到离她约两步远时，她才像先前那样展翅飞走了。然后，是短暂的孵卵期，巢中的卵被孵化。在没有受任何外来住宿者的推挤或抢占的情况下，两只雏鸟抬起了头。一周之后，他们便飞走了。鸟的幼年是如此之短促。奇怪的是他们竟然——哪怕是在这短暂的时期——逃避了这一带众多的臭鼬鼠、水貂和麝香鼠，而那些家伙偏偏就要吃这鲜美的一口。

我继续向老巴克皮林深处走去。时而在一条昏暗的、弯弯曲曲的小路，或者说是一条遮天蔽日的林间小道上行走；时而越过松软腐朽的圆木，或者穿过一片荆棘与榛木交织的林子；时而走进由野樱桃、山毛榉和软槭组成的美妙的园亭；时而出现在一小块开着黄色的金凤花或白色的雏菊的、平滑的草地上，或者在齐腰深的红山莓灌木丛中跋涉。

呼！呼！呼！一窝还未长成的皱领松鸡在距我几步之遥处陡然飞起，然后散开，消失在四面八方的灌木丛中。让我静坐在羊齿与荆棘的屏蔽下，听这只林中的雌松鸡唤来她的一群儿女吧。松鸡怎么这么小就会飞呢！自然似乎将其精力倾注于鸟的羽翼上，把鸟的安全作为首要的关爱。当鸟的身体被细细的绒毛所覆盖，看不到任何羽毛的痕迹时，翅膀上的羽茎已伸展出来。在惊人的短暂时间内，小鸟就可以向前飞行了。

在鸡与火鸡中也能观察到这种羽翼生长极快的现象，但水禽及笼中之鸟则不然，他们要等到羽翼丰满时方可飞行。不久前，在一条小溪边，我突然遇到一只小滨鹬，一个极为漂亮的尤物，满身柔软的灰毛，敏捷机警，看上去只有一两周大，但身上和翅膀上都没有羽毛。可是它不需要羽毛，因为它一头扎进水中，如同插翅般地就逃走了。

听！在那边的灌木丛中响起了柔和而规劝般的"咕咕"声，那声音是如此的微妙、热情而又不易察觉，只有最机警的耳朵才能听到。那呼唤中包含着多少柔情、热切与无尽的关爱！那是雌鸟的声音。不久，一种微弱胆怯的、几乎难以听到的"耶朴"声从四面八方传来，那是雏鸟的应答。由于附近似乎没有危险，雌鸟的"咕咕"声很快变成了非常响亮的"咯咯"声，[1]于是小家伙们便小心翼翼地朝那个

---

[1] 皱领松鸡中雌鸟的鸣声为"咕咕"或"咯咯"声，雄鸟的鸣声则类似快速的击鼓声。——译注

方向聚集。我蹑手蹑脚地走出藏身处，可是刹那间，声音全无，我既没有找到雌鸟也没有找到雏鸟。

皱领松鸡是最富当地色彩的一种地方鸟。我发现有他的地方似乎林子都平添了魅力。他赋予森林一种家的感觉，使人感到似乎他才是正当的林中主人。没有他的林子仿佛缺了点什么，如同受到大自然的忽视。他本人也是如此出色：强壮而充满活力。我认为他喜欢寒冷与冰雪。似乎他的羽翼在仲冬抖动得更为热切。如果雪下得很紧，即将迎来一场暴风雪，他会满足地栖在一处，等待瑞雪将他覆盖。若在此时靠近他，他会从你脚下的积雪中猛然飞起，将雪花扬得四处都是，然后，啼叫着像炸弹似的飞出林子，活现一副本土精神。

他的鼓点是春天最受欢迎、最美妙的声音。在树芽刚刚露出的4月，无论是在宁静的清晨，还是在夜幕降临的时分，你都能听到他专心致志地扑打翅膀的音响。如你所料，他不选择干枯、带树脂的圆木，而喜欢腐朽破碎的圆木，仿佛尤其偏爱那种几乎与泥土融为一体的老橡木。如果找不到如意的圆木，他就把他的圣坛建在岩石上，那岩石将在他热情的羽翼下与之共鸣。谁见过皱领松鸡敲打鼓点？这就与碰巧看到黄鼠狼打瞌睡差不多，尽管如果细心观察、多施技巧也并非无法做到。他并不搂着圆木，而是直

第二章 在铁杉林中

加拿大威森莺　皱领松鸡

哀地莺

立着,展开颈部的毛,先敲两声序曲似的鼓点,稍停片刻,然后再重复,鼓点越敲越急,直至那声音变成一种持续不断的"呼"声。全曲持续不足半分钟。其羽翼的尖几乎不触圆木,所以那声音是由空中拍打的力量形成的,就如同飞行时他的身体所形成的声音一样。一根圆木可以被用许多年,尽管不是被同一位鼓手使用。圆木仿佛是某种神殿而被赋予崇高的敬意。皱领松鸡总是虔诚地步行而至,如果不被粗暴地打断的话，再以同样的方式离去。他极为狡猾，尽管其聪明算不上大智。即使你蹑手蹑脚，也很难接近他。你要尝试多次方可成功。你要装作匆匆忙忙地从他身边走过，动静很大，这时，他就会收拢羽翼，一动不动地直立着，让你看个清楚。如果你是个猎手，还会让你一枪命中。

在老巴克皮林一条弯弯曲曲、漫无目的延伸下去的小道上行走时，我被一声由矮灌木丛中传来的绝妙而响亮的颤鸣所吸引。我很快地联想到那是马里兰黄喉林莺的声音。不久，歌手便跳上枝头，让我一饱眼福：铅色的头和脖，毛至胸前几近黑色，橄榄绿色的背，黄色的腹部。从他贴近地面甚至偶尔还在地上跳跃的生活习性来看，我知道他是只地莺；根据他那黑色的胸，鸟类学家在其名前添加了一个"哀"字，于是便成了哀地莺。

威尔逊与奥杜邦都承认，相对而言，他们对这种鸟知之甚少。两者都没见过他的巢，也不了解其聚集点及一般的生活习性。尽管其歌极为醒目而新奇，但一听其声就知道属于莺类的歌喉。他十分羞涩而机警，每次只飞几英尺远，并且谨慎地将自己藏于你的视线之外。我在此地只发现了一对哀地莺。雌鸟嘴里衔着食，却机警地避免暴露其巢的位置。地莺都具有一种显著的特征：非常漂亮的腿，白皙而纤细，好像总是穿着丝袜与缎鞋。高树莺通常是深

第二章 在铁杉林中

褐或黑色的腿,羽毛更为艳丽,但音乐才能略微逊色。

栗胁林莺属于后一类。他在这一带林子以及附近其他树林都很常见,却是莺中最罕见、最漂亮的品种:白色的胸和脖、栗色的侧腹以及黄色的冠,十分醒目。去年,我发现了一个栗胁林莺的巢,它位于高高的山毛榉林靠近路边的一片矮灌木丛中。牛群每天在巢的附近吃草,并从那里经过。一切都很正常,直至有一天,褐头牛鹂在那里偷偷地下了个蛋。从此,不幸接踵而来,鸟巢很快就空了。在这个季节,雄鸟姿态的特征是羽翼略微下垂,尾巴稍稍立起,使他颇具矮脚鸡那清爽利落的外表。其歌声美妙而急促,好像不是出自他的歌喉,而是大合唱中的一曲。

落入耳际的一种带着森林韵律、更为悦耳的曲子是黑喉绿林莺的歌。我在不同的地点遇到了他。在纯正的莺类中他是无以伦比的。其歌洗尽铅华,而且非常纯正与柔和。它可以用直线来这样显示:—— —— √;前两条线表示两声优美清脆的音符,同样的曲调,不带强音;后者是休止符,其间有变调。雄鸟的喉与胸是像天鹅绒似的华贵的黑色,其颊是黄色,其背呈黄绿色。

从巴克皮林的那边,那片由铁杉、桦树与山毛榉组成的林子里,传来了黑喉蓝林莺那懒洋洋的仲夏之歌。"啼,啼,啼—咿—咿!"回响在上面的滑坡上,带着夏季昆虫特有的"嘤嘤"的鸣声，却不乏某种缠绵的韵律。它是所有林中最无精打采、拖拖拉拉的曲子。我感到立刻就要在干树叶上躺倒了。奥杜邦说从未听到过他的情歌；然而，这就是他所有的情歌，而且显然他是其褐色小情人心目中朴实无华的英雄。不同于他的同类，他一点也不拿腔作势，也不善于做惊险而引人注目的表演。他偏爱由山毛榉和枫树组成的密林，在离地面八至十英尺的低枝或小灌木丛中不慌不忙地飞着，不时地重复着他那无精打采的、懒洋洋的曲调。其背与冠呈深蓝色，脖与胸是黑色，腹部是纯白色，羽翼上各有一枚白斑。

到处都可以见到黑白森莺，其悦耳的曲调使我想起毛丝鸟的歌。毫无疑问，它是人们所能听到的最动听的鸟之歌。就此而言，少有昆虫之歌能与之媲美。但它又没有后者那尖声刺耳的特征，极为优美柔和。

那声尖细、连贯而持续不停的颤鸣，通常会被不善于仔细辨别的人误认为是红眼绿鹃的鸣叫，而实际上，那啼鸣来自独居的歌绿鹃——一种稍大的、更罕见的鸟，其鸣啭更洪亮，但不那么欢快。我看到他在树枝间上下跳跃，并注意到他胸前和侧腹的橘黄色以及白色的眼圈。

尽管我只是探索了这片神圣古老的森林的一小部分，仅描述了四十只鸣禽组成的大合唱中的领唱者，但是渐渐

第二章 在铁杉林中

退下的夕阳与愈发浓重的阴影提醒我这次漫游该结束了。在老巴克皮林的沼泽地中一处孤寂宁静的角落,在那片盛开着紫兰花、人与畜的足迹都不曾践踏过的地方,我流连忘返,凝视着悬挂在高高矮矮的树木上千姿百态的地衣与苔藓。每一片林子、每一条大大小小的树枝都披上了华丽的盛装。在高高的树顶上,留着胡须的苔藓为树枝饰以花带,优雅地在树干中飘荡。每一条枝节都显得饱经风霜,尽管枝头依然是绿意浓浓。一株年幼的黄桦露出神圣庄严的神态,但显然对于这种过早获得的荣誉感到惴惴不安。一棵腐朽的铁杉被装饰得如同迎接某个庄重的节日一般。

再次登上高地,当黄昏的肃静降临在林中时,我虔诚地伫立。这是一天中最醇美的时刻。当隐居鸫的夜曲从深沉寂静的下方袅绕而升时,我感受到洗尽铅华、震撼心灵的那种宁静,相比之下,音乐、文学甚至宗教都只不过是不起眼的形式与象征。

1865 年

第三章 | 阿迪朗达克山脉

1863年夏天,我去了阿迪朗达克山脉。当时,我研习鸟类学刚刚起步,正处于初学者的热情之中。我最渴望知道的是,在这些荒山野岭中能找到什么样的鸟——哪些是新朋友,哪些是旧相识。

在造访那些遥远偏僻、一望无际的原始森林时,人们自然期待着能发现一些稀奇古怪或从未见过的事物,但常常是事与愿违,扫兴而归。梭罗曾三次到缅因森林做短期旅行,尽管他惊动了麋鹿和驯鹿,但除了棕林鸫与绿霸鹟的歌声之外,对鸟的鸣啭方式无任何新奇的发现。我在阿迪朗达克山脉的经历也大致如此。鸟类大多喜爱聚集在居民区和开垦区的附近,而且正是这些地方,我看到了众多的鸟类。

刚进入林区时,我们在一位名叫休伊特的老猎人及拓荒者开垦的土地上逗留了两三天。在那里我遇见了许多老相识并结识了一些新朋友。雪鹀在这里有很多,而在离开乔治湖的那条路上,也到处都能见到雪鹀。当我清晨到溪水边沐浴时,一只披着晨露的紫朱雀飞到我的面前。去年冬天,我曾在哈德逊高地上初次观察到这种鸟。在那里,一连几个晴朗却寒冷的2月的早晨,一群紫朱雀在我房前的树上唱着迷人的歌。在紫朱雀的繁殖地遇见此鸟真是一种惊喜。白天我还观察到几只松金翅雀——一种深褐色或带斑的鸟,与普通金翅雀同出一族,其姿态与生活习性都与之相仿。他们随意地在房子周围徘徊,有时在离房子几英尺处的小树上落下。在那些遍地残株的原野,我遇见了一位特别喜爱的老朋友——草雀或者是黄昏雀。他栖在一株焦黑的树桩上,嘴里衔着食。然而,在林子的边界和原野中林木繁茂的地方响彻着一支新歌,我暗自纳闷,急于找到歌者。歌声在清晨及黄昏都非常引人注意,但又极其神秘和难以捕捉。我最终发现那是白喉雀,一种在这个地区常见的鸟。其歌柔和而缠绵,像一种细微颤动的口哨。但他会让你感到失望,因为,似乎那歌声刚起就结束了。假如那鸟儿能将像是序曲的鸣啭继续唱完,他就会在带羽翼的歌手中名列前茅。

在与开垦地接壤的那片矮林子里有一条游着鳟鱼的小溪,我在小溪边愉快地度过了一段时光,寻找和辨认了多种莺类——带斑加拿大威森莺、黑喉蓝林莺、黄腰林莺以及奥杜邦莺。后者是我的初识,他正带着一群儿女穿过溪岸边那片茂密的灌木丛，那里有许多昆虫。

时值8月，所有的鸟儿都在脱毛，只是断断续续地唱出简短的乐曲片段。在整个旅途中，我记得只听到一只知更鸟的啼鸣。那是在波瑞阿斯河畔茂密的森林中，他宛如一位挚友在呼唤着我的名字。

我们安排休伊特的小儿子作我们的向导。他是家中的"小弟"，一位二十岁左右的年轻人，典型的猎人。从休伊特家出发后，我们急于奔向森林。我们的目的地是波瑞阿斯河的静水湾，它位于哈德逊河偏远支流中的一节深长幽暗的河段，约六英里之外。在此地，我们逗留了两三天，在一间闲弃破损的伐木工人的工棚中扎营，用留在那里的一只旧炉子烧鱼。这段时间最值得一提的是，我靠自己的本事从静水湾钓起了半打大鳟鱼，而向导施展了全身的解数，耗尽其耐心，终一无所获。此地看上去就像有鳟鱼，但由于季节稍晚，河水偏暖，我知道鱼躲在深水处，这样就不会上钩。于是我决定在深水区洞头的附近去寻找它们。我钓了条鲤鱼，将它切成一英寸长的小片，用它们来做诱饵，把鱼钩放进静水湾的源头主流的一侧。在不到二十分钟内，我就钓上了六条漂亮的鳟鱼，其中的三条都是一英尺长。在对岸观看的向导及我那些难以置信的同伴看到了我的好运，急忙挥起鱼竿，先是掷向离我远的地方，后来

第三章 阿迪朗达克山脉

又纷纷抛向我的周围,却一条也没钓上。霎时,我的努力也成为徒劳,但我也征服了向导。从那之后,他以平等的身份,像同事那样轻松自如地对待我。

一天下午,我们探访了一个离溪水两英里远、新近发现的山洞。我们在山侧面的缝隙或裂口处艰难地挣扎,勉强地行进了约一百英尺,进入一大段带圆顶的通道。那里长年不见天日,在每年的某个季节,还是众多蝙蝠的栖息地。洞中有其他的裂缝与凹孔,我们探索了其中的一部分。洞中处处可闻潺潺的流水声,泄露了附近有条小溪的秘密。也正是由于小溪终年对山洞的侵蚀,使得洞口缺损。这条小溪来自山顶上的一个湖泊,从洞口处流出,因此溪水落入手中时感觉很暖,这使我们不无惊奇。

在这些林子中鲜有鸟迹。一只鸽鹰在我们营地上方徘徊,常听到的还有五十雀从远处传来的尖声啼叫,它在领着儿女们穿过高高的树林。

第三天,向导建议带我们去山上的一个湖,我们可以沿水域漂流,去寻找鹿。

旅程开始时,有一段陡峭不平的上山路。在经历了一小时艰难的攀登之后,我们来到高地上的一片松林。多年前,那林子曾遭受伐木工的破坏,所以现在对我们原本艰难的跋涉再设下重重障碍。尽管我们也时常看到黄桦、山毛榉和枫树，但林子还是以松树为主。背着枪跋山涉水实在是一种负担，但如果真有猎物出现，我们可以有备无患，这恐怕是支撑着我们负重旅行的信念。偶尔会有一只松鸡呼呼地从我们面前飞过，或者一只红松鼠哧哧地笑着，匆忙窜逃到它的巢穴。除此之外，林中似乎飞鸟绝迹。最醒目的物体是一棵老松树，显然是原先那些高大品种中仅存的一棵，在半山腰中俯视着一丛黄桦。

近午，我们来到一片长而浅的水面，向导称之为血鹿湖，因为据传说，很久以前，曾有一只麋鹿被屠杀于此。向宁静而孤寂的景色张望过去，向导的目光先捕捉住了一个正在吃睡莲的目标，我们的想象力立即把它定型为一只鹿。当我们正焦急地等待着其动作来证实这一印象时，它抬起了头。瞧！一只蓝色的大苍鹭。看到我们的逼近，它展开长长的双翅，神态庄重地飞向湖对岸的一棵枯树上，这情景非但没有缓和反而加深了笼罩在林中的孤寂与荒凉。当我们继续前进时，它从一棵树飞到另一棵树，一直位于我们前方，显然它不喜欢在这片古老僻静的领地上被打扰。在湖边，我们发现了生长着的瓶子草，遍布在沙地上的龙胆草绽开了闭合的花朵。

横渡这个荒凉孤寂的湖泊，我的心中期盼着某种情感的刺激，似乎大自然会在此处显露她的一些秘密，或者会

第三章 阿迪朗达克山脉

出现某些闻所未闻的稀有动物。人们常常朦朦胧胧地感觉到，万事之初都与水有一定的联系。当一个人独自散步时，常会在某种奇妙思想的引导下，走近小溪与池塘，仿佛那里是惊喜与奇迹的发源地。一次当我先于同伴而行时，从一块高高的岩石上，看到岸边的水面有点动静，但待我行至那个地点时，却只发现了麝香鼠的痕迹。

经过艰难的跋涉，我们穿过了盘根错节的森林，在午后抵达了目的地——耐特湖。那是一汪秀水，宛如一面镜子镶嵌在山腰。它约一英里长，半英里宽，周际是由香脂冷杉、铁杉及松树组成的森林，如同我们刚才路过的那个湖一样，是一幅无尽孤寂的凄凉画面。

并非森林本身给了你这种万般寂寥的感觉。林中有声音和动静，还有一个默默无声的旅伴，这时的你不过是一株行走的树。可是，当你来到山中的湖泊前时，野性得以充分地显示，荒野的气息扑面而来。水是如此这般地柔顺，它使得荒野愈加荒凉，使得文化艺术更为精粹。

我们行至的湖那端非常浅，像夏季的小溪，石头浮出了水面，而且处处显露出我们想寻找的稀有猎物的痕迹——足迹、粪便以及被啃去或连根拔起的睡莲。休息了半小时，在用枪打了一些此地上好的青蛙之后，我们填充了打猎子弹袋，然后，在柔软、含有树脂的松林中鱼贯而行，前往湖的另一端附近的一个营地。向导告诉我们，在那里我们肯定会找到一个现成的猎人小木屋。走了半小时，我们就到达了那个地点。那是一个令人赏心悦目的地方，如此的好客而热情，似乎那里孕育着林中所有亲切仁慈的感化力。在距湖一百多米的林中的一片洼地上，那个简陋的小木屋在向我们招手。它掩映在山毛榉、铁杉及松树的浓荫下，周边是一圈香脂冷杉和枞树，但在打猎季节从那里看不到湖面。它的式样令人赞许，三面是墙，树皮作顶，前面有一堆大树枝及一块岩石，看来有充足的燃料。可以隐约听到附近有潺潺的流水声，顺着水声找去，一条欢快的小溪呈现在眼前，它的上面覆盖着苔藓与林中的残枝败叶，如同被新雪覆盖一样，但也时有一汪汪像井似的小水面露出，仿佛专门为我们的方便所设。在圆木的平滑处，我注意到有女性的笔迹刻下的女性名字。向导告诉我们曾有一位英国女士，一位艺术家，带着一名向导在这个地区跋涉作画。

放下行李，烧了开水之后，我们的第一个举动就是去看看所谓的独木舟的保存状况，因为这个想象中的独木舟维系着我们寻鹿的希望。向导断言，他曾在去年夏天把独木舟留在附近。在搜寻了一阵之后，我们在一棵倒地的铁杉树顶上找到了它，但其状况已经很糟糕。在独木舟的一

第三章 阿迪朗达克山脉

位于阿迪朗达克山脉的一个小木屋

端，有一大片已被撕裂，在吃水处还可见一个可怕的裂口。不过，将它从树顶上取下，再用苔藓堵上裂缝，它还是能够载上两人，满足我们的愿望的。只需再做一个旋转支架和一支桨便一切就绪了。在太阳落山前，我们要充分施展木工手艺，完成这两件活儿。我们用一棵小黄桦飞快地削出一支桨的形状，把它削得光滑利落，几乎无可挑剔，这绝不是权宜之计，而是制作一个得心应手的工具。

旋转支架也以同样的技艺与速度做成。把一根约三英尺长的坚固木棒立在船头，再用一个横木将它固定，通过一个孔，它可以随意转动：把削成的一个直径约八或十英寸的半圆形木片置于支架顶端，在其周围放一个由新鲜桦树皮制作的弧形断面，形成一个天然的半圆形反射镜。其间再放上三支蜡烛，旋转支架就完工了。船中的座位由苔藓及大树枝制成，一个位于船首，供射击手坐；另一个位于船尾，供桨手坐。用青蛙与松鼠做的晚餐填饱了我们的肚子，当夜幕降临时，我们都为即将到来的机遇而激动万分。尽管我绝对称不上是一个打枪的内行——充其量不过是在技艺平平的基础上，添加了极大的热情——然而，似乎我被默许为打鹿的射手，假如我们真有这种好运。

我们计划当天完全黑透之后，沿水流而下，去小试身手。一切运转正常，我们在大约 10 点钟时急不可待地出发了。我一次又一次地触摸装着火柴的衣袋,看看它是否还在,不停地琢磨着我要做的动作,同时紧握着枪,确保万无一失。我的姿势是跪蹲在旋转支架下,一声令下,便要开火。夜深沉,月无光,寂静无声。行至湖心,西边吹来了几乎察觉不到的微风。微风中我们悄然无声地掠过水面。向导是划桨的高手,用不着将桨提出水面或划破水面,他便能保持我们所期待的那种稳定协调的行进。多么宁静的夜晚!面对湖面与森林,似乎耳朵是唯一的感官。偶尔会有一株睡莲擦过船底,弯下身来,我可以听到船头下隐隐约约的水声。除此之外,万籁俱寂。然后,犹如施了魔法一般,我们被一个巨大的阴影圈所包围。当我们到达湖心时,湖面在星光下泛起淡淡的光泽,那围绕着我们的黑黢黢的森林的阴影在水光的反射下形成了重影,呈现出一道宽宽的、首尾相连的黑环带。其效果如同某个魔术大师的魔法,令人惊骇。仿佛我们跨越了真实与虚幻的界限,来到了阴影与幽灵的故乡。向导所支配的是何种魔桨,竟能将我们摆渡到这样一个王国!莫非我真是铸成了大错,没有带那个靠得住的向导,以至于让黑夜的巫师取代了他的位置?岸边轻轻哗哗作响的水声打破了沉寂,我紧张地转向桨手。"是麝香鼠。"他说,然后继续向前摆渡。

在接近湖那端时,船缓缓调头,我们默默无声地划回那道神奇环带的接头处。如同以前，仍能听到轻微的动静，却毫无我们所期待的猎物出现的征兆。结果，我们一无所获，回到了出发地。

一个小时之后，接近子夜时分，我们再度出发。等待不仅没有使我迟钝，反而使我更加机敏。夜色也更加深沉、浓郁。时值子夜，在一年一度的这个季节，常常能在此时看到天空中柔和的光泽，"寥寥的几颗硕星"温柔地闪烁着。我们像之前那样缓缓地划向那片光怪陆离的阴影之地。沉寂更为彻骨。偶尔，会有飞鸟从船上的天空掠过，发出隐约的"嘤扑"声；一只蝙蝠会呼扇着翅膀飞过，或者，山中会传来猫头鹰的叫声，这一切给了漫漫沉寂以亮光。片刻之后，我被岸边的动静惊起，带着探询的目光转向船尾那沉着的桨手。

我们又到达了彼岸，然后调头返回。好奇心与激情都开始减弱。疲倦的大自然开始收回其画卷。船缓缓而行，枪手在座位上昏昏沉沉，时睡时醒。不久，有动静惊醒了我。"有一只鹿。"向导低声说。听到这话，枪迅速跳到我手中。侧耳倾听，先是哗啦啦的树枝的响声，随后是某种动物在浅水中行走的声音。声音来自湖的对岸，离我们的营地不远。像以前那样，我们悄然无声地划行，只是加快了速度。很快，随着又一阵加速，我看到船渐渐地划向那个方向。眼下,就像一个满腔热情要打灰松鼠的猎人,面对陡然出现的一只狐狸,而忘记了他带着枪一样,突如其来的情况对我也是严峻的考验。我突然感到活动余地不够,但已绝无可能调整船身。我已别无选择,只好任由自己的动作发出响声。"点亮旋转支架。"身后传来轻轻的耳语。我慌忙地、笨手笨脚地去拿火柴,结果掉了第一根。第二根火柴划得太猛,在我膝盖上折断了。第三根点着了,可是却在我急着往旋转支架上点时熄灭了。我怎么能点不着这些蜡烛芯!我们很快就要靠岸——睡莲已经开始擦着船底。再试一次,终于点亮了。轻轻的划行带来了微风,刹那间,一大团亮光洒落在我们面前的水面上,而船身依然掩在一片漆黑之中。

此刻,我已经度过了紧张阶段,恢复了沉着与镇静,而且格外机警与敏锐。我一切就绪,准备随时射击出现的目标,然而,周围却是一片寂静。片刻之后,岸边的树已经隐约可见。每一景物都仿佛是一头大鹿的模样。一块巨大的岩石看上去如同要跃起的鹿,伏地而卧的那棵树的枯枝像是鹿角。

可是,那两个闪烁的亮点是什么?还用得着告诉读者它们是什么吗?瞬间,一个真实的鹿头出现了。然后,是它的颈和肩,乃至全身。它立在那里,在齐膝的水中,眼睛盯着我们，显然刚才正在悠闲地低头寻找睡莲，以为那团亮光是月光在水面上玩的新游戏。"给她一枪。"有人敦促我。一声枪响。水中传来一阵混乱的脚步声，然后是跳入林中的响声。"她跑了。"我说。"等一等，"向导说，"我会带你瞧一瞧。"独木舟飞快地划向岸边，我们冲上岸，高举着灯架，借着它的光线搜寻附近。在圆木与灌木丛中，我又捕捉住了那闪烁着的亮点。可是，可怜的家伙！已经没有必要再打第二枪了，那就太残忍了，因为鹿已经倒地，快要断气了。然而这个成就太一般了，因为这是一头老雌鹿，整个夏季所付出的母爱已使她的精血殆尽。

这种猎鹿的方式非常新奇。被猎的动物显然是受到吸引或感到迷惑。它并未显得恐惧，反而像是惊呆了，或是受了某种魔法的影响。仅仅把握住鹿感到恐惧或想逃跑的那一时机是不行的。要想成功，必须尝试在它最初的困惑消失之前迅速地击中它。

从岸边观望湖中的景观，我看不到任何出乎意料或异常的情况。没有动静，没有声音，只有渐渐吸引你的那束光，像是地狱中的一只巨眼，紧紧地盯着你。据向导说，当一头鹿受了这种把戏的玩弄并逃脱后，他绝不会第二次上当受骗。上岸之后，他会以一声长长的鼻息为信号，告诫所有听到信号的动物赶快逃离。猎鹿的续集是小试身手，用左轮手枪击中了一只兔子,也许是野兔。它被营地的篝火及睡在那里的人所吸引,冒冒失失地跳进我们中间,但是当它在品尝放在一棵大树下开着口的浓缩牛奶时,可怜的大兔子被击中了脊骨。

那些在大自然中寄宿的人发现早起是很正常的事情。正是由于我们的贪睡恋床,使得我们与大地和空气隔离,并阻止我们效仿鸟与兽早起的习性。当一个居民在卧室醒来时,那不是清晨,而是早饭时间。可是在野外宿营,他可以感觉到清晨流动在空气之中。他可以闻到它,看到它,听到它,并且清醒地一跃而起。当早饭的吆喝声响起时,我们都毫不迟缓地冲向那摆着少量吃食的一棵卧地树干,因为我们都急于品尝鹿肉,但没什么人吃第二片,因为它又黑又有股子怪味道。

那天暖和无风,我们在林中游荡。森林是属于大自然的,能在其中漫步真可谓是一种奢侈的享受,她枝繁叶茂,充满了神圣感,但又醇美无比。没有燃烧的火,也没有伐木工的砍伐。每根树干、每条树枝、每片树叶都完好无缺地待在原位。每行一步都踏在像绿雪似的苔藓上。苔藓覆盖了一切,使得小块的石头成为坐垫,大块岩石成为床铺,树林成为豪华的古代斯堪的那维亚的客厅,其装潢非人工技艺所为。

一片石松毯随意地垂落在一棵松树脚下，我在那里小憩片刻，醒来发现自己正成为一群山雀讨论的对象。不久，三四只羞涩的林柳莺也来观看我这个漫游进其领地的怪物。除此之外，我的到来并未引起注意。

在湖畔，我遇见了那个果园中的尤物——雪松太平鸟。正在度假的雪松太平鸟，其特征常使人误认为是翔食雀，因为他把后者的风貌、举止模仿得惟妙惟肖。仅仅一个月前，我曾见他在花园及果园中痛快地吃樱桃，但当三伏天来临时，他便前往溪流与湖畔，寻求更刺激的娱乐来消烦解闷。从湖畔的一些枯树的树顶上，他向四面八方飞去：在空中划出一条曲线，飞上飞下，时而冲上天空，时而又直落而下，几乎贴近地面，然后回到其栖息处稍停片刻，再开始新一轮的游戏。松金翅雀也在这里，像往常那样，总显得那么不自如，带着某种期待的神情。我还在这里遇到了我漂亮的歌手——隐居鸫，但现在他已经不再唱歌了。一两周之后，他将飞往南方。这是我在阿迪朗达克山脉中看到的唯一的鸫类。在长着大片山莓和野樱桃的桑福特湖附近，我看到了许多隐居鸫。我们遇到的一个赶着牛群回家的牧童说那是"松鸡"。显然，那是由于当被打扰时，隐居鸫的啼鸣很像松鸡那"咯咯"的声音。

耐特湖中有鲈鱼、翻车鱼，但没有鳟鱼——其水质不

第三章 阿迪朗达克山脉

雪松太平鸟

松金翅雀

够清澈，鳟鱼无法生存。是否还有任何别的鱼类像鳟鱼这样挑剔，要求如此之高的和谐与完美的生存环境？再往北约一英里处的高地上，有一个湖泊，其中有鳟鱼，其岸陡峭多石。

接下来我们在荒野中冒雨徒步走了约十二英里，来到了一个叫作下游铁厂的地方。它位于通往长湖的路上，去长湖开车需要大约一天的时间。我们在此处找到一家舒适的旅店，愉快地享受它给我们提供的住宿与温馨感。那里人烟稀少，有几家很好的农场。此处可一览无余地看到马西山印第安隘口的北部及与此毗连的山脉。在我们到达的那个下午及翌日上午，浓雾完全锁住了风景。但下午，随着风向的转变，云消雾散，在我们面前展现出旅途中所见到的最为壮观的山色。约十五英里之外，群山连绵——马西山、麦金泰尔山以及戈尔登山，它们是阿迪朗达克山脉之王。真是令人心动的景观！风儿那双奇妙的手，陡然揭去布景上的遮盖物，使风景更生动地展现在我们眼前。

我在此地看到了黑鹂、麻雀、孤滨、加拿大啄木鸟及许多蜂鸟。事实上，我在此地看到的蜂鸟比我以往在任何其他地方见的都多。它们叽叽喳喳的叫声几乎充耳不绝。

阿迪朗达克炼铁厂已属于历史。在三十多年以前，新泽西城的一家公司在阿迪朗达克河沿岸地段购买了大约六万英亩地，那里磁铁矿源丰富。随之，那片土地被开垦，人们筑起公路、大坝及熔铁炉，开始冶铁。

我们所在地的这条大坝横跨哈德逊河，河水返流回上游约五英里处的桑福特湖。湖本身长约六英里，这样便形成了约十一英里长的水路，勉强可以航行至上游铁厂，而那似乎曾经是唯一运行的工厂。在下游铁厂，除了大坝的遗迹之外，我看到铁厂唯一的痕迹是布满了青草与杂草的

第三章　阿迪朗达克山脉

长长的小丘,像是一道土堤。我们被告知它曾是一堆有几百积层[1]的木块,大小均匀,堆积在那里,供熔铁炉使用。

在约十二英里外的上游铁厂,曾建了一座颇具规模的村庄,但现在已经荒弃了,只剩下一家人。

我们的下一步是到这个被遗弃的村庄。路沿河延伸了两三英里,带着我们看到了三四个荒芜的、遍地残株的农场。它继而延至湖畔,沿着岸边继续蜿蜒而行。这是一条荒废的圆木道,迫使行人留心脚下。沿路我们看到了冠蓝鸦、两三只小鹰、一只孤旅鸽及几只皱领松鸡。湖水在树丛中闪闪发光。我们从摇摇晃晃的桥上通过了湖的入口或水湾。过了一阵子,我们便开始经过路边已经荒弃的房屋。令我记忆犹新的是一个小农舍。房门的门闩已经脱落,靠在门框上;窗户只剩下几个窗格,犹如失神的眼睛;院落及小花园已被茂密的猫尾草所覆盖,院篱早已腐烂。在湖的源头,一幢高大的石头建筑在陡峭的岸上显现出来,在路边延伸。再往前一点,是那个朝东的村庄。向前方约一英里的地方望去,可见唯一的烟囱炊烟袅袅。我们继续赶路,在夕阳西下时走进了被遗弃的村庄。狗的叫声把全家人都引到了街上。他们静静地站着待我们走近。陌生人在

---

[1] 积层——柴薪体积单位,合 8×4×4 立方英尺。——译注

乡下的那一带出现可谓稀奇，所以我们受到了像老相识似的欢迎。

一家之长亨特是相当美国化的爱尔兰人，其妻是苏格兰人。他们有五六个孩子，其中两个是已成人的女儿，那种你常见到的、有几分羞怯的漂亮女子。两人中的姐姐曾在纽约与其姑姑过了一个冬天，或许因此在陌生的年轻人面前显得更局促不安。亨特受雇于一家公司，以每天一美元的工资在此地居住，照看着这片地方，使它不至于破落得太快，而是顺其自然地、不失身份地渐渐衰落。他有一个坚固而宽敞的木制房屋以及大片的草地与林地，还有很好的牲口棚。他养了许多牲畜，种了各种农作物，但仅供自家用，因为到市场太困难，有约七十英里的路途。通常他一年去一次位于尚普兰湖畔的泰孔德罗加，采购家庭的必需品。邮局位于十二英里以外的下游铁厂，在那里邮件一周来两次。在他家方圆二十五英里之内，没有医生、律师及牧师。在漫漫冬季，岁月悄悄地流逝着，而他们不会见到任何外界的来客。夏季，偶尔会有去印第安隘口和马西山的团队路过。每年成百吨的猫尾草干草在开垦的土地上慢慢地腐烂。

夜幕降临后，我们出门，在长着杂草的街道上徘徊。那是一种奇特而伤感的景色。与世隔绝、满目荒凉使得此

第三章　阿迪朗达克山脉

景愈加凄清。但翌日我们看到的下一个地点却堪称奇观。总共约有三十所房屋，其中的多数是小木屋，一扇门、两扇窗朝向一个小院，屋后有一个花园。这就是乡下厂区的工人通常居住的地方。那里有一幢两层的公寓楼、一个带着圆顶和钟铃的学校，以及众多的库棚、炼炉及锯木厂。在锯木厂前，堆积着一大堆备好可以装车运走的圆松木，但已经腐烂得不成样子，拿手杖一捅就能捅穿。在附近，我们推开了装满木炭的房子的房门，木炭撒落在门前的地上。随着岁月的流逝，炼铁厂也只剩下了残垣断壁。学校依然有用，每天亨特家的一个女儿把她的弟弟妹妹们召集在此，继续着学业。这个区的图书馆有近一百本可读之书，都已被翻旧了。

由于缺乏社交活动，这家人是很好的阅读者。我们由下游铁厂的邮局给他们捎去了有插图的报纸。全家人怀着极大的热情把报纸看了一遍又一遍。

四周都是生产的铁矿石，堆积如山。铁矿石在路边随处可见。但问题在于很难将铁从其混合物中分离，再加上运费的昂贵及某条铁路规划的落空，迫使工厂关闭。毫无疑问，用不了多长时间，就能够克服上述困难，重新开发这一地区。

眼下，它还真是个好的去处。垂钓、打猎、划船、爬山都很便利，晚上又有一个舒适的住所，这可是至关重要的事情。通常当人们到达林区时，往往是由于睡眠不足及饮食不当而无法欣赏那里的林间乐趣。如果吃住问题都解决了，人们就能兴致勃勃地去玩任何冒险游戏。

亨德森湖位于村庄东北方向约半英里处。那是一汪弯弯曲曲的秀水，周围是四季常青的黑森林，与两三个由灰白相间的岩石构成的陡峭岬角相毗连。其方圆或许还不足一英里。湖水清湛，有许多鳟鱼。由印第安隘口下来的一条汹涌的溪流注入湖内。

桑福特湖位于村南一英里处。这是一方更为宽阔裸露的水面，容积更大。从湖中某些部位望去，马西山及印第安隘口的峡谷一览无余。印第安隘口像是山中的一道巨大裂缝，其中一侧垂直的灰色山壁直插云霄。这个湖中盛产白、黄鲈鱼。人们钓起的后一种鱼常常有十五磅重。两个湖中都各有几只野鸭。一群秋沙鸭或红秋沙鸭，小的还不会飞，引得我们奋力划船追过去。但是由于我们的小船只有两个桨，所以难以追上它们。然而，每天我们到湖中，还是无法抑制追逐它们的欲望。通常要付出极大的克制力，我们才能冷静下来去钓鱼。

湖东的那片地曾被烧毁，现在主要长着野樱桃和红山莓。此地有许多皱领松鸡。加拿大松鸡也很常见。我曾在

第三章 阿迪朗达克山脉

一小时内打了八只加拿大松鸡,第八只是只老公鸡,当时我已经没有子弹了,是用一个光滑的小石子击中它的。那只受伤的鸟,像只惊慌失措的母鸡在一排灌木丛下乱跑。我用一根带杈的树枝从树丛空隙中捅过去,很快使它断了气。此地的旅鸽也很多。后者招来了一只斑纹尖胫鹰。一群旅鸽落在沼泽地边一棵枯树顶上。我越过树篱,穿过空地,走向它们。我还没走几步,却在抬头间看到这群鸟又骤然飞起,围着一个小山头急速盘旋。就在此刻,那只鹰落在了同一棵树上。我退回原路,停下脚步,琢磨着该走哪条道。这时,那只小鹰冲向空中,然后如同利箭般直向我逼来。我惊讶地望着他,可是在不足半分钟内,他离我的脸已经只有五十英尺了。他急速冲下来,仿佛看中了我的鼻子。几乎出于自卫,我拉开了枪栓,随之,这个大胆强盗血肉模糊的躯体正落在我的脚下。

我们在阿迪朗达克山脉既没听到也没看到诸如熊、豹、狼及野猫等野兽。"咆哮的荒野,"——梭罗说道——"几乎很少咆哮。咆哮主要是旅行者自己的想象。"亨特说他常常在雪地上看到熊的足迹,却从未见过熊先生[1]。或多或

---

[1] 著名童话《列那狐的故事》中的拟人动物,此处是熊的代名词。——译注

少，哪里都会有些鹿。一位老猎人声称在那些山里还有一只麋鹿。在回来的路上，我们过夜处的户主——一名早期的拓荒者——给我们讲述了他追踪一头美洲豹的漫长冒险经历。他描述它的尖叫，它怎样在灌木丛中跟踪他，他怎样上了船，从船上看到它的双眼在岸上闪烁，他又怎样用步枪射中了豹子的双眼。此时，拓荒者的妻子从一个抽屉里拿出了点什么东西。当她的丈夫娓娓道完之后，她拿出了那只豹的一个脚趾甲，给这个故事增添了显著的效果。

其实，在这些探险中，与原始自然那种无言的交流要远胜于钓鱼、打猎、观看壮丽的风景及白天或夜晚的冒险游戏。至关重要的是，通过山间的湖泊与溪水，摸着我们老母亲的脉搏，通过她的血管了解她的健康与活力，以及她如何旁若无人地展现自己。

1866 年

第四章 | 雀　巢

　　鸟儿是多么机警，即便是在倾心筑巢时也是如此。在林中的一片空地中，我观看一对雪松太平鸟从一棵枯树顶上收集苔藓。沿着他们飞去的方向，我很快发现了巢址。鸟巢坐落在浓郁的野樱桃与山毛榉林中的一根细嫩的枫树杈上。我小心翼翼地躲在树下，并不顾及"工匠"会随时掉下碎片或工具砸着我，静候着那对忙碌夫妻的归来。不久，我听到了那熟悉的鸣叫。随后，雌鸟翩然而至，毫无疑虑地落在还没有完工的雀巢上。她的羽翼刚落下，目光便穿透了我藏身的屏障，随之，她惊慌地逃去。片刻之间，口衔一束羊毛的雄鸟（因为附近有一片牧羊区）与雌鸟相聚，两者在附近的灌木丛中侦察着他们的雀巢。口中衔物，他们带着恐惧的神态盘旋着，直到我离开，伏身于一根圆木后面，才肯接近雀巢。然后，其中的一只试探着落在雀巢上，但依然疑虑重重，又迅速离去。随之，他们又双双飞来，在反复地窥探、侦察之后，显然是经过了再三的考虑与磋商，才小心翼翼地开始工作。在不足半小时的时间里，他们似乎就衔来了足够全家用的羊毛。这是一个实实在在、充满希望的小家，带着垫衬，恐怕用针线都无法将它编织成这般的天衣无缝。不足一周，雌鸟就开始产卵，共产四枚，分多日产出。卵的色彩是白中泛紫，在大的那端，有黑色斑点。经过两周的孵化，雏鸟成形。

除了美洲金翅雀外，这种鸟比其他鸟类筑巢要晚。在我们北方的气候中，它的巢很少在7月前开工。其原因，如同金翅雀一样，或许是在早期无法为幼鸟找到合适的食物。

像多数——诸如知更鸟、麻雀、蓝鸲、绿霸、鹟鹩等——常见鸟一样，雪松太平鸟有时会寻求偏僻的荒野来养育其后代；有时，则在有人烟的地方安营扎寨。有一次，一对雪松太平鸟在一棵苹果树上筑巢，那果树的树枝摩擦着一所房子。在开始筑巢的前一两天，我留意到，鸟夫妇仔细地察看苹果树的每一节树枝，雌鸟在前，雄鸟随后，带着关切的神情。显然这次妻子要做选择，而且像一个主意已定的人，她开始履行她的职责。最终在一条延伸至房子低侧的高枝上选好了巢址。接下来是夫妻间相互的祝贺及爱抚。然后，双双飞走，去寻找筑巢的材料。鸟巢要比鸟的体积大，而且非常柔软。无论从哪方面而言，它都是一流的住宅。

还有一次，当在林中散步或漫步时（因为我发现在阅

第四章 雀 巢

读自然之书时是不能像跑步那样匆忙的），我被单调的敲击声所吸引，显然它距我只有几十米之遥。我自言自语地说："有人在盖房子了。"根据以往的经验，我猜测筑房者是在附近枯橡树顶上的一只红头啄木鸟。在小心翼翼地朝那个方向移动时，我注意到接近腐朽的树干顶部有一个圆洞，像一个一英寸半的钻头所钻的洞，树下地面上堆积着"工匠"撒落的白色碎屑。在离树仅几步之遥时，我的脚在一节干树枝上绊了一下，发出了轻微的响声。敲击声戛然而止，随即从门洞中探出一个红脑袋。尽管我竭力保持静态，目不转睛，使得眼睛酸疼，那只鸟依然不愿再继续工作，而是静静地飞到邻近的一棵树上。令我惊奇的是，当啄木鸟在枯树洞中埋头苦干时，他竟然能如此机警地捕捉住外面那极其轻微的动静。

啄木鸟大都以同样的方式筑巢，在腐朽的树干或树枝中凿洞，然后将卵产在洞底细软的木屑上。尽管这种巢不能被称作艺术品——它需要的是强度而非技艺——然而，卵和幼鸟却可以凭借它遮风挡雨，抵御诸如松鸦、短嘴鸦、鹰及猫头鹰等自然敌人。啄木鸟从来不会选择带着自然生成洞的树木为巢，他选择的是那种枯死许久，里里外外完全松脆的朽木。鸟儿先平行地在树干上啄几英寸，形成一个与自己体积大小相同的圆滑的洞，然后，向下进展，慢慢地扩展洞身，根据树的松软程度及母鸟产卵的紧迫与否，将洞凿至十、十五、二十英寸。在凿洞时，雄鸟与雌鸟交替工作。当其中的一只凿洞、运出木屑，干了十五或二十分钟之后，他便飞向一节高枝，发出一两声响亮的鸣叫，很快，其配偶就会出现，在树枝上紧贴着他落下。这对鸟儿交谈、爱抚一阵子之后，新上阵的那只鸟进洞，另一只飞走。

几天前，我爬上了那只绒啄木鸟的巢，它在一棵腐朽的糖枫顶上。为了更好地躲避狂风暴雨，那个直径约一英寸多的洞紧贴着由主干上平行伸出的一条树枝下方。在树枝的遮掩下，它宛如昏暗、带斑的树皮上的一道阴影，不在几英尺内，肉眼是无法发现它的。当我靠近巢时，幼鸟唧唧喳喳地叫个不停，以为是母鸟带食物来了。但是当我的手一伸向他们藏身的树干，喧闹声骤然停止，奇怪的响声、沙沙声令他们鸦雀无声。那个约十五英寸深的洞呈葫芦形，被装饰得漂亮而匀称。巢壁光滑、整洁、簇新。

我永远不会忘记在卡茨基尔山的支脉比弗基尔山，观察一对黄腹啄木鸟在一棵半截的老山毛榉树上喂养子女的情景。在我们林中，黄腹啄木鸟是最罕见、生活习性最隐僻的啄木鸟，其外表仅次于最漂亮的红头啄木鸟。当时我们三人一行一整天都在深山中寻找有鳟鱼的湖，曾两次在无路的森林中迷失方向。我们又累又饿，坐在一根腐朽

第四章 雀巢

的圆木上歇脚。幼鸟唧唧喳喳的叫声及鸟父母的来来往往很快引起了我的注意。鸟巢的入口位于树的东侧,离地约二十五英尺。间隔不到一分钟,鸟父母就会先后落到巢边,口中衔着虫子。然后,他们交替地俯下身,用目光迅速环顾四周,一下子就把头探进洞内。这时,他会犹疑片刻,似乎在决定先喂哪一个张嘴以待的小儿女,然后,便消失在洞中。在大约半分钟内,雏鸟唧唧喳喳的叫声渐渐平息了,喂食的鸟再度出现,不过这次嘴里衔着家中最无助的小家伙的粪便。他低着头,伸着脑袋缓缓地飞走,好像要让那不洁之物远离自己的羽毛。在飞离鸟巢一二十米处时,他会抛下难闻的口中之物,栖在一棵树上,在树皮及苔藓上擦净它的嘴。似乎这就是一天的程序——运来运去。我观鸟一个小时,而我的同伴们则借此机会探索周围的地貌,没有注意到这对鸟父母表演的变化细节。令人好奇的是,雏鸟是否按时被喂食,而且在黑暗拥挤的鸟巢中,这件事情怎么就能做得如此干净利索。可是鸟类学家们并未就此话题进行论述。

鸟类这种来回搬运的做法并非像人们初见时感觉的那样令人惊奇。事实上,它几乎是所有在陆地生活的鸟类一个不变的惯例。就啄木鸟及其同类,以及诸如崖沙燕、翠鸟等在地上掘洞栖息的鸟类而言,它是一种必要的生存方式。鸟巢中日益积累的排泄物对雏鸟会有致命的危害。

但是即便是像知更鸟、雀类、鸦类等不掘洞，也不钻洞，而是在树枝上或地上建个浅浅的鸟巢的鸟类，其雏鸟的粪便也是由鸟父母移至远处。当人们看到知更鸟以一种与刚才口衔樱桃或虫子飞到鸟巢时完全不同的样子，缓慢而如负重荷似的飞走时，那么它肯定是在履行这项职责。人们还会注意到，当群织雀喂它的子女时，总要在给雏鸟喂完虫子后，停留片刻，在鸟巢边际跳来跳去，观察巢内有什么动静。

毫无疑问，这种喜爱干净的本能促成了上述例子中的行为，尽管其中也会有遮掩鸟巢的意图。

燕子是这种惯例的一个例外，其雏鸟的粪便要排在巢外。他们还违反了遮掩鸟巢的惯例——他们会将鸟巢建在难以接近的地方，而不是遮掩它。

其他例外的鸟类有鸽子、鹰和水禽。

言归正传。当啄木鸟在巢口飞来飞去时，我有机会观察其色彩及斑点，发现奥杜邦将这种鸟类中雌鸟头上的斑点描绘或描述成红色是不对的。我看到许多成双成对的啄木鸟，但从未见过带红斑的雌鸟。

雄鸟羽毛已丰。我很不情愿地将它击落，作为标本。翌日，再度路过此地，我暂停片刻，观察情况如何。我承认当我听到雏鸟的叫声，看到守寡的母鸟时心中颇受良心

第四章 雀巢

之谴责。如今,她要承担双份的爱心,在寂寞的森林中匆忙地飞来飞去。偶尔,她会在一根树干上满怀期待地停一下,发出一声响亮的啼鸣。

在孵化期,任何鸟类中的雄鸟被杀后,通常雌鸟会很快再找一个配偶。在某一区域,几乎总是有些没有配对的雌鸟或雄鸟。正是由于这种情况,使得破裂的家庭得以恢复。我记不清是奥杜邦还是威尔逊讲述过一对鱼鹰或鹗在一棵老橡树上筑巢的事情。雄鸟是如此执著地保护雏鸟,当有人企图爬进他的鸟巢时,他嘴爪并用,进行攻击,全然不顾自己的安危。来人带着一根大木棒,他用棒将勇敢的鸟击落在地,使其毙命。几天之内,雌鸟便另找了一个配偶。可是,很自然的是,在保护幼小的儿女时,继父毫无生父所表现的那种精神与勇气。当险情逼近时,他躲得远远的,平静冷漠地在外围盘旋。

众所周知,当火鸡开始产卵并随即孵化和养育雏鸟时,雌鸟总是要离开雄鸟。而雄鸟则很明智,去与他的雄性同类聚集在一起,找到自己的归宿。直到秋末,雄鸟雌鸟、老老少少才会再相聚,共同生活。但是如果要抢走正在孵卵的母鸟的蛋,或杀害她的雏鸟,她会立即唤来雄鸟。后者会招之即来。对于鸭子及水禽而言,情况也是如此。繁殖的本能是很强大的,它可以超越所有常见的困难。难怪

醒来的森林

鹗或鱼鹰

第四章 雀 巢

我在那对啄木鸟夫妇中所造成的守寡现象是短暂的。当雌鸟失去配偶,她会很快招来某个没人要的雄鸟,而面对一开始就要照管一大群雏鸟的前景,他并没有显得垂头丧气。

我曾见到一只漂亮的雄知更鸟迟至7月中旬还在向一只雌鸟猛献殷勤,而且我确信他是真心实意的。我观察了这对鸟有半个小时。我猜测,雌鸟在那个季节已是梅开二度了。可是雄鸟,从其艳丽夺目的羽毛来看,像是新来乍到。雄鸟每每接近雌鸟都会引起雌鸟的厌恶。徒劳之下,他只好神气十足地围绕着她飞,并展示着他漂亮的羽毛。雌鸟不时恶狠狠地向他扑一下。他随她飞至地面,向她的耳际送去一声悦耳、略为克制的颤鸣,又给她一只小虫,然后,再展翅飞回树上,在她身边的枝头上跳来跳去,唧唧喳喳、情话绵绵。当入侵者来临时,他勇猛地冲过去,随即又回到她的身边。但全都无济于事——每次,她都拒绝了他。

结局如何?我无法奉告。因为那位情场高手,在其执著的追求者的尾随下,很快就飞离了我的视线。或许得出以下结论并非仓促:她守住情感的防线无非是出于谨慎。

总的来看,在鸟类中似乎女权主义占着上风,而这从雄鸟的立场来考虑又是值得赞叹的。几乎在所有需要共同经营的工作中,雌鸟都是最积极的。她决定巢址,并且通常在筑巢中是最投入的。一般来讲,她在照管下一代时最精心，而当险情逼近时最为焦虑。我曾一连几小时看着一窝蓝色大嘴雀的母鸟从最近的草地到她筑巢的树上飞来飞去，口中衔着蟋蟀或蚱蜢。而她那衣着艳丽的配偶却不是在远处的树上平静地唱歌，就是在树枝间寻欢作乐。

然而，在我们大多数鸣禽中，雄鸟无论在其色彩、形态上，还是在其歌喉上都格外显著。因此，从这一角度来看，雄鸟是雌鸟的盾牌。人们通常认为，在孵化期雌鸟简陋的着装是为了更好地掩藏自己。但是这种说法也不尽如人意，因为在某些情况下，她的工作常常被雄鸟所替换。例如，就家鸽而言，正午，人们会发现雄鸟就在巢中。我应当说，雌鸟暗淡或不明显的色泽是大自然赋予她的终生的安全感，因为对于鸟类而言，她的生命要比雄鸟的生命珍贵得多。雄鸟不可推脱的职责只不过是短暂的，而其配偶的职责则是漫长的，假如不是数月，也要持续数天或数周。[1]

---

[1] 一位近代英国作家就此话题提出了一系列的事实与想法，与上述观点相左。他说几乎毫无例外的惯例是，当雌鸟与雄鸟都有着华丽鲜明的色彩时，鸟巢是用来遮掩正在孵卵的鸟的。而当鸟的色彩有明显反差，即雄鸟的色泽艳丽鲜明，雌鸟的色泽暗淡不明时，鸟巢是无遮掩的，孵卵中的鸟暴露无遗。欧洲的鸟类违背上述惯例的情况似乎很少。在我们美洲本土的鸟类中，杜鹃及冠蓝鸦筑的是露天鸟巢，但两性色彩上并无表现出任何明显区别。绿霸鹟、极乐鸟以及麻雀也是如此，而常见的蓝鸲、绿鹃及拟圆鹀却采用另一种筑巢的方式。

第四章 雀 巢

在向北迁移时,雄鸟要比雌鸟提前八至十天。当秋季返回时,雌鸟与幼鸟却比雄鸟提前同样的天数。

当啄木鸟在过了第一季,放弃其鸟巢或房屋之后,其同族五十雀、山雀及北美旋木雀便继承了它的房产。这些鸟,尤其是旋木雀及五十雀,具有许多啄木鸟科的生活习性,却缺乏啄木鸟嘴部的力量,因此无法自己凿洞建巢。所以,它们的住所总是二手货。不过,上述每一种鸟都往住所带来了各种柔软的材料,或者说,依据各自的喜爱来装修住所。山雀在洞底安置了一方轻柔垫子,看上去像是来自一位制帽商之手,但很可能是众多虫子或毛虫的杰作。在这方柔软的衬垫上,雌鸟产下六枚带斑的卵。

最近,我在一种十分有趣的情境中发现了这样一种雀巢。在一座高山光秃秃的山顶边际,长着一棵野樱桃树,鸟巢就位于那棵树中。灰色古老的岩石摇摇欲坠地堆积在树的上方,或者说,高耸于依稀可辨的旁道之上,那道上常有红狐狸出没。那里的树略带一种瘆人的样子。那种不可名状的、潜伏于深山顶上的野性缠绕于山间。站在那里,我的目光投向一只从山下的土地上飞走的红尾鹰的背影。目光随他而去,我看到了农场、居民点、村落以及远处绵绵不断的蓝山。

口中衔食和似乎怒气冲冲的鸟父母引起了我的注意。

可是它们是如此机警地避免暴露其儿女，甚至它们藏身的那棵树的确切位置，我在附近潜伏了一个多小时，也没有弄清它们的藏身之处。最后，陪我来的那个聪明而充满好奇心的男孩将自己藏在一块低悬突出的岩石之下，那岩石位于我们认为藏着鸟窝的那棵树附近，而我则离开，走向山的侧面。幼鸟藏身的地方并不远。乍看来，那棵丫杈多枝、布满地衣的矮树竟然没有一根干枯或腐朽的树枝。可是，当我的目光被引向那边时，确实发现了一根几英尺长的枯树枝，上面有一个小圆洞。

当我身体的重量使得树枝摇动起来时，鸟窝中的老老少少都十分惊恐。带有鸟巢的那根残枝约三英寸厚，洞底被挖得贴近树皮。我用大拇指一捅，薄薄的墙就破了。洞内羽毛已丰的幼鸟，初次看到外面的世界。不久，其中的一只大叫了一声，好像在说："我们该离开这里了。"并开始爬向正门。在洞口，他环顾四周，对于展现在眼前的壮观景色并未表现出惊奇的神态。他在观望形势，判断着他那未经训练的羽翼能飞多远才能使他脱离险境。在犹疑片刻之后，随着一声响亮的啼叫，他冲了出去，飞得还算可以。其他小鸟紧跟而行。它们随着一时的冲动开始向上飞。每一只小鸟在离开时，都轻蔑地回顾一下那仍堆积着它们粪便的、被遗弃的鸟巢。

第四章 雀 巢

尽管鸟类的生活习性及本能大体上是有规律的，但它们有时也像人类那样反复无常。比如，你总拿不准它们会在哪里筑巢或以何种方式筑巢。在地上筑巢者会在一棵矮树上安家，而在树上筑巢者有时则在地面或一簇草丛中落脚。歌雀属于在地上筑巢者，曾被发现在篱笆栏杆的节孔中筑巢。在烟囱中筑巢的一只燕子，有一次厌烦了烟灰及浓烟，将其巢设在一个干草库房的椽子上。一个朋友曾告诉我，一对在谷仓中居住的燕子，突发奇想，竟将其巢设在从高处一根木栓上垂下来的绳索的打结处。它们是如此喜爱这个住处，以至于在来年再次采用了这个试验。我知道群织雀或"毛鸟"是在库棚下筑巢的，其巢设在由上面的干草堆通过松垮的地板孔隙落下来的一簇干草上。通常，它也用几根牛尾上的长毛把五六根干草松松散散地系在苹果树枝上，这便是它可心的小巢。羽翼粗硬的燕子在墙或陈年的石头堆中筑巢。我也曾见过知更鸟在同样的地点筑巢。别的鸟在古老的枯井中筑巢。莺鹪鹩会在任何可以钻进的物件中营巢，从旧靴子到炮弹壳。一次，它们中的一对执意要在某个水泵桩的顶上筑巢，从把手上方的缺口进入。水泵常常要使用，鸟巢被摧毁了二十次之多。这种猜疑嫉妒的小东西远谋深算，当他筑巢的黄杨树中有两个小空间时，他先填满其中一个，免得惹是生非的邻居前来居住。

那些技艺略为逊色的筑巢者有时会离开其通常的住处，在其他鸟的弃巢中落户。冠蓝鸦时常在短嘴鸦或杜鹃的弃巢中住下。拟八哥由于生性懒惰，总把卵产在朽树的洞中。我听说一只杜鹃曾强占了一只知更鸟的巢，而另一只则逼得一只冠蓝鸦流落在外。诸如像鹗及某些苍鹭的巢，大而松散，五六个拟八哥的巢往往设在其外围，这与许多其他寄生鸟类相同，或者，用奥杜邦的话来说，像是封建贵族宫廷中的家臣。

在南方气候中繁殖生长的鸟类，其巢远不如生长在北方气候中的同类的巢建得精巧。某些把卵遗弃在沙滩上及温暖区域露天中的水禽，在拉布拉多半岛[1]却筑起窝巢并以通常的方式孵化。在佐治亚州，橙腹拟黄鹂把巢建在树的北侧。在中部及东部的州，它却将巢建在树的南侧或东侧，并使它更为厚实、温暖。我曾在南部看到这样一个鸟巢，用粗糙的芦苇或蓑衣草捆绑在一起，透风透亮，看上去像个篮子。

几乎很少有鸟类会始终如一地使用一种筑巢材料。我见过知更鸟那缺泥的鸟巢。有一个巢主要是用长长的黑马

---

[1] 哈德逊湾与大西洋间的半岛，位于加拿大大陆东北部。——译注

第四章 雀 巢

鬃围成一团,里面垫些细软的黄草,看上去真是新奇。另一个巢主要由一种岩石上的苔藓筑成。

在同一季节为第二窝雏鸟建的巢通常只是权宜之计。随着季节的推进,雌鸟急于产卵,所以,鸟巢就易于建得匆忙而草率。促使我想起这个事实的是:大约7月底我在一片偏僻的黑莓地中碰巧见到的几个原野春雀窝巢,那些有卵的巢远不如先前幼鸟飞离的巢精巧结实。

在某一片林子里,我观察到一只雄靛彩鸦日复一日地栖在一条高树枝的同一位置,神气活现地唱着歌。当我走近时,他的歌声停止了,使劲地左右摇摆着尾巴,尖声地啼叫着。在附近的灌木丛中,我发现了令他焦虑不安的物件——一个主要由枯叶及细草组成的厚实的鸟窝,里面有一只羽毛暗淡的褐色鸟在孵四只淡蓝色的蛋。

令人惊奇的是,鸟竟然会离开看似安全的树顶,把自己的巢设在许多危险动物会走过和爬过的地面。在那里,高高在上、无法接近的鸟唱着歌;在这里,离地面不足三英尺,是它的卵或无助的小儿女。其中的道理是,鸟类是鸟类本身最危险的敌人,而许多弱小的鸟类正是基于这一事实去筑巢的。

或许,相当多的鸟类喜爱沿着公路筑巢繁殖。我知道,皱领松鸡就是由茂密的森林出来,将其巢设在离公路十步之遥的一个树根上的。毫无疑问，老鹰、短嘴鸦以及臭鼬鼠和狐狸不太可能在那里找到它的巢。在横越穿过密林的偏僻山路时，我曾多次看到韦氏鸫或威尔逊鸫栖在她的小巢上，那巢离我是如此之近，我伸手便可将她从巢里捉住。肉食鸟对于人类可不这么信任，它们筑巢时，总是避开而不是寻求人烟兴旺的地点。

我知道，在纽约州内陆的某一处，每个季节我肯定都能找到一两个石瓦色雪鸫的鸟巢。鸟巢位于长满苔藓的低路堤的边沿下，离公路非常近，以至于从过路的车辆上挥鞭可及。从那里经过的每一匹马、每一辆马车及每一个徒步的行人都会打扰正在孵化的鸟。她等到脚步或车轮的响声逼近时，就会迅速飞起，几乎贴地飞越公路，然后消失在公路对面的灌木丛中。

由华盛顿城出来不足半英里，在那条宽阔时髦的主车道旁的树丛中，我都没有细细地察看树叶，便一下子发现了五种不同鸟类的鸟巢。可是在半英里远处的大片林地中，我却一个雀巢也没有找到。在找到的五种巢中，最令我感兴趣的是蓝色大嘴雀的巢。据奥杜邦在路易斯安那州的观察，此鸟羞怯怕人，喜爱偏僻的泽地及死水池塘的边缘，可是在此地，这种鸟却把巢建在紧靠大马路的一棵高大的美国梧桐最低的枝蔓中。雀巢离地很近，马车上的人或骑

第四章 雀巢

马的人伸手可及。雀巢主要用碎报纸及草秆组成，尽管很低，却被一簇与梧桐树的特征相同的枝叶掩饰得天衣无缝。当我发现雀巢时，里面有雏鸟。尽管鸟父母对于我在树下漫步非常恼怒，但并不怎么介意川流不息的车水马龙。令我好奇的是，这些鸟是何时建的这个巢，因为当它们筑巢时往往比平时更为羞怯。毫无疑问，它们多半是在清晨筑巢，安静的清晨可使它们免受干扰。

另一对蓝色大嘴雀在市内的一个墓地中筑巢。雀巢设在矮树丛中。雄鸟断断续续地唱着歌，直到幼鸟可以展翅飞起。这只鸟的歌声带有急促而复杂的颤音，颇像靛彩鹀的歌声，但比后者更雄劲、洪亮。事实上，这两种鸟在色彩、形态、模样、声音及通常的生活习性方面是如此之相像——蓝色大嘴雀几乎与靛彩鹀的个头一样大，要想区别两者实为不易。两种鸟的雌鸟都身着同一种红褐色的衣衫。其幼鸟在第一个季节也是如此。

当然，在浓密的原始森林中也有鸟巢，可是我们找到它们的机会实为罕见。鸟儿简单的筑巢艺术包括选择诸如苔藓、枯叶、细枝及各类零碎物等普通、色彩暗淡的材料，然后，将建造物置于一条便利的树枝上，使巢与那里周边的环境在色彩上融为一体。然而，这种艺术又是多么完美，鸟巢被掩饰得多么巧妙！我们只是偶尔才能发现它，可是，如果不借助于鸟的行迹,谁又能发现得了呢?就在眼下的时节,我连续两周几乎天天去林子中寻找鸟巢,但却一个这种鸟巢都没发现。直至向林子告别的那一天,我碰巧发现了好几个。当我走近森林茂密之处一棵枯老松脆的残株时,一只黑白森莺陡然变得非常惊慌。他落在那棵残株上,尖叫着,并在它的左右跑来跑去,最终,极不情愿地离开了它。有着三只羽毛渐丰的幼鸟的巢,就位于那棵残株底部的地面上。其位置选择得极为巧妙,幼鸟的色彩与周边树皮枝条的色彩完美地融为一体。在将鸟惊起之前,我又仔细地看了看它们。它们在巢中抱成一团,可是当我将手伸下去时,它们呼喊着求救,全都仓皇地逃走。这情景使得鸟父母几乎闯入我的捕捉范围之内。鸟巢只不过是在厚厚的枯叶上铺垫一点干草而已。

这一次是在浓密的灌木丛中。我走进一条主要由高大雄伟的铁杉构成的通道,那里只是零零星星地点缀着一棵小山毛榉或枫树,小树常年都生长在"黄昏"之中。我停下来想辨别出一种对我十分陌生的啼鸣。直至现在,它依然在我的耳际回响。尽管那肯定是鸟鸣,却使人联想起小羊的叫声。不久,鸟儿就出现了——一对孤绿鹃。它们轻快地飞来飞去,只是偶尔暂停片刻。雄鸟无声,雌鸟却发出一种奇怪的、柔和的啼鸣,可谓以鸟语来表达人间少女

第四章 雀巢

的缠绵之爱，甜蜜多情，欢快自信。我很快发现这对鸟正在离我几码处的一条低树枝上筑巢。雄鸟小心翼翼地飞向巢址，安置一下，然后两者一起行动。雌鸟不时地向其配偶呼喊着："拉芙，拉芙。"[1]充满柔情与韵律，余音袅袅。雀巢悬在一条小树枝的枝杈上，绿鹃的雀巢大都如此，里面填满了地衣，外面层层叠叠地裹着劣质的蜘蛛网。雀巢没有刻意伪装掩饰，只是其色彩暗淡，与自然生成的暗灰色的林子很相似。

继续漫步于林中，接下来我又停在一片低矮的林地间。在此地，高大的树木不多见了。取而代之的是覆盖着老巴克皮林区的枝繁叶茂的次生林。我站在一棵枫树旁，这时，一只小鸟迅速地飞离了它，似乎小鸟是从树根近处的一个洞中飞出的。当小鸟在离我几十米处停下，并开始不安地啼叫时，我的好奇心立即被激起了。我看清她是一只雌哀地莺，同时又想起至今还没有任何自然学家发现这种鸟的巢，甚至布鲁尔医生[2]都没有见过这种鸟蛋，于是便感到

---

[1] 此处为原文"love"即"爱"或"亲爱的"的音译。——译注
[2] 托马斯·M.布鲁尔（Thomas M.Brewer, 1814—1880），医生、鸟类学家，曾为保护麻雀与另一位鸟类学家埃略特·库斯（Eliot Coues）引发了一场"麻雀之争"。奥杜邦以布鲁尔的名字命名了"布氏黑鹂"。以他的名字命名的鸟还有"布氏雀鸡"。——译注

这是值得探寻的事情。我仔细地搜索，将树底、树根、树周围的地面，以及附近各类灌木丛丝毫不差地探索了一遍，却一无所获。担心这样下去不会有什么好结果，我考虑先退到远处，过一会儿再返回。这样，可以预先注意到鸟飞起的那个精确的位置。如此行事，当我返回时，毫不费劲就找到了鸟巢。它位于离枫树几英尺远的一簇羊齿中，离地面约六英寸。那是一个很大的鸟巢，完全由草秆及干草叶组成，里面垫着细细的、深褐色的根须。巢内的三枚卵呈淡肉色，均匀地点缀着细小褐斑。巢洞是如此之深，孵化鸟的背陷进洞边底下。

在不远处的一棵大树顶上，我看到了红尾鹰的巢——一大团细枝及干枝。幼鸟已飞起，但依然在近处徘徊。当我走近时，母鸟围着我飞，气愤凶野地尖叫着。在巢的下方，有一簇毛发及其他令人费解的普通草地鼠的毛。

在我将要离开林子时，我的帽子几乎触到了红眼绿鹃的巢，它像个篮子似的悬在山毛榉那条低垂树枝的末梢。假如那鸟儿留在巢中不动，我绝不会发现它的巢。巢中有三枚鸟儿自己的卵，一枚褐头牛鹂的卵。那枚怪里怪气的卵显然比其他卵大得多。可是三天之后，当我再向巢内望去时，发现只余一只蛋未孵化。那只小闯入者至少比其余两者大三倍，他大腹便便，几乎要将同巢者压得窒息过去。

第四章 雀巢

闯入者与正当居住者有着同样的恐惧,况且,与后者一起成长,可不是家常便饭;为了自身生存而不惜吞没别的物种,这是大自然的一种怪异现象,在这个过程中,大自然似乎并不鼓励那些谨慎正直的美德。杂草与寄生虫一直在与这些正直的东西搏斗,然而,它们却是争斗中的赢家。

蜂鸟巢可谓林中独一无二的瑰宝。发现一个这样的巢可是值得一书的事件,仅次于发现一个鹰巢。我只见过两个蜂鸟巢,而且都是出于偶然。一个位于一棵栗树的横枝上,一片绿叶在巢的上方约一英寸半的地方形成一个天然拱顶。当我站在树下时,充满怨恨、飞来飞去的鸟儿使我想到自己正在侵入别人的隐居处。目光随着鸟儿的行迹,我很快发现了正在建造之中的鸟巢。采用藏身于近处的惯技,我满足地观看了工作中的小艺术家。那是只没有雄鸟相助的雌鸟。每隔两三分钟,她就会口衔一小缕柔软的东西出现,在树的周围飞来飞去,然后,迅速地落在巢中,以她的前胸做模子,铺垫好衔来的材料。

我发现的另一个蜂鸟巢位于山侧面的一片茂密的林子中。当我从巢下走过时,惊扰了正在孵化中的雌鸟。她拍打翅膀的呼呼声引起了我的注意。片刻之后,我幸运地从树叶的缝隙中看到鸟又飞回巢中。那巢看上去就像是小树枝上的一个树疣或赘物。不同于其他鸟类,蜂鸟不是落在巢中，而是直接飞进巢中。她进巢时，快如闪电，轻如鸿毛。巢内有两枚洁白的卵，脆弱得只有女人的柔指可触。孵化要持续十天左右。之后，再有一周时间，幼鸟就可飞走了。

唯一与蜂鸟巢相似并在洁净对称方面可与之匹敌的是灰蓝蚋莺的巢。此巢常以同样的方式置于树枝之上，但通常有些许垂悬。它既深又软，主要由被柔软的树苔所覆盖的植物所构成。除了稍大一点之外，几乎与蜂鸟巢一模一样。

但是当我们离开森林之后再回顾，巢中之冠，最理想的巢，毫无疑问是橙腹拟黄鹂的巢。那是我们见过的唯一完美的悬巢。拟鹂鹂的巢大体上也是如此，但这种鸟的巢通常要筑得低浅一些，更像绿鹃筑巢的方式。

橙腹拟黄鹂喜欢将其巢系于高榆树摇曳的树枝上，毫无掩饰之意，只要那位置是在高而垂悬的树枝上便心满意足。这种巢似乎要比其他鸟巢花费的时间与技巧都要多。它需要一种像亚麻似的特殊材料，而且通常也总能找到。当巢完工时，呈现出一种悬挂着的大葫芦形。巢壁单薄而结实，经得起任何狂风暴雨。巢口用马鬃反反复复缝得结结实实。通常，巢边也同样被缝得严丝合缝。

如同不在意掩饰鸟巢，橙腹拟黄鹂对筑巢材料也不挑

第四章 雀巢

橙腹拟黄鹂

橙腹拟黄鹂巢

剔,任何种类的绳或线都行。有位女士朋友曾告诉我这样一件趣闻:当她在敞开的窗边做针线活儿时,一只鸟在她偶尔走神时飞近,掠走了一束线,飞向它还没有完工的鸟巢。可是那束线极其顽固地缠绕在树枝上,鸟儿越努力地去解开它,它反而缠得越死。那位女士把那束线撕扯了一天,但最终只得罢休,拿走了其中的一小部分。从此,那飘动的线绳成了件刺眼的东西。每逢从那里来来往往地通过，她都会不无怨恨地努努嘴，仿佛在说："就是那个讨厌的线团，让我如此费心。"

文森特·伯纳德从宾夕法尼亚州给我寄来了有关黄鹂的这则有趣的故事（对他提供的其他有趣的事实我也不胜感激）。他说他的一位对此类事情充满好奇心的朋友，看到鸟儿开始筑巢，便在可能是巢址的附近悬挂了几束五色斑斓的细绒线，这些线被急切的艺术家欣然采用。他精心安排，使得每种颜色、光泽的绒线，都被鸟儿用掉几乎同样的数量。就深度与宽度而言，这个巢都建得不同寻常，而且人们不禁要产生疑问：在此之前，仅凭鸟儿的灵巧是否能编织出如此美丽绝伦的物品？

迄今最有天赋的鸟类学家纳托尔叙述了以下故事：

> 我细心观察的一只雌鸟（黄鹂）强行将一条长十或十二英尺的灯芯带到她的巢中。这条长线以及其他短些的线在那里悬挂了约一周，最终全被用于编织巢的侧面。一些也用同样材料的其他小鸟有时也来牵扯这些飘舞着的线头，常引得正在忙于筑巢的橙腹拟黄鹂怒气冲冲地出来干涉。
>
> 再容我赘言以略微添加一点这种特殊鸟类的经历，作为其物种之天赋的样本。不用雄鸟的相助，她在大

第四章 雀巢

约一周内就建完了巢。此间,雄鸟确实也来,但很少与她做伴并且几乎变得默默无声了。至于筑巢用的织物,她从马利筋及木槿秆中撕扯收集亚麻,扯下长线之后携它们飞向她的工地。她的追求似乎十分急切,在采集材料时毫不胆怯,无所顾忌,尽管当时邻近的人行道上有三人在干活,许多人在游览花园。她的勇气及坚韧实在令人佩服。如果被人盯得太死,她会显示出常见的那种责备之意,发出"哧,哧,哧"的啼鸣。或许,她百思不解其意,为什么当她忙得脱不开身时,还要打扰她呢?

尽管当忙碌的雌鸟到来时,雄鸟相对比较安静,但我禁不住要观察这一只雌鸟及第二只雌鸟。它们持续的叫喊声表明两者正在争斗。最终,我看到前者向第二只雌鸟发起猛烈攻击,因为后者常常潜入她正在筑巢的那棵树中。如今,在描述这两只鸟之间的敌意时,我想起来,我们附近两只漂亮的雄鸟被打死了。由此,我可以判断入侵者从此失去了配偶。然而,她却赢得了那个忙碌雌鸟配偶的青睐,因此两者嫉妒的争斗便显而易见了。获取了她那个负心的情夫的信任之后,第二只雌鸟开始在相邻的一棵榆树上筑巢,把一些垂悬的细枝捆在一起作巢底。那只雄鸟现在主要与入侵者交往，甚至还帮她干活。但他也没有完全忘记他的第一个伴侣，后者曾在一个夜晚用一种低沉缠绵的语调呼唤他，而他也以同样的语调应答。当他们正在情意绵绵、窃窃私语时，突然情敌出现了，随之而来的是一场激烈的冲突。结果其中的一只雌鸟显得极为不安，拍打着展开的翅膀，好像伤得不轻。那只在争斗中一直保持中立的雄鸟，这时显示出他该受指责的偏心，携其情妇一道飞走了，在余下的夜晚只留下他那好战的配偶与孤树相伴。另一种急切而温柔的关爱最终化解或至少终止了雌鸟间嫉恨的争端。近邻中不乏此类及别种鸟类的"单身汉"，由于他们的相助，最终完全恢复了和平，一夫一妻制平静而欢乐的生活再度成为现实。

我得提一下位于山的壁架之下的那种巢，普通绿霸鹟的巢——一个覆盖着青苔的小建筑物，里面有四枚珠白色的卵，面朝荒凉的景色，悬在凸出的危岩上。当我们讲述过所有那些精巧高悬的雀巢之后，恐怕像绿霸鹟这种能够在注视者心灵中再度激起欢乐情感的鸟巢已经寥寥无几。在有着狐狸与狼藏身之巢穴的、寂静的灰岩石上，这些野兽够不着的一个小壁龛中，是那个覆盖着青苔的、仿佛是

第四章 雀巢

长在那里的小巢!

在我的视线所及之处,几乎每一个高悬突出的岩石上都有这么一个鸟巢。不久前,沿着一条有鳟鱼的溪流走上一重荒山的峡谷,我在一英里之内,发现了五个这种巢。它们全都伸手可及,但又不受水貂与臭鼬鼠的威胁,并且经得起风暴。在我的家乡,我熟悉一座长着柏树与橡树的圆顶山,光秃陡峭的前侧面占了山的半周。在靠近山顶,沿着山的这一面或侧面,露出一道高大多洞的岩石壁架。其中巨大的一层向外伸出数英尺,足以容一人或多人直立,下面可自由行走。那里充满自然、清爽的空气,还有一条涓涓细流。壁架的底部是松散的碎石,过去曾是印第安人与狼出没的地方,如今是羊与狐狸活动的场所。在此地,少年时代的我曾度过了那么欢乐的一个夏日,躲避过一场突如其来的暴雨!这里总是如此清新凉爽,总是有着菲比霸鹟那精巧的青苔小巢!那鸟儿直到你离它几英尺时才离开小巢,飞向近处的树枝。它不停地摇摆着尾巴,焦虑不安地观察着你。自从此地有人定居之后,这类绿霸鹟开始了一种奇怪做法,偶尔会把巢设在桥梁、干草棚或其他人工建筑物之下。在那里,他们受到各种烦扰。在这些地点筑巢时,鸟巢比较粗大。我知道有对鸟儿在同一个干草棚下一连几季筑巢。在用以支撑地板而略微下陷几英寸的那一端，排列着三个这种雀巢，表明鸟在此筑巢的年数。巢底是泥做的，巢的上层结构是由毛发与羽毛精巧地结成一体的青苔。其内部精美绝伦，但每个季节都要建一个新巢。三窝鸟在此巢中孵化长成。

就鸟类而言，绿霸鹟是我们见到的最好的建筑师。极乐鸟筑的巢总体上也值得称道，用了各种软棉纱及毛发，不惜花费时间与材料使它牢固而温暖。在多种情况下，绿冠绿霸鹟完全用白橡树的花来筑巢。东林绿霸鹟在横向的树枝上用苔藓、地衣筑起整洁、严实的管状巢，周围从来没有残屑碎片。正在孵蛋的鸟大半个身子露出巢边，自由自在地环顾四周，似乎轻松自如——这是一种我在其他鸟类中从未见过的现象。大冠翔食雀的巢几乎从来不乏蛇皮，有时会有三四张蛇皮缝合在其中。

哀鸽的巢是能够找到的最薄、最浅的巢。几根草秆和稻草很随意地扔在一块儿，几乎不足以阻止鸟蛋从中漏出或滚出。旅鸽的巢也同样轻率与不足，幼鸽常常会从中掉下地面而毙命。在常见鸟类中，褐弯嘴嘲鸫筑巢是最轻率的，其收集的大量材料足以装满一箩筐。还有鱼鹰，它年复一年地往巢中添补材料，修修补补，巢内的充垫物得有一马车。

鹰巢当属鸟巢中最为罕见的，因为鹰本身就是鸟中的

第四章 雀 巢

稀有之物。事实上,鹰是如此罕见,他的出现常被视为偶然。他出现时,给我们以悬停于空中之假象,而实际上其已飞向一片遥远而陌生的疆土。少年时代的某个9月,我看到一只尾部有环纹的鹰。那是一只小金鹰,庞大的身躯,暗黑色的羽毛,他的样子令我敬畏。他在群山中徘徊了两天。一些小牲畜——一头两岁的小马及五六只羊——在通向山中的一道山脊上吃草,一幢房子清晰可见。第二天,能见到这只暗黑色的王者在牧群上方飞翔。不久,他开始学着老鹰准备抓小鸡的样子,在牲畜上方盘旋。然后,他伸开腿,稳稳当当地向它们俯冲过去,甚至抓住了小牲畜的背,吓得那些牲畜惊慌失措,四处奔跑。最后,当他更胆大、更频繁地飞下来时,那群牲畜冲破了栅栏,疯狂地闯进房子。看上去那并非是一种带有捕杀动机的攻击,而或许是采用的一种计谋,以便将混杂在一起的牲畜与小羊分开。当鹰偶尔落在旁边的橡树上时,树枝被他压得弯曲而颤动。最终,当一个拿步枪的人开始追捕他时,他冲向天空,展翅飞向南方。几年之后的1月,另一只鹰经过同一地点,落在离某些动物死尸不远的地上,但仅停留了片刻。

鹰的特征就是如此。金鹰通常多见于两半球的北部并将其巢设在高高的岩石上。有对金鹰在哈德逊河畔一个无法接近的岩石壁架上筑巢连续达八年之久。也是据奥杜邦所述,独立战争时期的一群士兵在这条河畔发现了一个鹰巢,在与那只大鸟的遭遇中险些丢了其中一员的性命。那个士兵的战友们用绳索将他送下,去找鹰卵或小鹰。这时,雌鹰狂怒地向他攻击,迫使他拔刀自卫。在反击中,他一下扑了空,险些脱离系住他的绳索,结果还是由一根绳子将他从原先的位置提了上去。

据奥杜邦所述,白头鹰也将其巢筑于高岩上,但威尔逊却描述了他在大埃格港附近所见到的那个在一棵大黄松树顶上的鹰巢。它由一大堆草秆、草皮、蓑衣草、青草、芦苇等组成,五六英尺高,四英尺宽,几乎没有或全无凹面。巢被用了多年,而且他还得知,鹰已经视它为家,或四季的住所。

在任何情况下,鹰都只用一个巢,或多或少地修修补补,就能用上几年。许多常见鸟也都如此。就筑巢这一主题及相似的主题而言,鸟儿大体上可被分作五类。第一类,是那些修补或采用上一年鸟巢的鸟,诸如鹪鹩、燕子、蓝鸲、大冠翔食雀、猫头鹰、鹰、鱼鹰及另外的几种。第二类是每一季都筑新巢,但在同一巢中孵养不止一窝小鸟的鸟类。菲比霸鹟是此类中最著名的例子。第三类是那些每孵化一窝小鸟就要筑一个新巢的鸟类,此类鸟占如今鸟类的绝大多数。第四类是数量有限的几种,他们自己不筑巢而采用其他鸟的弃巢。最后一类是那些根本不用巢,而把卵产在沙地上的鸟,大量的水禽都属于此类。

1866 年

第五章 | 在首都之春观鸟

我于1863年秋到华盛顿生活，除了每年夏季在纽约州内陆过1月之外，一直都居住在这里。

在抵达这里的当天，我便看到了自然史中的新奇。当我在城市北部的林中散步时，一只硕大的蚱蜢从地上飞起，落在一棵树上。在追逐它的过程中，我才发现它飞起来几乎像鸟一样迅猛。我想自己已经来到了蝗虫的老窝，所见的那只或许就是它们的首领或领袖之一，没准儿是那个"自负的王者"本人正在户外活动。尽管每年秋季我都会偶尔在树上看到几只诸如此类的大蚱蜢，但至今仍无法解开这个谜。这些蚱蜢约三英寸长，带有灰色花纹或斑纹的色彩，看上去令人厌恶。

然而，最令我感到新奇的是秋季那绝妙的天气，阳光灿烂、生机勃勃的秋日一直持续到11月，当然，还有那整个温和的冬季。尽管气温偶尔也会降至0℃，可是，大地绝不会因寒冷而万木凋零。在某些可以遮风挡雨的角落依然保留着绿意，稍加鼓励，它们便会展现自己。在这里，我

第五章 在首都之春观鸟

每个月都可以看到野花；12月的紫罗兰，1月的一株独秀北美茜草（它长在一小堆冻土上）以及2月里沿碎石路生长或遍布在闲置耕地中的那种像种子似的小植物，开着一种肉眼几乎看不到的小花。地钱有时会早在3月的第一周就出来了，令人疑惑不解的是，小青蛙也在此时开始吹起它的口哨。杏树通常在愚人节开花。苹果树开花是在5月。到了8月，母鸡将要孵化第三窝蛋。我有一只3月孵出的小母鸡在9月时已经有了自己的小家庭。我们的日历就是为这种气候而设的。3月是春季的一个月，人们通常会在它的前八天至十天看到一些明显而惊人的变化。1868年的春季来得略微晚些，直到第十天才看到显著的变化。

太阳从一团雾霭中升起，仿佛要被那柔情与暖意融化似的。在一两个小时之内，天空中没有动静，充满了低沉的吟唱，那是唤醒大地之声。裸露的树木含情脉脉，带着期盼的目光。从附近某片没有开垦的地面上，传来了歌雀的第一声啼鸣。由于熟识，令人感到如此亲切，同时也如此的悦耳。不久，便响起了大合唱，轻柔动听，含着略微克制的欢喜。蓝鸲用颤声唱着，知更鸟呼唤着，雪鹀叽叽喳喳地叫着，草地鹨发出了她那洪亮但却不乏温柔的啼鸣。在一片荒弃的田野上，一只兀鹰低低地盘旋，然后，落在栅栏的杆上。他伸展着颤抖的羽翅，直至站稳。这是温暖柔和、云雾缭绕的一天。雪后泥泞的路面，多处已经变干了，看上去令人惬意。我走过边界，越过默里迪恩山。沿着无泥的路行走，扑面而来的暖意令我心满意足。牛群哞哞地叫着，渴望地注视着远方。我对它们充满同情。每逢春天来临，我都有着一种几乎无法抵制的、企盼上路的欲望。那种久违了的游牧者的本能在我的心中激起。我渴望上路。

在行走的路途中，我听到了远处金翅啄木鸟的鸣叫，声音与我在北部听到的一模一样。暂停片刻之后，他又重复起他的呼唤。有什么声音能比这最早的鸟鸣更动听呢？它们拥有完全属于自己的寂静！

人们要越过华盛顿市的边界才能置身于乡间。从乡间再走上十分钟方能见到真正的原始森林。不同于北部那些商业大都市，这座城市没有超越其界线。未经梳理的、野性的自然来到了它的门槛，甚至在许多地方已经跨进了门槛。

不久，我到达了一片荒凉而寂静的森林，这里很难察觉到生命复苏的迹象。但是空中却弥漫着一种新鲜的地气，仿佛树叶下有什么东西蠢蠢欲动。短嘴鸦或在林子的上方鸣叫，或在褐色的田野中走动。我长时间望着那灰色的、宁静的树林，但是那里毫无动静。小池塘边的一棵桤木上的荚蒾花依稀可见；拨开阳面山坡上的树叶和碎片，我发现地钱才刚露出一点毛茸茸的嫩芽。但春水已经来了。小青蛙的叫声响成一片，从每片泽地、每个池塘都传来它们那高亢而悦耳的合唱。望着它们的一个聚集处，那一小汪死水，我发现水底有一团蛙卵。我用手捧起一大块冰凉颤动着的胶胨。与我同行的一个年轻人想知道它是否适合作为盘中餐，或者是否可作为鸡蛋的替代物。那是一团上好的胶胨，呈淡淡的乳白色，密密麻麻地布满了如同鸟眼大小的黑色斑点。刚产下来时，它完全是透明的。经过八天或十天的孵化，渐渐地吸收了它们周围的胶胨，小蝌蚪就出来了。

在这座城市里，甚至当商店还没有考虑好在橱窗展示何种春装时，街道两边的白杨已经成为春天的使者。经过3月里几个和煦晴朗的好天，你会突然察觉树上的变化。树顶不再显得那么光秃。如果天气依然温暖如故，一个好天气就会引发奇迹。很快，每一棵树都会披上一件巨大的、挂满毛茸茸的灰色长穗的羽衣，但却看不到任何绿叶的迹象。到了4月的第一周，这些假毛毛虫会落满街道和阴沟。

短嘴鸦与兀鹰也标志着春天的到来。他们迅速地在城市周围繁殖，变得胆大妄为，出尽风头。在整个冬天，此地的短嘴鸦都很多，但只是当他们在高空中从弗吉尼亚森林的冬季营地飞来飞去的时候,才会引起注意。清晨,当人们在微弱的光线下依稀可辨他们的身影时,他们就来了,蜂拥般地向东飞去。时而,松松散散,零零落落;时而,密密麻麻,聚成一大群;间或,还会单只飞行,成双或三只同行,但全都朝着同一方向,或许是马里兰东部的水域。夜幕降临时,他们开始返回,以同样的飞行方式飞向位于城东的波托马克河畔那高高的林地。在春季,这些每日成群结队的大规模飞行停止了。鸟群解体了,群穴也被放弃,鸟儿广泛散布于各地。似乎各地的鸟儿都遵循此道。人们或许会认为,当食物稀少时,那种三三两两的组合及广为分布的策略更具优势。因为少者生存的概率更大,多者相聚则意味着饿死。然而,事实是,在冬季,食物只能够在某些特定的区域找到,比如河畔、湖畔及海边。

在哈德逊河畔的纽堡北部几英里处,短嘴鸦以同样的方式飞进其冬季的营地,早晨飞向南方,夜晚再沿路返回。有时在狂风中他们会在山丘上紧紧地抱成一团,这时便会受到藏在树或树篱后那些学童的棍棒及石头的袭击。那些落伍的短嘴鸦,在黄昏才一路艰辛赶来的短嘴鸦,常常被长途飞行及狂风折磨得疲惫不堪,几乎到了要瘫痪的地步。每逢遇到起风或者从地上再度飞起都会让他们付出额外的努力。

第五章 在首都之春观鸟

春季刚一开始,在华盛顿便到处可见兀鹰的行迹。他们或逍遥自在地在二三百英尺的天空中飞翔,或急速掠过一些闲置的公地或空地,因为那里偶尔会有一只被扔掉的死狗、死猪或死的家禽。有时,五六只兀鹰会落在公地上的这种死尸周围,伸展着他们宽大的灰翅膀,相互威胁追打着,而这时,或许只有一两只在吃食。兀鹰的羽翅宽大而灵活,当他直立于地面时,翅膀稍微拍动,就足以使其离地飞起。他们在空中的动作十分美丽、壮观,与普通的鸡鹰或红尾鹰非常相似。他们的飞翔同样沉着轻松、勇往直前,同样地呈一种庞大的螺旋式上升的状态。除了体积与色彩不同之外,其羽翅与尾翼的形状及其在天空的所有功能,几乎与前面所描述的鹰类完全相同。人们常常会在高空中同时看到十几只兀鹰,安详宁静地不停地绕圈盘旋,那是他们自娱的游戏。

兀鹰不如鹰那样活跃与机警;他们从不会凭借羽翅的平衡悬停于空中,从不在空中俯冲与翻跃,也从不由天而降,直扑其捕获物。还有一点不同于鹰,他们似乎没有敌人。短嘴鸦与鹰争斗,极乐鸟及拟八哥与短嘴鸦争斗,但两者都不理会兀鹰。他似乎不会激起别人的敌意,因为他从不妨害别人。短嘴鸦对鹰的怨恨由来已久,因为鹰抢短嘴鸦的巢,夺走其子女。极乐鸟与鹰的争端出于同样的原因。但兀鹰从不袭击活猎物。当有腐肉可吃时,他不吃鲜肉。

在5月,像短嘴鸦一样,兀鹰几乎在瞬间消失得无影无踪,或许飞向他们在海边的繁殖地。雄鸟此时是否离别了雌鸟,独自前往呢?不管怎么说,7月,我在石溪边的林中发现了许多栖息在那里的兀鹰,此地距城市边界约一英里。由于这些鹰没有在这一带筑巢,我想他们大概是雄鸟。那次,由于观察松鼠的巢,我碰巧在林中耽搁得晚了些。太阳刚落山,兀鹰便开始三三两两地陆续落在我身边的树上。不久,他们从同一个方向大批地飞来,在林子的上方抖动着羽翅,然后,在树中间的枝干上落下来。降落时,每只鸟都从鼻腔中喷出很大的响声,就像牛躺倒时发出的声音一样。这是我所听到的兀鹰发出的唯一的声音。然后,他们会像火鸡似的伸展自己的身躯,在树枝中走动。有时,一根腐枝会被栖在上面的两三只兀鹰压断,而这时,随着一阵羽翅的抖动声,他们会占据新的地点。在天黑透之前,兀鹰会不停地来临,我身边的树上全都落满了。我开始感到有点紧张,但依然原地不动。当漆黑的夜幕降临,万籁俱寂之后,我收拢了一堆干树叶,用火柴点着,想看看兀鹰对火的反应。开始,没有一点动静。但是当那堆树叶燃起烈焰的那一瞬间,每只兀鹰都被惊起。那种混乱与喧嚣，令我感到树顶就要倒塌在我的身上了。可是林子很快就清静了，那令人讨厌的一大群鸟消失在夜色之中。

大约在6月1日，我看到许多兀鹰在波托马克河的大瀑布周围飞翔。

残冬时节在此地观鸟的经历可在下述片断中略见一斑，它摘自于我2月4日的日记：

在林中及山间远足。朝首都正北方向走了三英里。地面光秃，天气寒冷。在郊区那些分布着爱尔兰人及黑人小木屋的地方，突然飞来了一群鸟，像我们北方的雪鹀一样四处吃食。偶尔，他们会发出尖厉而又忧郁的啼鸣，仿佛他们很不开心。实际上，他们是角百灵，我初次遇见。他行走的姿态具有所有百灵的特征。个头比雀类略大，胸部有一个黑点，下腹部有更多的白色。当我走近时，靠近我的那些鸟停下来，身子下倾，疑惑地打量着我。不久，我的胳膊一动，他们便飞走了，那姿态与雪鹀无二，露出了更多的白色。（从那之后，我发现在2月和3月，角百灵是此地的常客，因为那时他们被大量地捕杀，并在市场上出售。在一场大雪之中，我看到许多角百灵在城里的一个市场的大花园的杂草丛中寻食。）一路走下去，景色更加宜人。

沿泰伯河东支流的一条小溪缓缓而下，溪畔是茂密青翠的荆棘与灌木丛。各种鸟雀在四处蹦蹦跳跳，在弯曲带刺的细枝上飞过。在过了边界的松树丛中，看到一些身着灰色冬装的北美金翅雀在啄松果。一只金冠戴菊鸟也在那里，披着一小缕灰色的羽毛，像个精灵似的忙忙碌碌，不得安宁。莫非那些老松树提供的果食对他来说也同样鲜美可口？再往前走，在那些低矮的林地中，看到许多雀类——狐雀、白喉雀、白冠雀、加拿大雀、歌雀、沼泽雀，全都聚集在温暖隐蔽的河畔。令我惊奇的是，我还看见了红眼雀和黄腰林莺。紫朱雀、卡罗苇鹪鹩及北美旋木雀也在那里。在更高更冷的林子中，飞鸟绝迹。日落时分在返回的路上，当穿越可俯瞰市容的一座山丘，走在东山腰时，我高兴地看到许多草雀或黄昏雀——那些与我父亲的牧场一起永驻我心中的鸟儿。他们跑到我的面前，时而轻快地移动一两步，时而潜行于低矮残败的草丛中，与我儿时观察他们的样子无二。

1月之后，3月4日有如下记录：

在第二个具有纪念意义的林肯总统就职典礼之后，

第五章 在首都之春观鸟

我开始了此季的第一次远足。下午天气晴朗和煦——尽管林中的风还在吼叫,但毕竟真正的春光终于来了。令人感到诧异的是,在距白官两英里内,竟发现了一个纯朴的樵夫正在砍柴,仿佛根本没有什么总统的就职活动!一些小狗温暖而舒适地卧在一棵空心老树的树洞里。他告诉我,它们是一条野狗的后代。我想我在石溪的彼岸看到了那条"野狗",它极度忧伤,充满恐惧,来回地奔跑,大声地嗥叫,期待地望着那条自己不敢跨越的激流的对岸。今天,我第一次听到了加拿大雀的歌喉,一种轻柔悦耳的乐调,几近颤声;看到了一只黑天鹅绒似的小蝴蝶,黑色的蝶翅上镶着一道黄边。在一个温暖的堤岸下,发现了两朵北美茜草的花。看到青蛙在松溪附近产卵,听到了雨蛙的叫声。

在华盛顿最早露面的那些鸟中有拟八哥。他会在3月1日之后的任何一天到来。这些鸟儿聚集成群,经常出没于小树林和公园,轮番地涌向树顶,让天空中充满了他们嘎嘎的叫声。当他们落在地面上走动寻食时,那漆黑的外衣在阳光下闪闪发光。显然在这种季节,此种鸟儿的心头藏着一首歌,但悲哀的是,他无法将它挖掘出来。其啼声给人的感觉是,他总是患着重感冒,发音艰难,但是在初春一个阳光明媚的下午,当他们成群的合声从远处传来时,其效果也还算悦耳。那时,天空中充满了喷涌而出的劈里啪啦的响声,略带乐感,对于感官而言,颇受刺激。

所有城市的公园及绿地皆有拟八哥。在白宫的树丛中,拟八哥特别多,他们生长于斯,并与其他鸟类争斗不休。一天,财政部西楼一个办公室的雇员们被某个猛然撞击到窗玻璃上的物体所吸引。抬头望去,他们看到一只拟八哥悬在离窗户几英尺处的半空中。在宽大的石头窗台上,有一团颤抖着的紫朱雀的躯体。不难理解这个小小的悲剧。拟八哥拼命地追逐紫朱雀,而后者,为了逃命,孤注一掷,闯进财政部寻求避难。撞在厚厚的磨砂玻璃窗上的冲力,让这个可怜的家伙即刻毙命。追逐者显然对于其受害者这种突如其来、出乎意料的结局感到震惊,盘旋了片刻,仿佛是要确信所发生的事情,然后,飞走了。

(当鸟类被其自然之敌如此逼迫威胁时,出于恐惧而在人类面前寻求安全,这种情况并非罕见。我曾居住在一个乡村,在10月某天的正午走进房屋时,惊愕地看到一只鹌鹑栖在我的床上。见到我,那只惶恐、困惑的鸟儿立即飞向敞开着的窗户,显然,它刚才是被一只鹰所追逐而飞进来的。)

拟八哥具有其原形短嘴鸦所有的天生之狡猾。财政部大楼的内院里有一个绿树萦绕的喷泉,到了仲夏时分,拟八哥变得胆大妄为,竟贸然进入这个内院。从周围窗户中投下来的各类星星点点的食物,是对其鲁莽行为的回报。人们曾看到当他们嚼不动一块干硬的面包碎片时,便会将其投入水中,待其泡透后,再捞起来。

他们用粗糙的树枝与泥巴筑巢。整个艰苦的筑巢重任似乎全都落在雌鸟身上。一连几个上午,当太阳刚刚升起,我在花园中锄地时,曾注意到一对拟八哥在我的头上沿着其航线飞来飞去。去时,飞向约半英里处的一片低泽地,返回时,消失在首都周围的树丛中。回来时,雌鸟的口中总是衔着筑巢的材料。而雄鸟则一身轻松,仿佛是她的护卫,在她的前上方飞行,并不时地发出他那粗嘎刺耳的啼鸣。当我向他们投掷一个土块时,惊恐的雌鸟丢下了口中的泥巴,和雄鸟一起仓皇、狼狈地逃走了。后来,他们偷窃我的樱桃,以示复仇。

然而,在这里,如同在北部一样,樱桃最狠毒的敌人是雪松太平鸟,也可叫他们"樱桃鸟"。他们的侦察是多么迅速!在樱桃还远没有露头时,他们就小心机警地在树的周围徘徊。他们或三五成群在高空中盘旋,发出悦耳的啼鸣,或迅速钻进远处的树顶之中。日复一日,他们不断地接近樱桃树,仔细地观察情况,关注着果实的成长。当青果朝阳的那面刚刚露出红色，他们的嘴就已将果子啄得疤痕累累。起初，他们还是由房子的侧面悄悄地接近樱桃树，三三两两地迅速潜入树枝中，大群的鸟则埋伏在附近的某棵隐蔽的树中。拂晓及阴雨天通常是他们掠夺果实的最佳时机。随着樱桃的成熟，鸟的胆子也越来越大，逼迫你不得不先用草团来驱鸟，继而用石头来砸鸟，否则你将失掉所有的果实。6月，鸟儿不见了，他们飞向北部去追寻樱桃。到了7月，他们在那里的果园及雪松林中筑巢。

夏季在这里的常住者中（或许该说城市居住者，因为似乎他们在城市中居多），黄林莺或夏金翅雀尤为显著。他大约在4月中旬到达，似乎对银白杨情有独钟。每天，在每一条街道，人们都听到他那尖细刺耳的啼鸣。在筑巢时，雌鸟在院中飞来飞去，一点点地啄着晾衣绳，收集星星点点的丝线用于筑巢。

燕子从4月1日至4月中旬陆续来到华盛顿。每一个新英格兰男孩都熟悉他们一路上那喋喋不休的叫声。先传入我们耳际的是家燕的啼鸣。随后的一两天是崖燕唧唧的叫声。烟囱雨燕，或叫雨燕，也不甘落后，大批来此地过完一季。紫岩燕飞越北部，也在4月露面，7月、8月他们再携子女踏上回程。

国家的首都位于这么一片林木繁茂、野性十足，或者说几乎没有怎么开垦的乡土上,而且自身地面辽阔,有着众多的公园及政府保留用地,难怪不计其数的鸟类随着季节的变化来到这里。稀有的莺类,诸如白颊林莺、棕榈林莺以及栗胁林莺在飞往北部的旅途中在此地歇脚,在城市的中心捉虫觅食。

我在白宫附近的树丛中听到了韦氏鸫的啼鸣。在4月中一个细雨蒙蒙的早晨,约6点钟时,他飞到我花园中的一株梨树上,吹响了轻柔甜美的乐笛。那曲调像他们6月间在我们北部森林中演唱时那么悦耳动听,充满激情。一两天之后,就在同一株树上,我第一次听到了红冠鹟鹩,或红冠戴菊鸟的歌喉——带着鹟鹩啼鸣中共有的节奏及潺潺流音,又比所有我所熟悉的其他鹟鹩的歌喉更为优美动听。它以一声圆润、细小的悦耳啼鸣开始,继而上升到一种高音阶的、持续的颤音——总之,是一支极为精美、动听的乐曲。歌手一边唱歌,一边还忙着捉虫。显然,这是一曲我们鸟类最优美的歌。当奥杜邦在拉布拉多的荒野中初次听到它时,对歌声所倾注的热情一点也不为过。戴菊鸟的歌与鹟鹩之歌的特征可谓一脉相承。

由于大树林立且种类繁多,首都吸引了各种各样的鸟。位于财政部大楼后部的那片延伸的场地尤为引人注目,因为它是一个枝繁叶茂的缓坡,既温暖又便于藏身。初春,我到此地去听诸如知更鸟、灰猫嘲鸫、拟八哥及鹩鹩等众鸟的歌声。3月，可见白喉雀及白冠雀在花圃上跳来跳去，或者调皮地从常青树中向外张望。知更鸟根本无视看守人醒目的警告牌，在草地上自由自在地蹦蹦跳跳。尤其是在黄昏，从树顶上会不时传来他那发自肺腑的洪亮的欢唱。

极乐鸟及拟黄鹂整季都待在此地，并在树顶上养育子女。整个上午都会听到拟黄鹂那洪亮圆润、喋喋不休的歌声。有些鸟的歌喉颇像红衣主教雀——强劲有力、激情高亢。这也是拟黄鹂、裸鼻雀及所有大嘴雀的共同特征。相反，另一些鸟的歌，比如某种鸫类的歌，则显出蓝天般的沉静。

2月，你会在史密森学会的场地上听到狐雀的歌声。它是一支充满激情、圆润柔和的口哨——是我听到的雀类最优美的曲调。

5月，会有一种新奇迷人的声音在耳际回响。你走在柔和的晨光中，突然会从某个神秘的地方传来刺歌雀那甜美的歌声。二十多支歌喉同时迸发出充满狂喜、旋律优美的短暂的和声，但又骤然止住，一片寂静。其声听起来令人感到陌生遥远、迷惑不解。不久，你会发现歌声来自天空，目光机敏的人会发觉那群欢乐的鸟正向北方飞去。他们似乎闻到了远方草原的芬芳，并高唱着希望之歌的片段。

第五章 在首都之春观鸟

刺歌雀不在特区繁殖,但通常会在此歇脚,日间在城北的草地上觅食。当春季来得偏晚时,他们会在此地耽搁一周到十天,自由自在地唱着歌,显得毫无拘束。他们成群结队,仔细地搜索着地面,间或会在空中盘旋,或者落到树顶上,齐声倾诉着心中的欢乐,使天空中充满了欢悦的乐曲。

他们继续在城中通过,夜间飞行,日间觅食,直至5月中旬才消失。9月,随着数量的剧增,他们开始了归程。我初次得知他们的返回是听到了他们夜间飞过城区时的啼鸣。在某些夜晚,那叫声相当引人注意。我曾在半夜醒来,躺在床上,通过敞开的窗户,听到他们隐隐约约的啼鸣。莺类大约也在同时返回,从他们胆怯地发出的"嘤扑斯"声,可以明确识别。在那些黑暗多云的夜晚,众鸟仿佛被城市之光所迷惑,在它的上方彷徨。

春季,同样好奇的小插曲还会重复,但可以清晰识别的鸟鸣却寥寥无几。我听出了雪鹀、刺歌雀及莺的叫声。在5月初我连续两夜极为清楚地听到了滨鹬的啼鸣。

6月,在这里的草地上,除了刺歌雀之外,还可以遇到黑喉鸫,一种与雀类同族的鸟,一个执著(尽管缺乏乐感)的歌手。他栖在路边的树篱及树丛中,翘起尾巴,唱出刺耳的曲调,其音或许大致如此:"飞斯普、飞斯普、飞、飞。"如同所有与初夏有关的鸟鸣，它并不依赖鸟儿本身的天赋，却很快就唱出了悦耳的歌声，魅力十足。

出了市区，对于漫游者及大自然的爱好者而言，最有趣的当属石溪地带。石溪是一条奔流急湍的大溪流，源自马里兰州中部，流入华盛顿与乔治敦之间的波托马克河。它流出华盛顿外五或六英里的那段水路，景色多变、引人入胜。溪水流入一个深深溪谷，那溪谷偶尔会变成林木幽深的峡谷，带着悬石与陡峭的岬角；时而，它在一片幽长的地段歇脚，时而又奔腾急下，绕过陡弯，越过多石的河床；它不时地接纳那些极具魅力的小河小川，由于它们左突右进，使得人们的视野豁然开朗，也使得石溪的景色不仅赏心悦目，而且粗犷荒凉。或许，在美利坚合众国中再没有任何其他一座城市让自己如此接近人们在荒僻山林中才能寻求到的自然之壮美。稍加艺术之润饰，将使这整个流域，由乔治敦至离现在的国务院不足两英里处被称作清泉的地方，变成世上无与伦比的公园。在两点之间有一些荒凉、原始的通道，显然远离文明，这种景色只能在哈德逊河及特拉华河在山中的源头方能见到。

石溪在此地的支流之一叫作松溪。这是一条欢腾的小溪，流经一个风景秀丽的山谷，全程几乎都掩于橡树、栗树及山毛榉的林木之中，其中不乏深幽之处。

第五章 在首都之春观鸟

我可不能忘了描述一下此地众多的山泉,汪汪清泉都是某个荒僻角落的中心,或许是一个一两百米长的小山谷的源头。通过小山谷人们可以看见或听到山下奔腾的主溪流。

我常常喜爱朝着这个方向散步。周六,成群结队的顽童也来到这里嬉水游荡,尽显潜伏于内心那种几近野蛮的本能。但凡各种生物,总是在水边最为丰茂。繁茂的植物养育了昆虫,而昆虫又引来了鸟类。5月的第一周,在煦日漫漫的南山坡上,我通常能发现已经开花的地钱,尽管那花才刚刚露头。在溪水边,臭菘破土而出,花儿先露面,仿佛大自然犯了个错误。

直至4月初,许多野花才一展芳容。此时,你可以看到地钱、银莲花、虎耳草、杨梅、北美茜草及血根草。一周后,春艳花或春美草、水田芹、紫罗兰、低矮的金凤花、大巢菜、紫堇及委陵菜相继竞开。这些包括了几乎所有4月花的种类,石溪及松溪一带比比皆是。

在每一个小山谷与溪水之畔,总有一个品种独占花魁。我确切地知道何处去寻找第一簇地钱,何处可以看到最大、最美的地钱。在一片干燥多石、林木稀疏的山坡上,鸟足紫罗兰开得正旺,可是在相邻的地区却稀稀疏疏。我在北部从未见过的这种花是所有紫罗兰科目中最美丽夺目的,令所有涉足林中的人惊叹不已。它以一簇簇、一丛丛的形式生长，与花园中的三色堇十分相似。它那两个紫色天鹅绒般的花瓣宛如垂在柔肩上的华丽披风。

就在同一面山坡上，我大约在5月1日去寻找羽扇豆，或叫日暑花。远远望去，日暑花给大地平添了一抹蓝色。山坡另一面，朝北的一面，在5月的上半月，野山林中弥漫着杨梅花香。再往前走几步，位于一条小溪的底部，曼陀罗花的花影在地面上投下众多的小伞。此花绿色的小芽在4月1日开始破土，但直到5月1日才开花。它的花是一枝独秀，颜色是蜡似的白色，带着有点过分的甜味，就长在其宽阔多叶的顶部下面。在同一条小溪边，长着水田芹与两种银莲花——宾夕法尼亚银莲花及林银莲花。血根草在石溪林中的山坡脚下处处可见，在那里，风掀起了盖在它身上的那层干树叶，使得它几乎与地钱同时出现。令人不可思议的是，仅凭那么一点暖意就能促使这些早春的花儿绽开。仿佛事先在地下已经施加了某种影响，做好了准备，于是，当外面的气温合适时，它们便立即破土而出。在一周中有两三夜还有霜冻时，我就发现了血根草，并且知道，至少三种早开的花被埋进八英寸的雪中。

另一种在石溪一带多见的花是春美草。如同多数其他的花，它也是一串串地开。在离你所迷恋的紫罗兰或杨梅

第五章　在首都之春观鸟

鸟足紫罗兰

仅几步之遥处，你的注意力会被春美草所吸引，它开得遍地都是，以至于落脚之处难以不踏花。只有上午的林中漫步者可见其完美的姿容。因为到了下午，她们的眼睛会合上，她们漂亮的头会因困乏而垂落。只有在一个地方，我发现了拖鞋兰——黄色的那种。在这一带不受约束、遍地开放的是北美茜草。至4月初，在没有完全开垦的原野及林子的交界处那些温暖湿润的地方，你会注意到她们的存在，而到了5月，她们在这些地方已是繁花似锦。从公路上，你的目光越过原野可以望见她们，宛如贴近大地浮动着的一股股雾霭。

在5月的第一天，我去石溪或松溪地带听棕林鸫的歌声。我总是在这个时间发现他悠然地唱着他那高傲的曲子。此时，甚至更早一些，也可以看见其他鸫类，诸如威尔逊鸫、绿背鸫、隐居鸫——后两者深沉宁静，前者歌声悦耳。

在5月初，我偶尔会发现林中莺类成群。他们仔细地探索着每一条树枝与每一片树叶，从最高的郁金香到最矮的香灌木，在飞往北方的漫漫旅途中急切地寻找食物。夜间，他们就飞走了。某些种类，诸如北森莺、栗胸林莺以及布莱克伯恩莺，在其短暂的逗留期间，几乎如同在家乡那样自由自在地歌唱。连续两三年，我都碰巧遇见了在高地的橡树林中觅食的一小群栗胸林莺，他们在高高的树枝上，动作略为迟缓，显然是想在此地稍作停留。

此地夏季的留鸟，属于莺类的寥寥无几。据我观察，只有黑白林莺、黄腹地莺、食虫莺、橙尾鸲莺以及蚋莺在石溪附近生养。

在上述莺类中，迄今为止，当属黄腹地莺最有趣，但非常罕见。我在林中那些潮湿的低地中，通常是在某条小河边的陡坡上遇见他。我不时地听到一声清脆洪亮、宛如铃声的啼叫或颤鸣，随即便看到从地上一跃而起，在一片树叶的背面捉到虫子的鸟。这是他最具特色的动作。他属于地莺科，其活动区域很低，事实上，低于我所知道的任何其他鸟类的活动区域。他几乎总是在地面上，快速地行走，捉拿蜘蛛与小虫，翻开树叶，窥视小树枝的反面及地面的裂隙，并不时地跳起八至十英寸，从垂落的树叶或枝蔓的反面捉虫。这样，每一种鸟类大体上都有其独自的活动范围。给出一个由地面起三英尺高的范围，便可确定黄腹地莺觅食的通常限度。高于六到八英尺的区段是诸如食虫莺、哀地莺、马里兰黄喉林莺通常的活动范围。高大林木的低枝及低矮林木的高枝显然深受黑喉蓝林莺的青睐，在这些地方，总能找到他。鸫类大都在地面或贴近地面的地方觅食，而某些绿鹃及名副其实的翔食雀在最高的树枝上寻食。但莺类通常都偏爱枝繁叶茂的矮树丛。

就莺类而言，黄腹地莺堪称大鸟，气度不凡。其背呈清晰的橄榄绿色，其喉及胸呈明黄色。他的另一个十分显著的特点是脸颊两侧各有一黑条纹，延伸至脖子。

此地的另一种我在北方从没遇见的常见鸟是蚋莺，他被奥杜邦称作灰蓝翔食莺。就形态及举止而言，他几乎就是小一号的灰猫嘲鸫的翻版。当你出现在他的领地，令他不安时，他像小猫咪似的"喵喵"叫，竖起尾巴摆动着，垂下羽翅，做出各种各样的动作，其动态令人想起他那灰色的原型。其上身呈淡灰蓝色，由下渐渐淡化，至胸腹部已变成白色。他是一只娇小玲珑的鸟，长着一根细长灵巧的尾巴。其歌是一种口齿不清、吱吱嘎嘎、缺乏连贯的颤鸣，时而略像金翅雀，时而像小灰猫嘲鸫，时而又像金色小啄木鸟，虽变化无穷，但缺乏节奏与乐感。

在此地，令我感兴趣的鸟还有白眉灶莺，也被称作大嘴灶莺及水鹡鸰。它是令鸟类学家难以分辨的三种鸟之一。其余两种是众所周知的橙顶灶莺或叫林鹡鸰与黄眉灶莺或叫小灶莺。

眼下的这种白眉灶莺，虽然不多，但也常常可以在沿石溪一带遇见。此鸟敏捷活泼，属于迷人的歌手那类。在5月阳光明媚的一天，我看到一对此类灶莺在两条小溪之间飞来飞去，取两者的中点停下，雄鸟迸发出我所听到过的最富有情感的即席演唱。其歌是瞬间的喷涌，始于三四声恰似竖笛的清脆圆润的奏鸣，终于急速杂乱的颤鸣。

此鸟只是在色彩上与鸫相似，上身是橄榄褐色，腹部是灰白色，脖与胸上带有斑点。其生活习性、形态及声音与百灵相像。

在去石溪的路上，黄胸大鹏莺的啼鸣常常令我开心，但有时也令我烦恼。此鸟在形态上也与灰猫嘲鸫有些相似，但他的确是纯种。与这只喧闹的巧嘴八哥相比，灰猫嘲鸫显得温和柔顺。黄胸大鹏莺的声音洪亮而奇特。你刚踏进他的领地，通常是在林边或古老原野的低洼地中茂密的矮树丛，就会听到他的小夜曲，那是一种与乡村的剪嘴鸻相似的多变、奇怪而粗鲁的啼叫。如果你径直穿过他的领地，此鸟一般不会打破寂静。但假若你稍作停留或悄然闲逛，那便会令他激动不已。他从树枝后边好奇地窥视你，发出像猫似的"喵喵"的尖叫。片刻之后，他会发出"是谁，是谁"[1]的清晰的询问。继而是一连串急速而极不和谐的啼叫，打破了黄昏时分森林的宁静。他时而像小狗似的"汪汪"叫，时而像鸭子似的"嘎嘎"叫，时而如同翠鸟似的"咔咔"叫，时而如同狐狸般嚎叫，时而"呱呱"叫得像短嘴鸦，

---

[1] 此处为原文 who 的意译，其音译为："呼，呼。"——译注

时而"喵喵"叫得像只猫。此时,他的叫声仿佛来自远方,彼时,他又换了曲调,宛如在你的眼前演唱。当你想仔细地看看他时,尽管他有些羞怯,小心翼翼地将自己藏身于屏障之后,但如果你保持沉静,不久便发现他会飞上一根细枝,或跳上一根不起眼的树枝,垂下羽翅,摇头摆尾,变得极为激昂。在不足半分钟之内,他又跳回树丛,随即,歌声再起,而且没有哪个法国人的小舌音"嗬"比他发得更流畅。"呵—嗬—嗬——呜嗬"——就是这样"——唏——嘎嘎、嘎嘎——咿特—咿特"——现在达到了高潮,"——特嗬—嗬—嗬"——然后,"——呱,呱——咔特、咔特——提博伊——呼,呼——喵,喵——",如此下去,直至你听腻为止。一天,当我在非常仔细地观察这样一只鸟时,发现他每次只发出六种啼鸣或只有六种不同的叫声,他以此为顺序,在多达十几次的重复中几乎没有变化。有时,当你远离他时,他会飞到近处观察你。那是如此奇特而富有表情的飞翔——双腿伸展,头低垂,双翅急速地拍动着,整个动作活泼而滑稽。

无论从形态还是色彩方面而言,黄胸大鹏莺都堪称一只优雅的鸟。他的羽毛坚实密集,上身呈淡橄榄绿色,下身金黄,鸟喙黑而坚硬。

红衣主教雀,或叫弗吉尼亚红衣主教雀,在同一地点也很常见，但他喜爱栖于林中。他常是鸟类爱好者及持枪男孩追捕的对象，因此显得十分胆怯。此鸟令人想起英国的红衣兵，他那沉重的尖嘴、高高的冠、脸上的黑斑纹、头部及颈部表露出的沉稳以及站立的姿态，给了他一种果断的、如同军人的外表。他的歌声或口哨声中含有某种笛子的音调，而当他被打扰时，通常发出的啼鸣如同军刀叮当作响。昨天，当我在河畔一片僻静浓郁的绿荫下，懒洋洋地坐在葡萄藤上摇荡时，有这么一只鸟前来捕虫，就在我上方几英尺处。他跳来跳去，不时地发出尖叫，待一只蛾或虫试图逃走时，他几乎是从我栖身处的绿荫中直冲而下，宛如一个火把从树丛中投落下来。在看到我的一刹那，他惊慌地飞走了。此种鸟类雌鸟的羽毛呈褐色，只是当她飞起时，才会显露出一抹红色。

迄今在华盛顿一带最多的啄木鸟是红头啄木鸟。它比知更鸟更常见。不是从深深的密林之中，而是从撒落于山坡及原野的那些残败的橡树林中，我几乎每天都能听到他那瘆人的怪叫："可特尔—尔，可特尔—尔。"就像大树蛙的叫声，传自城边那片橡树林中。他嗅觉灵敏，十分顽强。然而，飞起来又是如此美丽，在宽阔的林地，在树与树之间划出一道柔和的、红白相间的弧光。这是另一种颇有军人气质的鸟。他那沉稳高贵的姿态，亮丽的红、白及钢青色相间的军服,显示出他军容的威仪。

我喜欢走的另一条路位于城市的东北部。由首都朝这个方向望去,不足一英里之遥,你会看到一片宽广的、缓缓起伏的绿山坡,渐渐地伸展为一大片草地。山顶——假若如此缓缓耸起的草地可以被称作有一个山顶的话——被大片的橡树林所覆盖。前面那道茂密的林子围住了两边,宛如一袭披风向后飘起。由市区的不同地点都可望见这道

翠绿的风景。由北自由市场沿纽约路望去,你的目光掠过街道上的红泥土,落在远处这片鲜活的风景上。它仿佛不停地在召唤着市民前往那里,洗涤心灵。当我的目光从某条闷热坚硬的街道转向它时,它是多么的令人难以拒绝!我将目光沉浸于此,仿佛它是一道清泉。有时,成群的牛羊在那里吃草。6月,可见成捆的干草。当大地被白雪覆盖时,成堆成捆的干草依然留在那里,令目光回味无穷。

裹住小山东侧并一直延伸至东部的林子是特区最迷人的林区之一。其主要植被是橡树、栗树,还零零星星地点缀着月桂、杜鹃及山茱萸。这是我发现盛开着犬牙紫罗兰的唯一地点,以及我所知道的采摘五月花的最佳地点。在一面山坡上,地上覆盖着青苔,穿越青苔,五月花尽展芳容。

从这些林地走向市区,可见绿色的山坡前面耸起的国会山的拱顶,它那四千吨的钢铁之躯轻柔、优雅地腾空而起。在华盛顿所有那些令我铭记于心的景色之中,唯有如白云飘于山顶上的国会山之景为最。

1868 年

第六章 | 漫步桦树林

我将要谈论的地区位于纽约州的南部,覆盖了三个县——阿尔斯特、沙利文及特拉华——的地域。该区为哈德逊河及特拉华河的支流提供了水源,除了阿迪朗达克地区外,所含荒地在纽约州当属之最。横越此地并赋予它严酷的北方气候的山脉都属于卡茨基尔山脉。在纽约州某些地图中它们被称作松山,但这显然与当地情况不符,因为据我观察,在山中根本看不到松树。"桦山"或许是一个更具特色的名称,因为在这些山脉的山顶,桦树占据主流地位。这些山区是黑桦与黄桦的故乡,它们长得枝繁叶茂,规模不同寻常。在山坡上遍布着桦树与枫树,然而在以往,铁杉则覆盖了下面的山坡,遮掩了峡谷,吸引着伐木工及制革工。除了在偏僻荒凉的地方,如今人们几乎难以找到铁杉。在尚代肯及伊索珀斯一带,革几乎是乡村唯一的产品,或者说是可望生产的产品。由铁杉树皮为原料的制革厂蜂拥而起,兴旺发达,其中的一些至今仍在。在眼下的时节穿越那片地区,我看到高高的山坡上那些稀疏而残留

第六章 漫步桦树林

无几的铁杉树，在屡遭砍伐及剥皮的厄运后，新近又被剥去了树皮，裸露着白色的树身，远远望去，煞是醒目。

不同于其他火山区，在这些山中，没有陡峭的山峰与山壁，只有那一望无际、坐落有序的山脉，山顶上覆盖着郁郁葱葱的林木，形成了广阔而波浪起伏的地平线，令人赏心悦目。从特拉华河源头的高地向南望去，二十英里之外，可见一座又一座连绵不绝的蓝色山脉。若因缺了几棵大树，在天际中留下一线空隙，便可从中望见遥远的景色。

由哈德逊河一侧进入这一地区，要从贴近索格蒂斯腹地的地方出发，穿越卡茨基尔山麓边缘一片崎岖不平的乡村。驱车几小时之后，你便处于一座高山的阴影之中，此山构成了该山脉在这一带的某种地界，因而索性被称作高峰。其山坡由东及东南方向陡直伸向平原，以居高临下之势观望着二十英里之外的哈德逊河。在山的背面，由西及西北方向，延伸出无数小的山脉，支撑着这座高傲不逊的主峰。

由此处距宾夕法尼亚将近一百英里之间，便是我讲述的那片土地。它是宽二三十英里的一片乡村地带，荒凉杂乱，人烟稀少。去纽约及伊利铁路的旅客会匆匆看上它一眼。

这一带遍布着众多冰凉急湍、养育着鳟鱼的溪流，源头便是该地区那些小的湖泊及丰富的山泉。其中一些的名称为：磨坊溪、枯溪、威拉威马克溪、海狸溪、鹿林溪、豹溪、不沉溪、大因金溪以及卡勒昆溪。海狸溪是西部主要的排水口。它在汉考克的荒野地带与特拉华河汇流。不沉溪沿此地向南方流去，也与特拉华河汇合。东部的百川与大因金溪相汇组成了伊索珀斯河，流入哈德逊河。以多鳟鱼而著称的枯溪及磨坊溪，流经十二至十五英里的水路，并入特拉华河。

特拉华河的东支流或称皮帕克顿支流从此地山间深深的水路中攀附而上。我曾多次在路边众多的小溪畔饮水解渴，那里是深山的小溪初见天日的地方。几米之外，河水转向，流经熊河及斯克哈里河，并入莫霍克河。

在此地可以找到不少美国的野生动物。熊偶尔会骚扰羊群。山谷头上的空地常常留下它们破坏的痕迹。

不计其数的旅鸽以往常常在大因金山谷及不沉溪的源头生养繁殖，长达数英里的树顶上筑满了它们的巢。鸟儿父母们来来往往，喧闹无比。但远近的猎手很快闻声而来，他们通常是在春季蜂拥而至，猎杀老鸟及幼鸟。这种行为很快将旅鸽驱走扫尽，如今在林中的鸽子已所剩无几。

在此地还能见到鹿，但它们一年比一年少了。去年仅在海狸溪附近就有将近七十头鹿被猎杀。我听说有一个无耻之徒发现一群鹿被围困在雪中，他穿上雪鞋，走向鹿群，在早饭前杀了六头,留下它们的尸体,扬长而去。传说当有人作恶多端时,他们会遭报应,或瞎或傻,但这个恶棍免遭天罚的事实令人对所有这类传说产生了疑惑。

然而,这一带最吸引人的当属那些溪流与湖泊里众多的鳟鱼。那里的水很凉,泉水的温度是6℃—7℃,溪水的温度约8℃。这里的鳟鱼通常都比较小,但是在偏僻的支流里,它们的数量很多。在这类地方的鳟鱼颜色深黑,但在湖泊中,其色泽艳丽无比,非语言所能描述。

这些水域近年来常被成群结队的垂钓者光顾。如今海狸溪在纽约的垂钓者中名头颇大。

在卡勒昆荒野中的一个湖泊里,盛产一种白色的亚口鱼,质量上乘。只有在春季它的产卵期,当"树叶像金花鼠的耳朵一样大"时才能捕到这种鱼。鱼在黄昏时分开始沿小溪及小河游上来,直至河床里的鱼密密麻麻、满满当当。捕鱼者通常在这个时节来,他们往往是涉水直接走到欢跳的鱼群中,直接用大桶舀鱼。以这种方式,几个捕鱼者通常就能捞走一车鱼。某种特定的天气状况,比如温暖的南风或西南风,对于鱼儿游上来极为有利。

尽管我从小就对此地的周边状况十分熟悉,但进入它的荒野地带仅有两次。一次是在1860年,我与一个朋友沿海狸溪走至它的源头,并在鲍尔瑟姆湖畔露营。一场寒冷而持久的暴风雨不期而至，迫使我们在没有防备的情况下离开了林子。我们绝不会忘记，在山间一条不知名小路上的徒步跋涉，由于想在林中更舒适些这种愚蠢的想法，我们只得身负多种赘物而行进艰难；也不会忘记在山顶的停留，在那里，我们在蒙蒙细雨中烧鱼、吃鱼；当然更不会忘记黄昏时分我们在磨坊溪畔走进的那所简陋但充满了温情的小木屋。

1868年我们一行三人出发，前往位于同一山系、被称作托马斯湖的一方水域，做一个短暂的垂钓旅行。在这次不同寻常的远足中，我领教到与印第安人相比，我的生存技能是多么差，在山高路险的情况下，跋涉于林中的我们这一行人又是多么的愚笨可笑。

一个6月的下午，我们在靠近磨坊溪源头附近的一所农舍离开了我们的团队，背着背包走进山脚的森林之中，希望在日落前翻越横在我们与湖泊之间的那道山脉。我们雇用了一个脾气很好却有些懒惰的年轻人，引导我们走最初几英里的林间小路，不至于在出发时就误入歧途。此人碰巧也在农舍歇脚，背着一个联邦军的背包。似乎找到那个湖是世上最容易不过的事情。从说明上来看，地貌是如此简单，我确信在天黑时能抵达湖畔。"沿这条小溪行至它位于山边的源头。"他们说。还有比这更容易的吗？但再

第六章 漫步桦树林

进一步询问,他们便说当到达山顶时,我们应当"一直沿左边走"。这又提供了一种可能性。在陌生的森林中"一直沿左边走"是一种不确定的行为。或许,我们会走得太靠左而招致麻烦。可是假若湖就在对面,为什么要沿左边走呢?噢,湖不是在正对面,而是靠左一点。另有两三个山谷都通向那里。我们可以轻易地找到其中的一个。但为了确保万无一失,我们雇用了如前所述的那个向导,使我们起程走上正路,并与我们一起走过那个"沿左边走"的地点。去年冬季,他曾去过那个湖,认得路。前半小时,我们沿一条昏暗的林路而行,那条路原是冬季往外拉桦木用的。那里有一些铁杉,但更多的是枫树及桦树。山林稠密茂盛,没有矮灌木丛,上坡平缓。右侧潺潺的溪水声几乎伴随了我们一路。有一次我走近小溪,发现其中有成群的鳟鱼。溪水冰凉刺骨。不久,上山的路变得陡峭,由下面散落而覆盖着青苔的岩石中流出的小溪变成了涓涓细流。我们气喘吁吁、步履艰难地爬上崎岖的山坡。每一座山都有其最陡峭的山角,它通常位于山顶附近,我想,是天意所为,与黎明前的漫漫长夜相符。那山角越来越陡,直至顶峰的一片光滑的平地或徐缓形成的圆形地带,那是古老的冰神很久以前精雕细琢的结果。

我们发现这座山的背面有一片山洼,地面松软而湿润。

当我们从那里经过时，看到一些巨大的羊齿，它们几乎与我们齐肩高。我们还经过了几片开着红花的泽地忍冬的林子。

最后，我们的向导在地势向另一方向延伸之处的一块大岩石边停下，说他已经完成了带路的任务，此时我们找到湖已经毫无问题。"它就在那儿。"他边说边指。可是，显然他自己心里都不是很清楚。他曾经几次在选择路线时举棋不定，并且在翻越山顶靠左走时当众出丑，丢尽脸面。然而我们并没有多虑。我们充满了信心，向他告别，匆忙走下山坡，沿着一条我们坚信通往那个湖的小溪行进。

在这些面向东南的林区，我初次注意到棕林鸫。在从山那边过来时我没有看到任何鸟，也没有听到任何鸟鸣。现在棕林鸫响亮的颤声在宁静的林中回响。在半山腰寻找鱼竿时，我看见位于一棵小树上的一个棕林鸫的巢，离地面约十英尺。

我们一直走着下山的路，直至我们唯一的向导——那条小溪——变成了颇为壮观的、有鳟鱼游动的溪流，它那潺潺的流水变成了汹涌的涛声。这时，我们焦虑的目光开始透过树丛，捕捉湖的影子，或者说，捕捉某种特定的地貌，以表明我们离湖已经很近。经过仔细的观察，我们发现原先由近处的树下和远处的树上观望到的那貌似湖面的

第六章 漫步桦树林

目标,实际是一片耕地。继而,我们发现它的旁边是一块烧过的休耕地。对兴致勃勃的我们而言,这无疑是当头泼来的一盆冷水。没有湖,无法垂钓,没有鳟鱼作为晚饭。那个懒散的年轻人或者是跟我们开了个玩笑,或者——更有可能——是迷了路。我们急于在日落后至天黑前抵达湖边,因为那时正是鳟鱼欢跳的时候。

继续行进,我们很快来到位于朝西的陡峭山谷头上的一片布满残茎的原野。我们脚下约一千米处有一个简陋的木房,烟囱里炊烟袅袅。一个男孩从房中出来,手里提着一个桶走向小溪。我们向他高喊。他转过身,没有停下来回答我们,便跑回了家。随即,全家人都匆忙跑出来,在院子中向我们张望。即便是我们从他家烟囱里滑下,他们也不至于如此惊讶。听不清他们说的是什么,我下山到了他们的家中,却遗憾地得知,我们依然在磨坊溪一侧,只不过是翻越了一道山脊。我们在来时的路上行进时,靠得还不够左,所以,在我们的翻越点,主山脉突然朝东南折回,依然横在我们与湖泊之间。我们从出发点沿溪水走了大约五英里,却超过了湖两英里。我们必须直接回到山顶向导离开我们的地点,然后,一直靠左边走,不久,就会来到一行有标志的树前,那行树将把我们引向湖边。于是,我们折回来继续走,顽强地重走我们刚走过的那段路——

这在任何情况下都是一件令人讨厌的苦差,在我们这种情况下也不例外。当我们返回时,太阳已经落山。行至山腰处,天色已经漆黑了。我们时常不得已地将背包靠在树上歇息,使得进程十分缓慢。最终,我们只得停下来,在山边形成屏障的一块巨大、平坦的岩石边扎营过夜。我们生起了火,清扫了岩石,吃了少量的面包,把装备高高挂起,使这常在这一带出没的豪猪无法接近。然后,安顿下来睡觉。假若猫头鹰或豪猪(我想我在半夜听到了一只豪猪的叫声)来我们的营地侦察的话,它们会看到在岩石上面铺着一条野牛皮的毯子,一头排列着三顶老式的帽子,另一头露出三双破旧的牛皮靴。

当我们躺下时,林中似乎没有一只蚊子。但是被梭罗笔下印第安人恰当命名为"看不见的敌人"的摇蚊很快就发现了我们,结果,在火熄灭之后我们便深受其害。我的双手及手腕陡然间又疼又痒,难以忍受。我的第一感觉是可能中毒了。然后疼痛蔓延至颈部、脸部甚至头顶,这时,我才觉察这是怎么回事。于是,把自己裹得更紧更严,尽量遮住双手,我试图在那些仿佛不在意"看不见的敌人"的同伴睡着之后入睡。继而,我又被我们的卧床我这一侧的小小不平而困扰。清理房间的女仆没有把毯子铺平。有一个鼓包总也抚不平,我把它暂时抚平了,但一会儿它又鼓了起来。但最终,我克服了这个困扰,入睡了。

深夜我醒来,正巧听到一只橙顶灶莺在近处的树上歌唱。它此时的歌声像正午的歌声一样洪亮欢快。于是,我想,毕竟我还是很幸运的。如同雄短嘴鸦,偶尔鸟儿也在夜间鸣叫。我曾在夜间听到过毛鸟、极乐鸟的啼鸣以及皱领松鸡敲打出的频繁的鼓点。

当第一抹淡淡的晨光出现时,一只棕林鸫在离我们几十米远处放开歌喉。不久,当灰色的晨光渐渐开始围绕着我们时,林中处处爆发出鸫类震撼人心的歌声。我想以前我从未听过它们唱得如此悦耳。多么悠扬响亮的曲子!它是对我们所经历的挫折给予的极大安慰。这是鸟儿一天中的第一件事情——在它们的晨曲之前,虫子是安全的。据我判断,鸟儿在离地面几英尺处栖息。事实上,在任何情况下,鸟都是在它筑巢的地方栖息。棕林鸫,如同眼下的情景,居住在林中的第一层。

棕林鸫的分布颇有些特殊。在我观鸟的早期,本该为在这些林地发现它们而感到惊奇。事实上,我曾在两篇已发表的文章中陈述,在卡茨基尔山的高地,找不到棕林鸫,但隐居鸫及韦氏鸫或威尔逊鸫却很常见。结果证明上述观点并非十分确实。在高地也能见到棕林鸫,只不过比较罕见,其生活习性较隐居鸫及韦氏鸫更为隐匿,只有在它的孵化期,在深山朝东及朝南的山坡上才能看到它。在这一地区我从未发现此鸟在附近林中过季,这与我在本州其他地方所观察的情况恰好相左。在不同地点,鸟类生活习性的差异真是太大了。

天一亮,我们便起身准备继续我们的旅行。那天我们的早餐就是一点黄油及面包与一两口威士忌。面包与酒的储量极为有限,我们想多留一点,以解找到鳟鱼前的燃眉之急。

我们早早地就赶到了与向导分手的那块岩石处,充满疑虑地环顾着四周茂密无路的森林。眼下,在误入歧途之后,在路途迷茫的情况下,仅凭我们自己的判断力重新上路,这可是个应当慎之又慎的举措。这些山顶是如此广阔,森林中看上去挺近的距离实际上是那么遥远,以至于在到达顶峰后,谁都无法掌控情势。况且还有众多的山脊与支脉,山势走向的变化,这些都使得仅凭眼力得出正确结论成为泡影,在你还没有意识到时,已经离目标很远了。

此时,我想起来我认识的一个年轻农民给我讲述的一件事情:他曾在没有向导也没有路的情况下,在这片地区的中心地带走了一整天,准确无误地抵达目的地。他当时一直在卡勒昆一带剥树皮——此地的树皮远近闻名,在剥够树皮之后,他想直接回到位于枯溪的家,而不是像往常

第六章 漫步桦树林

那样绕道而行。这样的话,必须徒步走十或十二英里,其间要翻越几座山,穿过一片原始森林——一种无人愿意参与的危险行为。甚至连熟悉那一带地形的老猎人都劝他不要走这条路,并告诫他此行必败无疑。但是,由于决心已定,他将老猎人告诉他的当地地势图牢记于心,肩扛斧头,上了路。他沿着穿越森林的一条道一直走下去,即使遇到泽地、溪流与山脉也不改道。休息时,他就用目光在自己的前方记下一个标志物,以便继续行走时不会离开正轨。他的向导曾告诉他在路途中间有一个猎人的小木屋,如果他碰见了,就表明他走的路是对的。大约正午时分,他来到了小木屋。日落时分,他出现在枯溪的源头。

由于没有找到那行有标志的树木,我们犹疑不决地向左边的高地走去,并在经过的树木上做了标记。我们不敢走下坡路,唯恐下山下得太快,因为对我们有利的地形就是高地。浓雾降临,使得我们更为迷惑。但我们依然继续前进,攀登山壁,穿越羊齿林,大约两小时之后,我们在一条小溪边停下,在下方围绕山中高地的一道巨大的石壁下找到了小溪的源头。此地有一片宽阔的平地,桦树林长得十分茂密,树身巨大无比。

在休息及磋商之后,我们决定最好还是不要再继续疲劳不堪地徒劳寻觅,但又不愿彻底放弃。于是我向同伴们提议让他们留在溪边看管我们的携带物，我来为寻找湖泊做最后一搏。倘若我成功了，想让他们过来，就鸣枪三声；如果没有成功，想返回，就鸣枪两声。当然，他们要做相应的答复。

于是，我把水壶中灌满了溪水，以小溪为向导，再度上路。我沿它行至不足二百米时，它就落入我脚底的地面之下。我有些迷信，认为我们是中了邪，因为我们的向导总是给我们开如此残酷的玩笑。然而，我还是决定再试一次，并且贸然向左走去。"向左，向左"，这似乎是关键词。此时，已是云消雾散，我可以比较清晰地审视地势。我曾两度望着下面陡峭的山坡，真想下去一试，但还是犹豫了片刻，继续沿着山边行进。当我站在一块岩石上沉思时，从位于我身下那块平地的林中，传来一阵响动，如同庞大猎物的脚步声。为了探明事情的真相，我悄然下去，发现一群小牛正在悠然地吃草。我们曾几次穿越它们踏出的小道，并在一个清晨看到山顶上一片平坦的绿草地，那是它们过夜的地方。它们并非像我先前想象的那样惊恐，而是十分高兴地围拢在我的身边，仿佛急于打听外界的消息——或许是牛市的行情。它们走近我，急切地舔着我的手、衣服及枪。它们要找的是盐，凡是带有一点咸味的东西，它们都乐意吞下。它们大多是一岁的小牛，皮毛柔嫩光滑,看上去颇具野性。后来我们得知,周围的农民在春季把小牛群赶进这些林地,直至秋季再赶回去。这样,它们状况会很好——不像喂养的牛那么肥,却像鹿似的精悍灵活。牛的主人一个月来林中找它们一次,给它们喂盐。它们有自己常走的路,很少走出确定的范围。观望它们吃食十分有趣。它们啃着低矮的树枝、灌木以及其他各种植物,几乎不加识别地用力咀嚼着任何可以到口的东西。

牛群试图跟着我走,但我沿陡峭的岩石攀下,避开了它们。此时,我发现自己渐渐地以螺旋状的路线、绕着山边行进,扫视着森林与地貌,渴望捕捉到湖的影子或迹象。后来林子变得开阔起来,下坡也不那么陡急了。树木高大笔直,整整齐齐。我第一次看到了数不清的黑桦树,感到欢欣鼓舞。侧耳细听,从卷起落叶的微风中,我捕捉到了像是牛蛙的叫声。这种暗示,令我以最快的速度穿过树林。然后,我又仔细地听着。这次毫无疑问,就是牛蛙的叫声。我欣喜若狂地向前奔去。渐渐地,我边跑边能听到它们的叫声了。"扑嘶拉格,扑嘶拉格。"老牛蛙闷声地叫着。"扑格,扑格。"小牛蛙尖声地叫着。

然后,我从矮树的缝隙中,瞥见了一道闪烁的蓝光。起初,我以为那是远处的天空。再看过去,才发现那是水。即刻,我便走出林子,站在湖畔。我静静地站立着,按捺着内心的狂喜。终于找到了湖,它闪烁在晨光中,美得如同梦境。在昏暗茂密的森林跋涉许久之后,来到如此宽阔的地带,看到如此明快的色调,感觉真是太好了!我的目光如同一只出笼的、欢快的小鸟,兴高采烈地在这片景色中跳来跳去。

这个湖泊呈长长的椭圆形,方圆仅一英里有余,湖畔林木茂盛,四周渐渐凸起。在湖光山色前凝视片刻之后,我走回林中,将枪装满了子弹,放了三枪。枪声在群山中回响。牛蛙止住了叫声。我等待着回应。却没有听到回音。然后,我再三尝试,依然是没有回应。后来得知,我的一个同伴在爬上小溪后边高大岩石顶上之后,仿佛听到了隐隐约约的一声枪响。那声音好像来自山下十分遥远的地方。我知道自己已经走出了很远,难以用事先与同伴们商定好的方式联络。于是,我又向回走,但没有选择来时我走的那条曲折的路线。返途中,我又上满了子弹,并不时地鸣枪。我的枪声肯定唤醒了无数像瑞普·凡·温克尔[1]那样

---

[1] 瑞普·凡·温克尔(Rip Van Winkle),美国小说家华盛顿·欧文(Washington Irving, 1783—1859)同名短篇小说中的主人公。瑞普在卡茨基尔山打猎时,喝了一种酒,结果一觉沉睡了二十年。当他醒来时,社会已发生了巨大变化,美国打了一场独立战争,妻子早已过世,他也成了白发苍苍的老人。——译注

沉睡多年的人。由于我的弹药所剩不多,只好时而冲天鸣枪,时而高声呼喊,直至我快喊破了喉咙,打完了枪弹。最后,我产生了一种惊恐与失望的感觉,茫然地环顾四周,企盼找到一条脱身之道,以备随时都可能出现的紧急情况。现在我找到了湖,却与同伴们走失——这时,一阵微风带来了最后的鸣枪的回音。我高兴地应答,并飞速朝着枪响的地方跑去。但是在我又鸣枪三次之后,还是没有再引出一声应答,这使得我再度感到忧虑不安。我怕同伴们被枪的回音误导,而走错了路,暗自思量他们是匆忙跑向了相反的方向。我急于想把他们从歧途上找回来,竟没有太留意我走的道路,后来我为此付出了巨大的代价。他们并没有误入歧途。不久,一阵高声的呼应表明他们就在附近。我听到了他们的脚步声,拨开了树枝,我们三人又相遇了。

在回答他们急切的询问时,我让他们放心,我已经看到了湖,它就在山脚下,如果我们从当时所在的位置直接下山,绝对不会错过。

我的衣服已被汗水浸透,却依然敏捷地扛上背囊。我们开始下山。我注意到树林更加茂密,看上去也与我先前路过的林子大不相同,却没过多地思索,因为我预料现在去的或许是湖的源头,而以前去的是湖的尾部。没走多远,我们就穿越了一行有标志的树木,我的同伴决定沿那行树木而行。那条路几乎以直角与我们的路相切,一直通向上山的山腰。在我的印象中,它是从湖那边出来的路,而沿着我们现在走的这条路要比沿着那行树走能更快抵达湖畔。

行至半山腰,透过树枝的缝隙,可见对面的山坡。我鼓励着我的同伴,告诉他们湖就位于我们与那个山坡之间,不足半英里。我们迅速来到山底,那里有一条小溪及一大片赤杨泽地,显然是多年以前一个湖的湖底。我向有些恼怒又有些疑惑的同伴们解释道,或许我们现在是位于湖的上方,这条小溪肯定是通向那个湖的。"那就沿着它走,"他们说,"我们就在这儿等你的音信了。"

于是我继续往前走,越发感到我们真是中了邪,湖竟然从我的眼皮底下溜走了。如此走下去,眼看着没有任何湖的迹象,我放下背囊,爬上一棵可以俯瞰四周、视野宽广的枯树。当我从可及的最高树枝上欠身远望时,树根突然咔嚓作响。刹那间,我像只笨熊似的跌落在地,只是匆忙地瞥了一眼乡村概貌,但这一眼足以使我相信近处没有湖。我不肯就此罢休,放下所有的赘物,只背着枪,继续前进。在另一片赤杨泽地中艰难地行进了近半英里之后,我自以为湖已经近在咫尺。因为我看到了一道低矮的山脊,呈半圆状围拢,我天真地想象在它的怀抱中就坐落着我要寻找的目标。然而,我找到的只是更多的赤杨泽地。在走出这片泽地之后，沿山路而下的溪水开始变得十分湍急。它的两岸更高、更窄，奔腾咆哮的水声在我听来，如同一阵对我的嘲笑。我怀着厌恶、悔恨与苦恼的心情踏上返程的道路。事实上，当我离开了近两个小时，又饿又累、垂头丧气地回到同伴身边时，整个人几乎要垮掉了。我宁可以最低价把我对托马斯湖的兴趣兜售出去。平生我第一次由衷地希望自己远离森林。让托马斯独占他的湖，让巫人为他守住他的占有物！我怀疑托马斯本人是否第二次找到过那个湖，或者是否还有其他什么人曾经找到过那个湖。

我的同伴们已经从疲劳中恢复过来，他们可不像我那样悲观丧气，而显得颇为乐观。我休息了一会儿，吃了一点点面包，喝了几口威士忌。那时，这点面包和酒对我可谓雪中送炭。之后，我同意他们的提议，准备再做一次尝试。仿佛是为了增强我们的信心，近处的一只知更鸟唱起了欢快的歌；一只冬鹪鹩也放开歌喉，悦耳动听、热情奔放的曲子萦绕于耳际，这是我在这林中第一次听到冬鹪鹩的歌声。毫无疑问，这只鸟是我们一流鸣禽中的一员。倘若他像金丝雀那样，关在笼中也能长得好、唱得好，它将远远地超越后者。此鸟具备金丝雀欢快的禀性及出众的才气，但又无那种刺耳的声音。其歌如流水潺潺，缠绵动听。

我们又沿路折回，绕过那块岩石，再度上山，这次决心一直沿着那行有标志的树木走。我们最终也这样做了。在走过了此地的右边之后,我们发现靠左侧走还是对的。那条道从地面缓缓而上,不到二十分钟,我们就来到我找到湖时路过的那片林子。我的错误显而易见:我们靠山的右边走得过远,因此走到了山脉的另一侧,进入了后来我们才知道的赤杨溪山谷。

此时,我们欢乐无比。不久,我便再度从树间看到了那宛如一抹天际的蓝光。当我们接近湖时,一只孤独的土拨鼠——这是自我们进入森林后遇见的第一只野生动物——蹲坐在离水面几英尺处的树根上,显然面对着由陆地那边突如其来的危险不知所措。眼看着断了所有的后路,它无所畏惧地面对自己的命运。我像一个野蛮人那样宰了它,而且出于和野蛮人一样的目的:想吃它的肉。

下午的阳光闪烁于湖面上,微风徐徐,碧波荡漾。一群牛羊在对面悠然吃草,领头牛的牛铃声越过湖面传入耳际。在荒野之中,那叮叮当当的响声显得浑厚悦耳。

垂钓鳟鱼显然是首当其冲的事情。我们找到了停在湖畔的一个木筏,两人上了木筏,在约一英尺深的水面中,漂流垂钓于托马斯湖上;可是鳟鱼却迟迟不愿上钩。坦白地说,在逗留期间,我们钓的鳟鱼统共不足一打半。而在一周前,一行三人在此仅垂钓了数小时,便满载而归,并且让左邻右舍吃腻了鳟鱼。可是此时不知出于何种原因，鳟鱼却迟迟不肯上钩，或者说，根本不碰鱼饵。于是我们只好开始捉翻车鱼，这种鱼虽然很小，却很多。它们的巢也是沿湖畔而筑。在如同餐盘大的一片地方，清除沉积物与腐烂的杂草，便显露出了卵石的底，十分鲜亮，一两尾鱼悬浮于其中，机警地监视着周围。一旦入侵者接近，它们便会恶狠狠地向他冲过去。这些鱼有着万达姆斗鸡的气势，带有尖利的鳍及脊骨，两侧有鱼鳞，在与其他鱼类短兵相接的争斗中，它们肯定是一些可怕的家伙。对于一个饥饿的人而言，它们就像铁杉树针状的枝叶，令人失望。可是那天我们发现，尽管瘦而多刺，它们的肉却非常好吃。

休息之后，我精神焕发，以夕阳为伴，前往探索湖的出口，看看是否能在那里钓到鳟鱼。而我的同伴则要在湖中再试一番身手。湖的出口，通常类似于这种水域的状况，十分平缓而隐秘。那条溪流，约六或八英尺宽，在静静而缓缓地流过约十五至二十米的水路之后，仿佛顿悟出自由的可贵，陡然沿岩石跌落而下。从那里一直到我沿它而下的那一段路程，溪水呈接二连三的小瀑布状，如同山路上的台阶，陡急地层层落下。这条溪流的外观给我的印象应该是有很多的鳟鱼，可实际上并没有那么多。但是当我返回营地时，还是提了长长的一串鳟鱼。

落日时分，我又去探索湖的入口，发现像往常一样，溪流在泽地上不慌不忙地蜿蜒流过。那里的溪水要比出口的溪水凉，其间的鳟鱼也更多一些。当我选择那条位于泽地、穿越繁茂的灌木丛的道路时，一只皱领松鸡跳上离我几步之遥的一条根落下来的树枝上，摇摆着尾翼，想要飞走。但是由于那时我没有拿枪，又没有动，即刻，他便从树枝上跳下来，走开了。

作为一个爱鸟的人，我对于鸟类中不曾相识的朋友十分敏感，所以一踏进泽地，就被一种活泼欢快的歌声或是颤鸣声所吸引，它来自上方的枝头，对我而言，这是一支全新的歌。但是在它的音调中又有某些成分令我感到此鸟与林鹟鸰及水鹟鸰或灶莺有着某种亲族关系。歌声像金丝雀那般洪亮而出众，但非常短促。那只鸟隐藏于高高的树枝之上，许久我都没有发现他。我在树下来来回回地走了好几趟。当我走近溪水的弯处时，鸟鸣似乎重新响起，可是当我绕过弯处之后，它又停了下来；毫无疑问，它的鸟巢就在附近。过了一会儿，我看到了那只鸟，并把它击落。结果，它是一只小灶莺，又叫黄眉灶莺（也被称作纽约灶莺）——对我而言，这是一只从未见过的鸟。他的体积显然大于大灶莺，也叫白眉灶莺，后者由奥杜邦命名，但在其他方面，其总的外观与后者相同。就我而言，这真是一

第六章 漫步桦树林

件值得庆幸的事情，我再度感到了自己的幸运。

鸟类学的老手不曾识得这种鸟，而鸟类学的新手对他的描述又有误。他用青苔在地面或腐朽圆木的边缘筑起鸟巢。我的一位笔友写信告诉我，他曾发现这种灶莺在宾夕法尼亚州的山中孵化养育。大嘴灶莺多是技艺压群的歌手，但眼前的小灶莺有着活泼欢快的歌喉。我看到的这个鸟标本，不同于其家族的生活习性，像只莺似的栖在树顶，似乎正忙于捉虫。

在湖的源头一带，各种鸟多得出奇，而且喧闹无比。知更鸟、冠蓝鸦以及啄木鸟以其亲切的啼鸣迎接我的到来。冠蓝鸦发现我上方不远处有一只猫头鹰或某个凶野的动物，出于在此种情况下的习惯，他大声发出警告，那叫声一直持续到天色渐暗。

在此地，如同在那天的其他两三个地点，我还听到了某种啄木鸟在坚硬、干枯的枝干上的敲击声，那是一种响彻于林间的奇特的声音。它不同于以前我曾听到过的任何其他此种鸟类的声音，时断时续地在沉寂的森林中回响，带有一种十分显著的特性。其非凡之处在于那种从容不迫、井然有序，仿佛它在表演之前曾预演过一样。先是三声紧锣密鼓的敲击，稍后，是两声更为洪亮的敲击。我在此地听到了这种敲击乐，随后又在翌日的日落时分在弗洛

黄眉灶莺　　　　白眉灶莺

橙顶灶莺　　　　黄嘴啄木鸟

湖——枯溪的源头——听到了它,其节奏没有丝毫的变化。在这种敲击乐中有一种旋律,这是啄木鸟擅长从光滑、干枯的树枝上激起的一种旋律。它显示出鸟鸣中某种最生动的、最悦耳的特性,那便是更具森林与荒野的气息。由于黄嘴啄木鸟在林子中最多,我将此曲视为它的作品。那是一种至今仍令我联想起森林景色的声音。

日落时,湖畔林中到处都是皱领松鸡击鼓似的叫声。

我可以同时听到五只松鸡的啼鸣："萨扑，萨扑，萨扑，萨扑，斯罗—罗—罗—罗—罗罗。"那是一种亲切可爱的声音。当我在黄昏返回营地时，湖畔沿岸的青蛙也齐声叫个不停。老青蛙扯着嗓门相互高声对歌。我不知道还有哪种身体小如青蛙的动物能够发出如此之大的声音。有些青蛙的吼叫如同两岁公牛的叫声一般洪亮。它们的个头也很大，而且数目繁多。显然，吃青蛙的人从未来过此地。在湖畔附近，我们推倒了伸向湖中的一棵树。大群的青蛙蜂拥而来，聚集在树干与树枝上，如同一群喧闹无比的学童，在露出水面的树顶上雀跃戏水。

夜幕降临之后，我煎鱼时不小心将一锅大鳟鱼弄翻在火中。我们神情悲哀地望着由于这一意外而造成的不可挽回的损失，因为眼下鳟鱼几乎是我们唯一的食物；但是，想起在灰烬中或许还有些能吃的东西，我们便从炭火里拣出烧煳的鱼，拨开鱼身，吃了起来，味道还真不错。

当晚，我们在一片灌木丛中过夜，睡得很香。在弯弯的青嫩山毛榉细枝上铺上水牛毛毯，与松软的床垫相差无几。下午生起的那堆篝火散发出的热与烟，驱走了此地所有"看不见的敌人"。当我们清晨醒来时，太阳已爬上了山顶。

我立即动身再度前往湖的入口处，并沿着溪水行至它的源头。一大串鳟鱼作早餐算是对我的奖赏。铃儿响叮当的牛群在山谷徘徊，它们在那里度过了夜晚。牛群大多是两岁的小公牛。它们向我围拢，要盐吃，那种纠缠不休的劲头吓走了鱼。

那天早上，我们吃完了面包，也吃尽了所能钓到的鱼，准备在10点左右离开湖畔。天气晴朗，湖面如镜，我真想在此地待上一周，但是弹尽粮绝，刻不容缓。

归途中，当我们到达前天走过的有标志的那行树时，出现了问题：我们是应当继续沿这行树的路线走，还是沿原先我们自己探索的路走回那条小溪及围绕山顶的那道石墙，然后，再行至向导与我们分手的那块岩石处？我们决定按原路返回。在走了约四十五分钟之后，带标志的树消失了，我们推断离我们与向导分手的地方已近在咫尺。于是我们便生起火，放下行李，环顾四周，确定我们的精确位置。我们如此观望了近一个小时，却毫无结果。我发现了一窝小皱领松鸡，他们怯怯地想躲开我。老松鸡愤怒地咆哮着，试图把我的注意力引向她，好让那些还不会飞的小家伙躲藏起来。她如同一只丧家之犬，发出十分悲哀的泣诉，拖着沉重的身体貌似艰难地行进着。当我追逐她时，她便迅速地奔跑，并不时地飞上几米。当我步步逼近时，她便一次比一次飞得更远，直至最终离开地面，啼叫着飞过林子，仿佛她在此地毫无牵挂。我返回原地，捉到了蹲在树叶边的一只小松鸡。我把他放在手掌中，他缩成一团，就像还是在地面上一样。然后，我又把他放进我的衣袖里，他就跑到我的腋下，在那里安营扎寨。

当我们看到炊烟时，在关于究竟哪条路最为可行的问题上又产生了不同的意见。毫无疑问，我们能够走出森林，但问题是，我们想尽快地走出森林，尽早地到达我们进来的那个地点。由于畏畏缩缩、优柔寡断，最终我们颇感羞愧地又走回有标志的那行树，沿着旧路回到山脊顶上的那条溪水边。在四处打量、搜寻一番之后，发现我们就在两小时之前离开的那个地点。接下来，又是一轮的深思熟虑和争论不休。但是当断则断。此时已是下午，在没吃没喝的情况下，再在山中过一夜可不是件好事。于是我们开始沿山脊往下走。可是又有一行带标志的树出现了，那条道与我们曾走过的道形成了一个钝角。它沿着山顶延续了约一英里，然后就完全消失了，结果，我们又陷入了迷茫之中。这时，我们中的一人发誓说，无论如何，他是要走出森林的，并且要向右转，立即沿着山的边缘走。我们其他人跟随着他，但都情愿能停下来，再好好考虑一下，以便确定我们从哪里走出。可是我们大胆的领导当机立断地处理了这个问题。我们不停地往山下走，走得我们感到仿佛要走进地壳的深处似的。这是迄今我们所走过的最陡的下山路,我们既感到恐惧又感到满足,因为我们知道,无论后果如何,都不可能走回头路了。当我们在岩石群的边缘歇息时,偶尔从树丛中望见远处开垦的土地,一所房舍或谷仓依稀可辨。这真是令人鼓舞,但我们无法辨别那是在海狸溪、磨坊溪还是在枯溪,我们也没有停下来去考虑那里的位置。最终我们停在一道深谷的底部,有一条奔腾的溪流从那里穿过,显然溪水中有许多鳟鱼。但是此时我们可没有心思去钓鱼,我们沿着河道行进,有时要从水中的石头上跳过,有时索性大胆地涉水而行,同时还在琢磨着应当从哪里走出去。我的同伴们认为应当从海狸溪出去;可是从太阳的位置来看,我认为应当从磨坊溪出去,它位于我们团队位置的六英里之下。因为我记得在来时的路上,沿这条溪向上走时看到过一道深而宽的峡谷,通向山中,就像这道峡谷。不久溪水的堤岸开始变低,我们走进了林区。此处,我们走上了一条昏暗的林道,它不久便将我们引到一大片铁杉林中。地势缓缓上升,我们纳闷为什么寻觅于此地的伐木工和制革工会手下留情,让这么好的一片林区丝毫无损。这片森林过后,多数林木都是桦树与枫树。

  此时,我们已接近居民区,并开始听到人声。走出五米之外,我们就出了森林。过了好一会儿,我们才辨别出

第六章 漫步桦树林

身在何处。起初，一切看上去都非常陌生，但很快，眼前的景物就开始变化，蒙上了熟悉的色彩。仿佛变魔术般地，我看到的不再是最初见到的那个陌生的居民区，而是两天前我们驻扎的那所农舍，而就在同时，我们听到了自己在谷仓中的脚步声。我们坐下来，为我们的好运而开怀大笑。之前，我们都不敢设想在绝望之中铤而走险的结果会是如此之好，而且这种冒险行为要胜于任何精心的谋划。营地的同伴们也预料到此时我们该返回了，备好的晚饭端上了桌。

此时是下午5点，也就是说我们在森林中待了正好四十八小时。但假若如哲学家所说，时间只是现象；如诗人所说，生命只是感觉——那么，此时的我们比两天前成熟的程度从时间上来讲，且不说几年，也有几个月。然而，我们也年轻了许多——这有些自相矛盾，因为桦树给我们注入了新鲜的活力，即它们自身的柔和与刚强。

1869 年

第七章 | 蓝　鸲

当大自然造就蓝鸲时,她希望安抚大地与蓝天,于是便赋予他的背以蓝天之色彩、他的胸以大地之色调,并且威严地规定:蓝鸲在春天的出现意味着天地之间的纠纷与争战到此结束。蓝鸲是和平的先驱;在他的身上体现出上苍与大地的握手言欢与忠诚的友谊。他意味着田地;他意味着温暖;他既意味着春天柔情似水的追求,又意味着冬天躲避退却的脚步。

当你听到蓝鸲的第一声啼鸣时,那肯定是一个3月的早晨;仿佛上苍的似水柔情找到了表达方式,因而让词语撒落在你的耳际。他的啼鸣是如此温情脉脉,如此信誓旦旦,仿佛一种掺杂着些许遗憾的希望。

他似乎在说:"百慕大!百慕大!百慕大!"[1]仿佛既

---

[1] 此处作者试图用"百慕大"一词来形容蓝鸲的叫声,同时还暗示随着蓝鸲的到来,像百慕大群岛那样温暖的天气也将随之而至。——译注

第七章 蓝鸲

在祈求,又在悲叹,同时还在观望。百慕大圆尾鹱紧随而来,尽管这小小的旅行者或许只是在重复其种类的习惯,他自身来自佛罗里达、南北卡罗来纳甚至是弗吉尼亚,在那里,他在布满了浓郁的杉树及柿树的朝阳山坡上找到了他的百慕大。

在纽约州及新英格兰地区,糖枫在蓝鸲到达的当天开始分泌树液,随后便开始产糖。此时的蓝鸲,通常可谓只闻其声,不见其影;在你可以清晰地看见他的前两三天,只可听到他在空中的窃窃私语。雄鸟是先锋,领先于雌鸟几日到达。当双方都来到后,夫妻俩开始寻求筑巢之地,产糖期结束,最后的雪迹已经融化,犁铧闪闪发光,翻出一道道新土。

蓝鸲之所以引人瞩目,是因为他的到来给我们北方的风景增添了第一抹色彩,使之鲜活起来。其他鸟类大约也在同时纷纷而至——麻雀、知更鸟、菲比霸鹟——可是它们大都身着浅淡的服装,灰色、褐色或者赤褐色。然而,蓝鸲带来了红、蓝、黄基色中的某一种色调,而且是三种色调中最神圣的一种。

此鸟还具有与英国人记忆中的红腹知更鸟相符的特征,因此,被新英格兰地区的早期定居者命名为蓝色知更鸟。

他的身躯比英国红知更鸟大一到两倍,其胸部的红色在交界处不像后者那样呈现出橙色，但这两种鸟的姿态与习性十分相像。我们的鸟，声音比较柔和，而英国的红腹知更鸟则堪称技艺更为高超的歌手。他的确拥有一种悦耳可爱的颤音，几乎常年在英国的花园以及古老灌木树的树篱中回荡，就此而言，他显然超越了我们蓝鸲的音域。但从另一方面而言，我们的蓝鸲，虽然也是冬季的留鸟，却与春天有着密切的联系，而英国的红知更鸟则不然。这是因为新大陆明媚的阳光与蓝天给了蓝鸲一件得天独厚的外套，其质地绝对超越其大西洋彼岸的表兄。

值得一提的是，在英国的鸟类中没有蓝色的鸟。在那里的鸟家族中天蓝色显得比这里要罕见得多。在美洲大陆上，至少有三种常见的蓝色鸟，而在我们所有的林区中有冠蓝鸦及靛彩鸦——后者的蓝色是如此之浓，可谓名副其实。还有蓝色大嘴雀，其蓝色比起靛彩鸦并不逊色。而且，在我们的莺类中蓝色也很常见。

十分有趣的是，蓝鸲的行迹在这个国家比比皆是。当你走到西部时依然可见他那可爱的身影，不过其声音及色彩略有不同。但这种差异只是让你领略到蓝鸲的多样化而并非损坏其共同的特征。

西部的蓝鸲被视为独特的一类，色彩比其东部的兄弟略为明亮而华丽。纳托尔认为其歌更加甜美柔和，更

第七章 蓝鸲

蓝鸲

为多样化。其色彩几近深蓝，肩部披挂着一条栗红色的饰带——我猜想，那是加利福尼亚州那绝妙的天空以及西部大平原所有色彩之组合。如果你走进西部的山区，便会发现北极蓝鸲，其胸部的赤褐色变成了蓝绿色，羽翼更长、更尖，但在其他方面与我们这里的种类没有多大区别。

蓝鸲通常在残留的树桩或树根的洞中筑巢，或者，在可以找到的啄木鸟凿出的洞中居住。可是他们最初的冲动则仿佛是要在世上充分地显示一番寻找巢址的热情。欢快的一对鸟夫妻在各种农舍中寻觅，上演一出寻找新居的好戏。他们时而为一个小鸽舍动心，时而又叽叽喳喳地商议用去年燕子留下的小巢，或许还会充满激情地宣告他们已经占据了鹪鹩的房舍或紫崖燕的住宅。直至最终自然的脚步已经逼近，他们已无挑选的余地，这出热闹的戏剧草草收场。结果，多数的蓝鸲大都在荒郊野地那些位于枯树及树洞中的旧居里安顿下来，并急于开始劳作了。

在这种情况下，如果你悄悄地接近鸟巢并遮住鸟巢的出口，便可轻而易举地捉住雌鸟。眼看已被逼入绝境，那鸟儿很少会逃跑，她束手待毙，让你的手逼近她。我曾观望其洞穴，看到那可怜的鸟儿吓得浑身颤抖，恐惧地睁大了双眼向上观望，但是在我后退之前，却一动也不动。待我退却几步之后，她大叫一声冲出洞穴，使得雄鸟匆匆赶

第七章 蓝鸫

冠蓝鸦　　　　　　靛彩鹀

蓝色大嘴雀　　　　　西蓝鸫

赴现场。他恳求似的伸展着翅膀鸣叫着,却毫无气愤或责怪的表现,这一点与多数其他鸟类不同。事实上,这种鸟仿佛生就不会口出恶语,也不会做出害人、伤人之举。

在地上筑巢的鸟,无一例外都具有某种诱惑别人远离其巢的艺术或手段,假装跛足、断翅或者扭伤了背,在它们被追逐时,装出束手就擒的假象。在树上筑巢的鸟,则依靠伪装其巢或将它置于无法接近的地方,来保护自己。

但蓝鸲却不具备上述任何一种艺术手段，因此，它的巢很容易被找到。

真正对正在孵化期的蓝鸲及其鸟巢构成威胁的敌人是蛇与松鼠。我知道有一个农家的男孩就喜欢掏蓝鸲的鸟巢，总是把里面的老鸟掏出来。有一天当他将手伸进鸟巢时，感到所触之物有些怪异，便急忙把手缩回来。可是紧随着他的手而来的是一条大黑蛇的头与脖子。那男孩慌忙逃跑，黑蛇穷追不舍，步步逼近，后来还是近处的一个农夫前来营救，用他的牛鞭使男孩化险为夷。

雄性蓝鸲可谓世上最快乐同时也是最忠实的丈夫。然而，在我们熟悉的几乎所有的鸟类中，似乎谋生的重任全都压在雌鸟身上。雄鸟总是欢乐无比，善于表现，雌鸟则是紧张严肃，忠于职守。雄鸟是雌鸟的随从，与她形影不离。他从来不领路，也不发号施令，只是跟随雌鸟，为她喝彩。如果雄鸟的生活中充满了诗意与浪漫，那么，雌鸟的生活则充斥着杂务与平凡。她除了责任之外无欢乐可言，除了持家与养育后代，再没有别的事可做。她不向雄鸟示爱，在与他的交往中也并不感到快乐；她只是把他作为难免的冤家而容忍他。一旦他被杀死，她便会非常实际地再去找一个伴侣，就像人们去找水暖工或玻璃工一样。在多数情况下，雄鸟都是夫妻店中做做样子的合伙人，对于其

第七章 蓝鸲

流动资本的贡献寥寥无几。在啄木鸟、鹟鹩及燕子中,两性的关系似乎更为平等;可是,在刺歌雀家族中,或许对比最为鲜明。在那里,雄鸟是以一种阿拉伯的方式求爱的:雌鸟拼命地逃,雄鸟使劲地追;假若没有那些新孵出的小鸟,难以想象它们的交往会产生任何亲密的结果。

但就蓝鸲而言,雄鸟充当的角色不仅仅是陪衬,而是非常实用。他是一个欢快的护卫官,总是寸步不离地守护着雌鸟,在她孵化时,定期给她喂食。观看他们夫妻筑巢是一件十分愉快的事情。雄鸟非常活跃地寻找巢址、探索那些小巢或洞穴,可是似乎他在此事中没有选择权。他只是急于讨好并鼓励他的配偶,后者才是真正的行家,知道何处可筑巢,何处不行。当雌鸟选定巢址后,雄鸟为她高声喝彩,随后夫妻双双飞离,去寻找筑巢的材料。雄鸟充当护卫的角色,高高地飞行于雌鸟的前方。她运来了所有筑巢的材料,并承担所有的筑巢重任,而他则观望着,用动作及歌声为她加油鼓劲。他还扮演着监工的角色,但我想他对雌鸟恐怕是过于偏袒。她衔着一缕干草或干稻草进入巢中,根据自己的喜好铺好,然后,退出来在近处观望。这时,雄鸟进巢巡视一番。出来时,他率直地高喊:"妙极了!妙极了!"尔后,双双再去寻找更多的材料。

当蓝鸲在农舍附近筑巢时,时常与燕子发生冲突。据我所知，上个季节，一对蓝鸲就强行霸占了一对燕子的住宅，后者属于崖燕，现在把巢筑在谷仓的房檐下。蓝鸲先前被迫结束了在附近一个小鸟巢中的居住生活，在那里他们与老鼠或黄鼠狼为邻。显然，这使得他们心情很坏，随着季节的推移，他们强行进入了邻居砖结构的住宅并在此居住了一段时间。但我确信，最终他们还是撤离了，因为他们不愿与如此叽叽喳喳的邻居为伍。我曾听说当燕子被菲比霸鹟以同样的方式逐出家园时，通常会等其敌人在巢内时用碎石将巢口堵死，以这种残酷的方式彻底复仇，这种行为在人类历史的记载中都不曾有过。

蓝鸲与莺鹪鹩之间的纠纷更为频繁。几年前，我在自己后花园的尽头安置了一个小鸟巢，为莺鹪鹩提供住所。每一季，一对莺鹪鹩都在那里居住。有年春季，一对蓝鸲进去观察一番，在此逗留了几日，让我误以为他们最终会占据那个小巢。可是，结果他们还是飞走了。时至晚春，莺鹪鹩出现了，在经历了一阵卿卿我我之后，长期地住进他们的旧居，享受着只有莺鹪鹩才能领略到的那种欢乐。

我们一位年轻的诗人迈伦·本顿（Myron Benton）[1]曾

---

[1] 美国园艺家、乡土诗人，也被称作"韦布塔克的诗人"。韦布塔克是流经诗人家乡的一条河。他的诗集《韦布塔克之歌》（转下页）

第七章 蓝鸲

如此描述一只小鸟:

> 他欣喜若狂,震颤着,如一阵旋风。

我猜想那一定是莺鹩鹩。因为我不知道其他还有哪种鸟在尽情高歌时,会像这个小流浪者那样,激动得全身都在颤抖。况且,我提到的这一对鸟夫妻似乎格外高兴。那只雄鸟的胸中聚集着阵阵歌潮,使得他在白天总是"震颤着"。可是他们的蜜月还没有度完,蓝鸲就返回了。一天早晨,我还没有起身,便知道情况不妙。因为窗外传来的不是以往那种缠绵流畅的歌声,而是莺鹩鹩的责怪声与惊恐的叫声。我应声走出屋外,看到蓝鸲已占据了小巢。可怜的莺鹩鹩处于绝望之中,他们以其独特的方式,捶胸顿足,撕扯着毛发,以泄其悲愤。但对于入侵者而言,他们所能做的主要还是叽叽嘎嘎地发泄其厌恶与愤怒。如果能将此种鸟语译为人类语言的话,毫无疑问,那将是最卑鄙、最下流的语言。因为莺鹩鹩实属无耻小人之辈,据我所知,还没有任何其他的口舌能与他那三寸不烂之舌相媲美。

(接上页)(*Songs of the Webutuck*)于1906年出版。生前,本顿是本书作者巴勒斯的朋友。——译注

蓝鸲缄口不语,但是,雄鸟威严地注视着"鹟鹟先生"。一旦后者逼近,便起身追逐,追得他在篱笆、垃圾堆或别的物体下面藏身。在那里,鹟鹟先生总会大声责骂,喋喋不休。而他的追逐者则栖在篱笆上或豌豆丛中,严阵以待他的再次出现。

日月流逝,强占者家的人丁日益兴旺,而被逐出者则十分可怜。不过后者常徘徊于其故居附近,虎视眈眈,对其敌人口出恶语。毫无疑问,他们期待着情况很快会发生转折。如他们所料,愤怒的莺鹟鹟终于得以报仇雪恨。蓝鸲中的雌鸟下足了鸟蛋,正准备孵化。可是,一天当她的配偶正栖在她所处的谷仓上方时,一个男孩拿着一个弹性极强的弹弓走了过来,用一粒石子打死了他。他躺在草地上,如同洒落于地的一抹蓝天。失去了丈夫的母鸟似乎明白了发生的悲剧,结果,第二天便弃巢而去,寻找新配偶了。我也说不清楚,在没有表明其愿望的情况下,她究竟是怎样如愿以偿的。但是我猜想,鸟儿自有其兜售自己、满足心愿之道。或许她相信好运会从天而降,让她遇上一个漂泊游荡的单身汉,或者一个孤独寂寞的鳏夫,来安慰这个丧夫仅一天的寡妇。顺便提一下,我认为,在鸟类中,单身的雄鸟没有什么选择的余地;他们无一例外都是失意的求婚者。但是却从未听说过雌鸟中有嫁不出去的老姑娘。

第七章 蓝䴖

每一个姑娘总能找到一个小伙子,而且总是有筛选的余地。

雄鸟由于其歌声嘹亮,羽毛艳丽,在季节性移居时又总是打前阵,所以更为显眼。仿佛唯恐供不应求,雄鸟的数目似乎略为过剩,因此,总会有几只雄鸟注定要当单身汉,因为,没有足够的雌鸟来配对。但是在换季结束前,肯定会有些做丈夫的空缺,需要他们去填补。

与此同时,莺鹪鹩得意忘形,欣喜若狂。他们尖声地欢叫。假若在此之前,雄鸟"欣喜若狂,震颤着,如一阵旋风",那么,现在他激动得简直要将自己撕裂了。他提高了嗓门,欢唱着,那情形就像以前莺鹪鹩从未如此扬眉吐气。雌鸟也是如此,她乐得飞来飞去,咯咯地叫。再瞧瞧他们是多么忙碌:他们冲进巢中,在不足一分钟内就将那些蓝䴖鸟蛋全都扔了出来,那是莺鹪鹩做事的效率。他们运来新的建筑材料,到了第三天便在其老窝中安营扎寨了。但是就在第三天,情况发生了戏剧性的突变,雌性蓝䴖带着其新夫婿又返回了。嗳!顷刻之间,莺鹪鹩家族便垮台了。那些小小的心胸中装满了多少的悲愤与绝望!真是令人可怜。莺鹪鹩没有像以往那样责骂,而是在一两天之后,忍声吞气,默默无言地撤离了花园,从此放弃了争斗。

蓝䴖发现她的鸟蛋已经不在,而且她的巢也有所改变,似乎立即就察觉到情况不妙,想避开旧巢。要不然,就是她发现其实自己并非像先前预料的那样急需一个丈夫,于是后悔自己的轻率,想解除这个婚约。可是幸福的新郎并没有理解这种暗示,仍是煞费苦心,好话说尽,试图安慰劝导她。他缺乏经验,天真无邪。我确信,当经历了骨肉分离之苦的雌鸟找到他之前,他在那个季节的求婚没有收获。他以为那个鸟巢只不过是个物件而已,没必要大惊小怪,并一连几天试图劝说雌鸟回到旧巢中。眼看自己无法成为家中的继父,他倒挺情愿与这个小巢保持一种更亲密的关系。他在那个小巢上方徘徊,飞进飞出,他叫着,唱着,恳求着。雌鸟只是偶尔回应一下,飞过来,在附近落下,甚至向巢内窥探,却不愿进去,随后便又迅速离去。她的配偶很不情愿地尾随着,但不久他就又回来了,发出自信而振奋的鸣叫。如果她不来,他就会栖在巢上,不停地高声鸣叫,向其配偶的方向张望,并摇头摆尾,引起后者的注意。可是她却回应得越来越少。有几日,我只见到了雄鸟。最终,他也放弃了。那对鸟夫妻从此销声匿迹,那个小巢在剩余的夏日里一直空空如也。

1867 年

第八章 | 自然之邀请

多年前，当我还年幼时，曾与兄弟们一起在一个周六漫游于林间，那里长着黑桦及白珠树等林木。当我们斜倚在树上，漫不经心地抬头望着树丛时，我的目光捕捉到在我上方的枝头歇息的一只鸟，那是一只我以前从未见过或听说过的鸟。他或许是北森莺，因为现在我发现此类鸟是我们林子中的常见鸟；然而，在我充满了童年梦幻的年代，他似乎是某种从天而降的仙鸟，他的斑点是如此的奇妙和新鲜。我在颤抖的树叶分开的那一刹看到他，注意到了他羽翅上的白色斑点，然后，他便消失得无影无踪了。从此之后，那一刹那便一直萦回于我的记忆之中。它是一种上苍的启示。它使我第一次领悟到：在这个我们如此熟悉的林子中，竟蕴藏着我们根本不了解的鸟类。莫非当时我们的眼睛与耳朵真是那么迟钝吗？那时，在林中或在林子的交界处有知更鸟、冠蓝鸦、蓝鸲、黄鹂、雪松太平鸟、灰猫嘲鸫、褐斑翅雀鹀、啄木鸟、金翼啄木鸟，偶尔还有红衣主教雀及其他的几种鸟类。可是谁曾幻想过那里还有别的鸟——那些甚至连猎人都不曾见过、人们从未耳闻目睹过的鸟呢?

多年之后的一个夏日,我手持猎枪再访那些林子,虽然重现了我儿时的梦幻,可是或许难以找回的是天真无邪的童趣。在那些我以前曾经走过的、熟悉的树丛中,的确有许许多多儿时我不曾听到或见到的其他的鸟,那里是他们的繁衍栖息之地、欢唱雀跃的舞台。

那里隐藏着有待每一个鸟类学的学生去探索的惊喜;随之而来的是新发现的狂喜及更多的好奇与探究,这是几乎其他任何追求都难以激起的情感与乐趣。迈出鸟类学的第一步,获取一个新的鸟标本,这样你就算拿到了这次旅行的通行证。其中的乐趣真是妙不可言。它可以与其他几类活动相辅相成,如垂钓、打猎、农耕、散步、野营,因为这些活动都是将人们送往田野与森林。你可以去采黑莓并从中发现奇迹;或者在赶着牛羊去牧场时,听到一支新曲,获得一个新发现。到处都潜伏着大自然的秘密。每一个小树丛中都有一条新闻。蹑手蹑脚的探险总会让你充满期望。下一刻向你展示的将会是以前人们从未见过的奥妙。林中充满着多少新的乐趣!你又是多么急切地要去探索林中的每一个角落!甚至当你迷失于林中时都会感到慰藉,因为那时,你可以听到鸟儿与猫头鹰的夜曲,况且,在你的漫游中，或许还能漫不经心地撞上某种不为人知的鸟标本。

在那些通往森林与河畔的旅行中，鸟类学的学生比他的同伴们具有更大的优势。他比别人多一种娱乐的方式，多一种令自己欢悦的途径。事实上，他是一石双鸟，有时甚至是一石三鸟。如果其他人迷茫徘徊，不得其道，他则从不必刻意寻求，因为处处都有他的游戏。短嘴鸦的叫声使他宾至如归；一声从未听过的啼鸣或一支新曲会消除他所有的烦恼。漫步于孤寂的拉布拉多海岸的奥杜邦要比任何国王都快乐；航行于海上，原本晕船的他，由于飞进视野里的一只不曾见过的海鸥而精神振奋。

你要亲身体验自然，方可欣赏到其中的奥妙。旁观者的走马观花根本无法激起对自然的热爱。有的人只满足于看见三五只飞鸟或听到一两声鸟鸣；他们疑惑：为什么要为此煞费苦心呢？当威尔逊为他那工程浩大的鸟类研究请求捐款时，一位东部的州长神态略带轻蔑地对他说："谁会为了解鸟类而捐出一百二十美元呢？"当然，花钱买知识，其价格是昂贵的。然而，最珍贵的知识是没有市价的。州长阁下，请求你资助的不是单纯的关于鸟类的专业知识，而是对于森林与原野的一种新的兴趣、一服精神与知识的滋补剂、一把通往大自然宝藏的新钥匙。想想还有许多其他你可以得到的东西,阁下——空气、阳光、沁人心脾的芳香及清爽,还有将你从狡诈混乱的政治生活中暂时解脱出来的缓和剂。

昨日秋高气爽,是10月中难得的一个好天。我几乎一整天都在石溪边那个郁郁葱葱、充满野性的峡谷里。溪畔长着一棵柿树,几个柿子落入水中。当我站在没膝的水中捞柿子时,一只林鸳鸯从溪的下游飞过来,从我头顶掠过。不久,它又飞回,再飞走;然后,再度飞回,在溪水的弯道处俯身一掠而过,准备在一片宁静幽暗的水域中落下,以避开我的视线。我在那里又待了大约半个时辰之后,那只林鸳鸯突然飞起,发出狂野的惊叫。寂静之中,我可以听到它飞起时翅膀的拍击声及水面被划过的哗哗声。在附近,我还看到了一只浣熊曾经来到水边寻求美味河蚌的地点,因为它在泥沙中留下一串长长的、明显的足迹。在我通过这片隐秘的水域之前,一对神秘的鸫——灰颊鸫——从地上飞起,然后,落在一根低树枝上。

谁又能描述出这只林鸳鸯,这留在泥沙中的足迹,以及这来自最北部的神秘的鸫为林中秋色所增添的情趣呢?

单从书本上是不足以学到鸟类学知识的。满足感来自于从自然中学习。你必须与鸟类有亲身的接触。书本知识只是指南,是邀请。即使已经没有新的鸟标本需要描述,任何有体力、有热情的年轻人的面前都有一片新的原野等待着他或她去探索；任何一个年轻人都有权利去经历所有那些来自于新发现中的激动与欢乐。

然而，同时请允许我说，书本知识又是绝对不能放弃的。一本威尔逊或奥杜邦的书是十分珍贵的，可以用它作为参考并与自己的笔记做比较。除此之外，参观某个大博物馆或珍藏馆也让人获益匪浅。起初，你或许会发现仅从文字描述来识别一只鸟是十分困难的。那么参阅一幅彩色插图，或观察一个填充的鸟标本，问题就会迎刃而解。这便是书籍的主要价值所在。它们是用以导航的航海图，航线已被详细地绘于地图上，会省去我们许多时间与精力。第一步，找到你想寻觅的鸟，仔细观察其形态、鸣啭、啼叫、飞行及栖息地；然后，击落它（不要只是从望远镜中反复观望），之后，与奥杜邦的描述进行比较。[1]这样，你便会很快地领略到鸟类王国的奥妙。

鸟类学家将鸟加以区分并细分为许多类、科、属、种等。乍一看来，这很容易使得读者感到迷惑与沮丧。但是任何对鸟类感兴趣的人，只要记住几条基本的鸟类划分科目，便能使自己认识大多数鸣禽，并且观察到每一种鸟的

---

[1] 最近的经历使我感到用一个小望远镜比猎枪好。

特点。迄今为止，我们这里的地鸟大都属于莺、绿鹃、翔食雀、鸫或雀类。

莺或许是最令人困惑的鸟。它们是名副其实的莺属，真正的林鸟。它们小巧玲珑，非常活泼，但声音比较微弱，要想看到它们，须仔细寻觅方可如愿。在穿越林间时，多数人会隐隐约约地感觉到头顶上方的树中有轻轻的啼鸣，那种啼叫与鸣啭参半的声音。在多数情况下，这都是林莺发出的声音。在美国的中部与东部，几乎在所有的地方都可以找到六七种莺，比如橙尾鸲莺、马里兰黄喉林莺、黄林莺（不是黑冠、黑翅、黑尾的普通金翅雀）、黑枕威森莺、黑白林莺；根据当地的地域与林区的特色，或许还有其他种类。在松林或铁杉林中，某一种莺或许会占主导地位；而在枫树或橡树林中，或在山区中，另一类又会领先。如果将地莺再细分一下，最常见的当是马里兰黄喉林莺、黄腹地莺以及哀地莺。人们通常可以在低矮、潮湿、浓密或半开阔的林中，在地面以及贴近地面的地方找到它们。夏黄鹂或黄林莺现在根本不是森林中的鸟了，通常它们出没于果园、公园、溪畔以及城市村庄的树丛中。

我们越往北去，莺的种类就越多。行至新英格兰的北部和加拿大，在6月可以发现多至十或十二种莺在那里繁殖生息。奥杜邦发现了在拉布拉多繁殖的白颊林莺，庆幸

第八章 自然之邀请

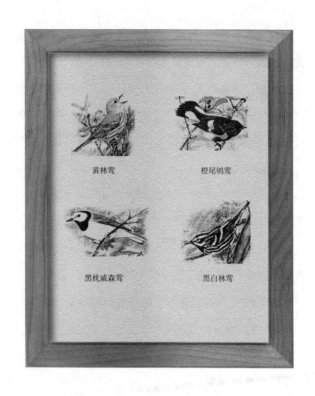

黄林莺　　　　　　橙尾鸲莺

黑枕威森莺　　　　黑白林莺

自己是第一个发现其鸟巢的白人。当这些莺在5月间飞越北部时，似乎他们有的孤身而行，有的成双成对，其黑色的头冠及带斑纹的羽毛显露无遗。9月，当他们归来时，或是成群结队，或是三三两两，这时的他们换上了淡褐色或略带斑纹的外衣，体态肥胖。他们在树顶上停留、搜寻几日，其行动如此敏捷迅速，人们常常难以得见，然后他们便飞走了。

据我观察，居住在中部区域的人看到的秋季归来的莺的种类和数目较其春季向北部迁移的种类和数目要少得多。

在秋季，黄腰林莺是最引人注目的。他们出没于街道公园，似乎特别钟情于那些干枯无叶的树木。他们心怀恶意地飞来飞去，不时地发出尖叫。整个冬季，我在华盛顿的近郊都能看到它们。

奥杜邦描绘并记录了四十多种不同的莺。更多的现代作家对这些莺做了进一步的区别与细分，赋予新划分的种类以新的名称。可是，这一部分只是对于职业鸟类学家有价值，引起他们的兴趣。

我注意到，莺属中最杰出的鸣禽是黑喉绿林莺。其歌悦耳清晰，但短促。

据说，莺中最罕见的白眉食虫莺正在消失；在尼亚加拉一带白喉林莺颇多；我发现，哀地莺在纽约州的特拉华河上游一带繁殖。

绿鹃或小绿鹃是介于莺与纯正翔食雀之间的一种鸟，兼有两者的特点。

红眼绿鹃，其优美的独唱是我们的丛林中最欢快而持久的歌曲之一，或许也是最引人瞩目、数目最多的种类。绿鹃的体形略大于莺的体形，其色彩远不如后者那么鲜艳明丽、五色斑斓。

第八章 自然之邀请

在我们大部分的森林中，有五种绿鹃，即红眼绿鹃、白眼绿鹃、歌绿鹃、黄喉绿鹃以及孤绿鹃——红眼绿鹃与歌绿鹃数目最多，白眼绿鹃是最活泼可爱的歌手。我只能在沼泽地那些浓郁、稠密的低矮树丛中遇见后者，在那里，避开观察者，他尽情地演唱，其音清晰急促，令人惊叹。这支曲子不同凡响，尽管其中插入了几声其他鸟类的啼鸣，依然是独一无二的。如同红眼绿鹃的虹膜是红色的，这种

红眼绿鹃　　　　　白眼绿鹃

黄喉绿鹃　　　　　孤绿鹃

鸟的虹膜呈白色，但不在两三米的距离之内，便无法观察到两者虹膜的区别。在多数情况下，鸟类的虹膜是深褐色的，只是常被看作黑色。

每当秋叶落下，凡是过路人都能看见林中低树枝上悬挂的那个像篮子的鸟巢，在多数情况下，那都是红眼绿鹃的巢。当然，孤绿鹃也筑类似的小窝，只不过会在更为荒僻隐秘的地方。

当你接近某些鸟巢时，多数的巢中鸟会显示出惊慌与痛苦，通常怒气冲冲；在同样的情况下，红眼绿鹃的行为却是个例外。鸟父母在其巢的枝头上方轻轻地移动着，以一种好奇而单纯的目光打量入侵者，并且不时地发出一声低沉的啼鸣或悲叹。它们显示出焦虑、警惕的神态，却没有愤怒或痛苦的表情。

和其他动物一样，鸟类容易在打盹时被捉住；但是我记得一个秋日，我遇见了一只红眼绿鹃，其特征显而易见，凡是从他身边路过的人都不会看错。尽管已经完全成形，他依然还是一只幼鸟，正在长着石南的那片荒野的一根低树枝上小憩。他的头舒适地蜷在羽翼下。假若此时飞来一只鹰，他将轻易成为后者的美味佳肴。我蹑手蹑脚地走近他，在离它几英尺之处停下来，发现他的呼吸要比我们人类的呼吸更急促、强劲。鸟比其他任何生物的肺活量都大，因此，体温更高，血压也更高。当我伸出手，轻轻地拢住带羽毛的沉睡者时，那突如其来的惊恐几乎把他吓瘫了。然后，它挣扎着，凄惨地叫着。当匆忙将他释放后，他便隐身于附近的某片灌木丛中。我绝不会如此这般地再次惊扰他。

翔食雀的数目要比绿鹃多，其特征也更为鲜明。他们不是优美的歌手，却被一些作家归于嚎叫者一类。人们对于他们争强好斗的禀性早已熟悉。他们不仅自相争斗，而且不停地与邻居们发生纠纷。极乐鸟——一种专横的翔食雀——大概也属于此类。

普通绿霸鹟也称东林霸鹟，可以激起人们最美好的情感，这是由于其哀鸣及用苔藓筑成的精美的小巢。

菲比霸鹟是翔食雀的先驱，往往在4月——但有时在3月——归来。他随和地在房舍和库房的周际飞翔，通常在草棚下或桥梁下筑巢。

翔食雀总是在飞翔时通过飞扑或猛扑的动作来捕捉昆虫。你经常可以听到他捕食时鸟嘴发出的"啪"的响声。

就我们所熟悉的附近的鸟类而言，无论是从形态还是色彩上比较，翔食雀都可谓毫无优雅之处。他们是短腿、短脖、大头、阔嘴，底部还长着刺毛。飞翔时，他们羽翼拍打的样子怪怪的；栖息时，它们中的某些家伙还时不时地摆动着尾巴。在美国已发现了十九种翔食雀。夏季，在中部及东部地区，用不着刻意寻找，你便能观察到大约五种翔食雀，即极乐鸟、菲比霸鹟、东林霸鹟、大冠翔食雀（因其尾翼上明丽的红褐色而不同于其他鸟类）以及小绿冠翔食雀。

鸫类可称得上是具有高超的音乐天赋的鸟，于是，比起其他的鸟，他多奉献出一种乐趣。知更鸟就是最好的例子。他们的神态、飞翔模式及体形与别的鸟类大致相同。看着知更鸟在地面上蹦蹦跳跳，搔首弄姿，捕捉昆虫，凝视前方的物体或观鸟人，疑惑地拍打着翅膀，直飞向他自己的栖息处，或在黄昏时分，栖在某根高高的树枝上，唱着他那悦耳、纯正的歌曲，你便对于所有鸫类的特征有了一个大致的了解。鸫类的风度因其典雅而鹤立鸡群；歌声因其优美而超然出众。

除了并非林鸟的知更鸟之外，在纽约州我们还有棕林鸫、隐居鸫、韦氏鸫或叫威尔逊鸫、绿背鸫以及一两种暂时逗留此地、尚未确切命名的种类。

棕林鸫与隐居鸫在歌手中并列第一，或许迄今，在两者谁更优秀这个问题上，仍是仁者见仁，智者见智，形成不了共识。

在雀类的总科目下，奥杜邦描述了六十多种鸟类，从麻雀到蜡嘴雀，还包括了鸫类、紫朱雀、雪鹀、交嘴雀及

第八章 自然之邀请

红衣主教雀。

在美国的东海岸,我们有将近十几个雀的种类,可是对于非职业观察者而言,或许他们能分辨的连其中的一半都不足。孩子们熟悉的歌雀来得最早,至少,他的歌声是我们最早听到的。在3月一个阳光明媚的早晨,有什么能比从花园的栅栏及附近的树篱上传来的这第一声质朴的乐音更为清新悦耳呢?

歌雀　　原野春雀　幼

狐雀　　群织雀

在我们的高原及草原,有许多原野春雀或黄昏雀,同时也被称作草雀及栗翅雀。这种鸟略大于歌雀,羽毛呈淡灰色,其歌喉十分甜美。他筑巢于地面,不加任何的伪装与防护,并且栖息于此。黄昏时分,我漫步于原野,脚下一不留神,便常常会惊起他们。当白天受到惊扰时,他们会突然飞起,急速飞走,露出尾翼上的两根白色的羽茎。乡村小道上的游历者会打扰他们,使他们的羽翼沾满尘土,或看见他们沿着前方的篱笆悄悄地飞行。他们在拉套的牲口前方的耕地上跑跑跳跳,或栖在几十米外的石头上。他们尤其喜爱在太阳落山后鸣啭,因此称他们为黄昏雀十分贴切,此名是当代作家威尔逊·弗拉格(Wilson Flagg)[1]赋予他们的。

在草地或低低的湿地中,可以见到稀树草原雀,并且可以根据那悦耳、虫鸣般的吟唱来识别他;在沼泽地中,还有沼泽雀。

秋季,雀科中体形最大、外表最漂亮的狐雀由他北方的繁殖地来到我们这里。同期而来的还有树雀或叫加拿大雀、白冠雀以及白喉雀。

---

[1] 19世纪美国作家、博物学家,著有《新英格兰的鸟类与季节》及《原野与森林的研习》等书。——译注

第八章 自然之邀请

群织雀，别名"毛鸟"或"红头褐翅雀鹀"，是雀类中最小的一员，同时，我认为，也是唯一在树上筑巢的雀。

作为同一个纲目的共性，雀科的鸟具有圆锥形的短嘴，尾翼多多少少有些分叉。而其中，紫朱雀在各种音乐才能上可谓名列前茅。

除了上述我仓促地概述的我们较为熟悉的鸟之外，还有众多其他的鸟。他们虽然在物种上有限，却包括了一些人们熟知的鸣禽。例如，严格地说，刺歌雀就没有同类。著名的南部各州的嘲鸫所属的种类在东海岸只有两个代表，即灰猫嘲鸫与长尾地鸫或叫褐弯嘴嘲鸫。

鹪鹩是鸟类中庞大而有趣的一科，作为鸣禽又以其欢快、流畅的歌喉著称。其中最常见的种类是莺鹪鹩、长嘴沼泽莺鹪鹩、大卡罗苇鹪鹩、冬鹪鹩，后者的名字或许是因为它在北方繁殖。他是一只绝妙的鸣禽，吐出的音符急促紧凑，带着森林的韵律与甜美，如同响起富有乐感的警笛。

威尔逊称戴菊鸟为鹪鹩，可是除了红冠戴菊鸟具有与鹪鹩一样奔放、优美的歌声之外，真看不出戴菊鸟何以被称作鹪鹩。布鲁尔医生曾在新不伦瑞克森林中，被这些小音乐家中的一员所陶醉，并且以为他发现那曲子的歌手是白颊林莺。他似乎不情愿相信像戴菊鸟或红冠戴菊鸟这么小巧玲珑的鸟儿竟能拥有如此洪亮的声音。或许那歌声的确出自冬鹪鹩,不过据我本人的观察,我相信,红冠戴菊鸟完全有能力胜任这样的表演。

可是,现在我必须放下这个主题而进入下一个主题了。就鸟类学的著述而言,奥杜邦的著作,尽管由于价格不菲而使广大的读者望而却步,却是迄今最详尽、最精确的著述。他所绘制的鸟图精确而传神,可谓超然出众;他对承担的工作所投入的热情与献身精神,在科学史上鲜有人匹敌。他就雁而写的那一章节优美得宛如一首诗。人们常常会被他那真诚的热情及单纯的目的所打动,而忽略了他冗长的文体。

奥杜邦识鸟的慧眼可谓举世无双,但是就辨别鸟的啼鸣而言却另有高明。例如,纳托尔就在描述鸟的鸣啭与啼叫方面更为得心应手,因而更令人信服。奥杜邦认为白眉灶莺的鸣啭与欧洲夜莺的歌声相同。由于他听过上述两种鸟的啼鸣,人们便会以为他足以做出判断。然而,毫无疑问,他高估了前者而低估了后者。与欧洲夜莺的歌声相比,白眉灶莺的鸣啭显得短促,其音质欢快活泼,而后者的歌声,假如书本知识可以信赖的话,则是更优美和谐。又如,他说蓝色大嘴雀的鸣啭与刺歌雀的歌声相似,而实际上,这两种鸟的歌声的相似程度如同其色彩差异——一种是黑白相间,另一种是蓝色。他描述道,林鹬鸽的歌声是由"简短强劲的啼鸣开始,然后缓缓地下降"。事实上,其鸣啭是

第八章 自然之邀请

缓缓上升而不是下降,以低音开始,以尖叫而结束。

然而,鉴于奥杜邦著作篇幅之浩大,令人惊叹的是其中的错误竟如此之少。此时,我能记起他所观察的情况与我所证实的情况相左的只有一例。当他描述刺歌雀时,强调说,当他们秋季返回南部时,并不像春季向北部迁移时那样在夜间飞行。在华盛顿,我曾连续四个秋季听到它们在夜空中飞过时发出的啼鸣。由于奥杜邦尽其漫长的一生,致力于鸟类学,描绘并记述了四百多种鸟,因此,当你在普通的林子中发现一只在他的著作中没有被提及的鸟时,便会产生一种真正的成就感。我只发现了两种这样的鸟。初秋时分的一天,当我漫步于西点军校附近的林中时,惊起了一只原本栖在地面上的鸫。他落在几米之外的一根树枝上,看上去是一只我从未见过的鸫类,以前我从来没有看到过腿如此之长的鸫。我击落了他,发现他是一个新相识。其与众不同之处在于他那宽阔的尾翼,他的长腿(由中趾的末端到臀关节处的长度近四英寸),以及他上部绿褐色和下部灰色的深色羽翼。后来我证实他是由贝尔德教授[1]命名并首次描述的灰颊鸫。对于这种鸟,人们知之甚

---

[1] 贝尔德(Spencer Fullerton Baird, 1823—1887):美国博物学家,是当时研究北美鸟类及哺乳动物的权威。——译注

少，只知道他繁殖于北方，甚至是在北极海岸。要听到他的歌声，我恐怕要长途跋涉才行。

在眼下的时节，我在华盛顿附近遇见了一对前面提到的灰颊鸫。就体积而言，这种鸟与棕林鸫大小相近，比隐居鸫或韦氏鸫略大；不同于其他种类，他的羽毛不带有任何黄褐色或黄色。另一种鸟标本是黄眉灶莺或叫小灶莺，它是橙顶灶莺的表亲，是白眉灶莺或叫水鹨鸫的兄弟。我在特拉华河源头一个深山中的湖源处发现了他，显然他在那里有一个巢。通常它在更北一点的地方繁殖。这种鸟的啼鸣洪亮而清晰，立即使人联想起他的亲戚们的歌声。尽管这种鸟已久为人知，但是迄今我在书中还没能找到任何有关的描述。

近代作家及探险家在奥杜邦所发现的鸟类条目之上添加了三百多种新条目，其中的大多数属于新大陆北部及西部的鸟。奥杜邦的观察范围主要限于大西洋及濒墨西哥湾各州及附近岛屿地域；所以他对美国西部或太平洋沿岸的鸟类知之甚少，在他的著作中只是简略地提及。

顺便说一下，令人瞩目的是有许多西部的鸟仿佛就是东部鸟类的翻版。如此说来，西部的杂色鸫是我们东部的知更鸟，只是羽毛上的斑纹略有不同；西部的红翅啄木鸟是我们东部的金翅啄木鸟，或叫高洞鸟，只是前者翅上的羽毛呈红色而不是金黄色。还有西部山雀、西部红眼雀、西部冠蓝鸦、西部草地鹨、西部雪鸦、西部蓝鸲、西部歌雀、西部松鸡、鹌鹑、鸡鹰，等等。

西部最突出的鸟类之一似乎是一种在达科他平原上常见的云雀，它飞向三四百英尺的高空，从空中传来其令人心醉神迷的歌声。显然，他与我们东部的几种鸟有着亲缘关系。

一位笔友在某年9月从乡间写信告诉我："我最近在这里观察到一只新品种的鸟。他们不仅栖息在地面上，而且也栖息于建筑物与篱笆上。他们是步行者。"几天后，他获取了一只鸟标本，并将鸟皮寄与我。结果不出我之所料，那是美洲鹨，又叫小百灵，是一种体态瘦长的褐色鸟，与雀儿大小相同，在春秋两季飞过美国，往返于其在遥远北方的繁殖地。他们通常是三五成群地出没于河畔与耕地，在那里寻觅食物。当他们飞起时，便会像黄昏雀那样，露出尾翼中两三支白色的羽茎。飞过天空时，每行进十几米，他们就会发出一声啼鸣或尖叫。他们繁殖于拉布拉多半岛那些荒凉寒冷、布满苔藓的岩石中。据报道，在佛蒙特州[1]也发现了他们的卵，而且我确信8月在阿迪朗达克山脉见过这种鸟。雄鸟凌空而上，以百灵共有的风格，发出

---

[1] 位于美国东北部与加拿大毗邻。——译注

短促却旋律优美的啼鸣。他们是步行者。这是我们地鸟少有的一个特点。迄今为止,多数地鸟都是跳跃者。留意一下普通雪鹀的足迹:他的脚印不是像短嘴鸦或皱领松鸡的足迹那样一脚在前,一脚在后,而是双脚并行。雀、鸫、莺、啄木鸟及鹀等都是跳跃者。另外,所有水栖或半水栖的鸟都是步行者。鸽、滨鹬及鹬都跑得很快。在地鸟中,松鸡、鸽子、鹌鹑、百灵以及各种黑鹂都行走。燕子偶尔也用脚行走,但走起来的样子实在笨拙难看。百灵行走的姿态优美自如。不妨留意一下草地鹨整天在草地上昂首挺胸、阔步行走的样子。

除了是个步行者之外,百灵——或所有与百灵有亲缘关系的鸟——全都有着边飞行边鸣啭的技能。通常,它们在空中或是悬停或是兜圈,抖动着翅膀,盘旋式地翱翔。草地鹨在季节的早期偶尔也这样翱翔并鸣啭于空中。每逢此时,他那持久的啼叫或哨声就变成了洪亮圆润、丰富多情的颤鸣。

刺歌雀,也具有上述两种鸟的特点,尽管他在形态等方面与他们不同。除此之外,他还令人联想起书中描绘的英国云雀,而且作为一种鸣禽,他无疑可以与英国云雀媲美。

在我们的小林鸟中,就密西西比河以东一带而言,有三个密切相连的种类。这三种鸟我在前面已经讲过,他们能行走,飞行时或多或少地能鸣啭,也就是两个种类的灶莺或叫水鹟鸰[1]及橙顶灶莺或叫林鹟鸰。后者最为常见,观鸟者的目光几乎不会错过他那轻松自如的走路姿态。他的另一个百灵类的特点,即边飞边唱,似乎还没有被博物学家所观察到。然而,橙顶灶莺确实具备这个特点。任何人如果在某个6月的下午或傍晚来到这种鸟儿频繁出没的林中待上半小时,都能证实这一特点。我常常在日落以后听到他的鸣啭,却难以看清空中那位如醉如痴的歌手。我知道一座秃顶的高山,傍晚我曾坐在山上,常常听到橙顶灶莺那从不间断的啼鸣。有时,那鸟儿会低低地飞在我的下方,有时就在眼前;但歌手更频繁地盘旋在山顶上方的一百英尺处。他会从山一侧空阔地带的树丛中飞起,凌空而上,到达最高峰,然后,从山的另一侧俯冲而下。他在歌声消失后的下降十分迅速,简直与小百灵从空中飞扑而下、陡然落在地面上的动作一模一样。

我首次证实这种观察结果是在几年前。对这种鸟的歌声我早已十分熟悉,只是对于歌手还有着强烈的好奇心。那是一个傍晚,树叶刚刚露出嫩芽,我漫步于林中,这时,

---

[1] 此处指黄眉灶莺及白黄眉灶莺。——译注

我看到了离我仅十几米的一只橙顶灶莺。我自言自语道："来呀，快过来，如果是你，就显露一下吧；我来到林中，就是特意来寻找你的。"这时，他突然一跃而起，飞过树丛，发出一声尖细的、初始的啼鸣。我的目光随他而去；看着他升上天空，在林子的上方盘旋；又看着他飞腾直下，潜入树丛中，几乎落在先前栖息的原地。

鸟的一生中最重要的问题是食物问题，或许，我们的鸟类所遇到的最严重的问题是初春食物的短缺。到了初春，大自然以各种方式使鸟类储存并在其机体中积聚的脂肪已被耗尽，而这个时节恶劣的、突如其来的天气变化对于鸟类的生命力构成了非同寻常的挑战。毫无疑问，许多早来的鸟由于饥饿及这个季节严酷的天气而死去。我在3月的一天所遇到的那群加拿大雀，显然数目减少了许多，其中的一只鸟是如此的赢弱，以至于我伸手便将他捉在手中。

在时下的季节，3月第一周的一阵乍寒，驱蓝鸲到房舍及库房附近去寻求藏身之地。当夜幕降临时，风更大，天更寒，他们仿佛充满了警觉与不安，于是便在城市的边缘，徘徊于门窗附近，潜行于百叶窗后面，依附于下水沟里及屋檐下；他们从一处飞往另一处，从一所房子飞向另一所房子，徒劳地寻找着能够躲避严寒的安全港湾。街上的一个把柄上带小洞的水泵，成了他们无法抗拒的目标。

可是他们似乎又意识到那个位置不够安全；因为他们刚刚把自己塞进那个水泵里面，也就是进去了六到八只，就急急忙忙地冲了出来，仿佛感到正在逼近的危险。那个洞不时地被蓝色及褐色相间的鸟儿充填，又不停地被舍弃。眼下，他们比以往停留的时间略长了一点，我出其不意地将手伸进洞中，捉到了三只在温暖安全的地窖中过夜的蓝鸲。

在秋季，所有鸟类及野禽都变得十分肥胖。松鼠及老鼠在其洞穴与藏身之处囤积了大量的食物，但是鸟类，在很大程度上，以脂肪组织的形式在其自身的机体中携带着同样的储备粮，这种情况尤其体现在我们冬季的留鸟中。在寒冬腊月的一天，我击落了一只赤肩鹰，在剥皮时发现鸟体被厚达四分之一英寸的脂肪层严严实实地包裹起来，一点肌肉都看不见。这层脂肪不仅能够用来抵御寒冷，而且还在完全没有食物的情况下，用于补充鸟机体中的内耗。

短嘴鸦在这个季节也处于同样的状况。据估算，一只短嘴鸦每天至少需要半磅肉，但是，在冬季与春季，显然他们必须连续数周或数月仅靠原来食肉量的极少部分来维生。我确信一只短嘴鸦或鹰，在秋季的这种状态下，一口肉都不吃也可以活上两周；一只家禽的状况也是如此。元月的一天，我无意中将一只母鸡关在一间库房里，那里找不到一粒食粮，也不能为她提供任何抵御寒冷的防护。

十八天之后，当这只倒霉的鸡被发现时，她依然敏捷活泼，却极为瘦弱，轻如一团鸿毛，一阵微风也能将她吹走。可是，经过精心饲养，她很快便恢复了原状。

由于寒冷而使得蓝鸲胆大起来的情景使人联想起一个事实，即鸟类对于人类的恐惧，乍一看似乎这是鸟类的一种本能，实际上，却显然是一种后天形成的特点。因为在原始自然之中，他们并没有这种恐惧感。每一位猎手都会不无懊恼地观察到，在连续几天打鸽子之后，这些鸽子会变得多么狂野；可是令他开心的是，在那些新的或不常去的林子中，要想接近猎物又是多么容易。在史密森学会身居要职的贝尔德教授告诉我，他们的一位笔友曾到位于太平洋的一个小岛上采集标本。小岛坐落在离圣卢卡斯角约二百英里外的地方。该岛的范围仅几英里，大概被人类造访的次数也不过五六次。博物学家发现那里的鸟类及水禽极为驯服，用弹药来打它们简直是浪费。他在一根长棍的末端打上一个活结，用它套在它们的脖子上，向他那一端一拉便能将它们捉住。在某种情况下，要捉住它们，连这种计谋都不必要。尤其是一种嘲鸫，形态比我们的那种略大，是一种绝妙的鸣禽。他一点也不认生，几乎成了一个令人讨厌的家伙，在标本收集者伏案写作的桌子上跳来跳去，把笔和纸撒落在地。收集者在那里收集到十八种标本，

第八章 自然之邀请

其中有十二种是那个岛独特的标本。

梭罗曾说,在缅因州的森林,加拿大鸦有时会与伐木工人一同进餐,直接从他们的手中索取食物。

然而,尽管鸟类已将人类视为天敌,可是总体而言,人类文明无疑对于鸟类的增长与繁衍,尤其是对那些小的种类还是有利的。与人类共同到来的还有苍蝇与飞蛾,以及大量的昆虫;新的植物与种子被引进;并且随着乡村土地的开垦,这些植物与种子被广泛地播种于大地上。

由北方飞向我们这里的百灵与雪鸦几乎全靠草种与植物的种子维生;在我们那些最常见、数目也最多的鸟类中有多少是田野中的鸟,他们对于茫茫林海又是多么的陌生?

在欧洲,一些鸟类几乎已被驯服,比如麻雀;在我们自己的国度,崖燕仿佛已经彻底放弃了壁架与倾斜的岩壁,而选择屋檐与农舍及其他库房的凸起物作为它们的栖身之处。

在人们认识了大多数地鸟之后,接下来还有海岸环境及生活其中的鸟类宝藏有待大家去探索。尽管曾经认真地阅读过鸟类的权威之作,最近发生的下述情况还是使我深刻领悟到我们对于水禽知之甚少。当时,我正在纽约州的内陆地带度假。一天,一位陌生人停在房前,他手持一个雪茄烟盒向坐在门口处的我走来。我刚要向他说明如果他来向我推销雪茄烟，那可是白费口舌，因为我从不抽烟，这时，他说听说我对鸟类有所见解，给我拿来一只这一带人谁都没见过的怪鸟，这只鸟是他几小时前在村庄附近的一片干草地上捡到的。当他开始打开盒子时，我期待着看到某种我们自己的稀有鸟类，大概是玫胸大嘴雀或波希米亚雀。想想看，当我看到那只鸟时会是多么的吃惊！那是一只形体像燕子似的鸟，几乎与鸽子一般大，尾翼分叉，上半身的羽毛乌黑发亮，下半身的羽毛纯白如雪。一看他那半蹼足及修长优雅的羽翅就可知是一只海鸟；至于他的名字及栖息，恐怕有待我查阅奥杜邦的著述，或某部更权威性的鸟类收藏集才能给出答案。

这只鸟是由于筋疲力尽而跌落在一片草地上的。当它被捡起来时刚刚断气。估计那个地点离鸟儿飞行的海洋有一百五十英里。他是产于佛罗里达群岛的乌燕鸥，出现在如此靠北、如此内陆的地方真有些非同寻常。在剥去鸟皮时，我发现他瘦得可怜。毫无疑问，他是饿死的，由于飞行过度而耗尽了能量。这是另一个伊卡洛斯[1]。他那巨大的

---

[1] Icarus, 希腊神话中的蜡翼人，代达洛斯（Deadalus）之子，以父亲所做的蜡制飞行翼飞上天空，但因飞得过高，蜡翼被太阳融化，坠海而死。——译注

飞行力使他胆大包天，勇于冒险，以至于超越了自己的能力范围，最终在返回之前饿死。

乌燕鸥有时也被称作海燕，因为其形态及飞行能力都颇像后者。他能够几乎一整天都飞行于海上，从海面上获取食物。燕鸥有几种，其中的一些有着惊人的美貌。

1868 年

译后记

《醒来的森林》是我所译的美国自然文学经典译丛的第一本书。首版发行于2004年。时隔十六年之后,它又将在三联书店出版的"三联精选"中与读者见面。然而,我依然清晰地记得多年前我尚未完成《醒来的森林》时的一个场景:

当时,我应邀到研究自然文学的圣阿蒙德教授(Barton. L. St. Armand)在新英格兰地区的住所做客,教授与我各自手持一杯中国绿茶在他的窗前观鸟:他院中的那些树上挂着多个供鸟儿吃食的可爱的小物件,引得色彩斑斓的鸟儿飞来飞去。他一一向我介绍那些鸟,哪只是雌鸟,哪只是雄鸟,它们通常都是何时来造访他的家园,那神态如同在谈论亲朋好友。这也令我想起约翰·巴勒斯在《醒来的森林》中描述的鸟之王国中那一幅幅生动的画面。

令我未曾想到的是时隔多年之后,我造访了巴勒斯生前生活、观鸟及写作的地方——位于哈德逊河畔的"山间木屋"。初秋之时,我到最早设有自然文学研究中心,并聚集着研究爱默生及巴勒斯等著名学者的瓦萨学院与师生进行交流。瓦萨学院与巴勒斯有着不解之缘。他任该学院"醒来的森林（又译延龄草）俱乐部"顾问达三十多年之久。这个俱乐部是该院本科生致力于探索和研究自然的学生组织，以巴勒斯于1871年的处女作《醒来的森林》命名。当时瓦萨学院的学生们还频繁光顾巴勒斯的"山间木屋"。巴勒斯总是将这些学生领到他的常青树林中，在有瀑布垂洒的黑溪边细心地给她们讲解林中的鸟儿与植物。

瓦萨学院还珍藏着巴勒斯长达四十五年所记的五十三本日记。这些日记始于1876年5月13日，止于1921年2月4日，距时年八十四岁的巴勒斯离世还有七周的时间。巴勒斯的日记不仅记录着他观察自然的情景，还包括许多关于文学、哲学、科学、宗教的内容。当然，日记中还有丰富的文学评论，因为，在巴勒斯的一生中，爱默生、惠特曼、托马斯·卡莱尔、奥斯卡·王尔德及西奥多·德莱塞等人都是他的挚友。除此之外，那些日记还记述了如《约翰·巴勒斯的世界》的作者爱德华·坎泽所述："（巴勒斯）观鸟、细雨蒙蒙的日子、在阳光明媚的草地上漫步、谋生的艰辛、其成功及失落。"巴勒斯的日记写得是如此生动鲜活，以至于坎泽感到他"可以穿过哈德逊河，走到"山间木屋"，发现巴勒斯依然活得好好的，在壁炉前取暖"。

座谈会之后,得知巴勒斯的"山间木屋"与瓦萨学院仅十二英里之隔,我们一行人便驱车前往。临近小木屋时,只能步行。那是一条林间小道,两边自由地生长着各种树植,有原始林,也有再生林,一片浓郁的绿色。我想,大约在一百多年前,巴勒斯是否经常流连于这条小道上,观鸟并聆听它们的歌声?这条小道渐渐开阔,形成了一片空地,那里有一所褐色的小木屋,那所我在书中读过无数次,并起初一直不知该如何译成中文的小屋。现在,它就实实在在地呈现于我的眼前。现实与想象在我的脑海中交错。

这所小木屋是巴勒斯于1895年建造的,据说原因之一是先前他居住的"河畔石屋"来访者过多,他想另辟一个安静的处所生活、写作,寻求内心深处那种令人愉悦的孤寂。我从木板搭建的台阶走上去,想象着一百多年前来自瓦萨学院(当时它还是女校)的女孩子们在这里野营的情景。当学生们坐在石头上野餐时,巴勒斯会站在"山间木屋"的木台阶上告诫他们:"不要成为暗室中的自然学家。""要学会在原野,在林间,寻求原始的、活生生的自然。"

现在的"山间木屋"由约翰·巴勒斯纪念协会(John Burroughs Memorial Association)管理,其主席是约翰·巴勒斯的曾孙女琼·巴勒斯。

走进这所我向往已久的小木屋,抚摸着由树的枝条制作的朴实的书架,我随手拿起一本书,那是巴勒斯的文集 *Literary Values*(《文学价值》)。我对正在给我们做讲解的琼·巴勒斯说,自己书房的书架上也排列着十多卷巴勒斯的文集。她说有本特定版本的有关巴勒斯的文集赠送来访者。那是一本1931年出版的名为《约翰·巴勒斯的山间木屋之书》的专辑,内容都是学者、名人与"山间木屋"的回忆文章。此专辑共发行一百册,赠与我的这本是第八十八册。我拿着这本发黄的精装毛边书,深感时间与空间的跨越。坐在多年前巴勒斯曾写下无数自然文学精品的简易木桌前,我在签名簿上写道:"It's my pleasure to visit the Slabsides of John of the Bird."(非常高兴造访"鸟之王国"中的约翰之"山间木屋"。)约翰·缪尔因写美国西部的山峰闻名,而被称作"山之王国"的约翰;而约翰·巴勒斯则以描写美国东部山中的鸟类闻名,故被称为"鸟之王国"的约翰。

琼告诉我,第一个到小木屋来的人就是约翰·缪尔,他们(缪尔及巴勒斯)常常聊天聊得忘了吃饭。而我则想起当年缪尔造访"山间木屋"时,当听说要在这间小木屋里过夜时,他说:"在林子里随便找个地方就行。荒天野地就是我的家。"从而显示出缪尔更加粗犷的一面。

我们来到了壁炉前,研究自然文学的丹尼尔·佩恩教授说,慕名来到"山间木屋"的人很多,其中最有名的恐怕就是老罗斯福总统了。当时他在这里吃的晚餐也不过就是烤鸡和土豆。就是用这个简易的烤炉。我看到壁炉的上方有根弯曲的木枝,便好奇地拿起它观察。佩恩教授说,巴勒斯很喜欢搜集奇形怪状的木头。他有许多访客,特别是年轻的学生和教授。当这些访客离开时,他会拿着这根木枝在每个人头上晃一晃,然后说:"这样你下次必定还要来呀!"我看着这根木枝,体会到这个小木屋连同它所包含的物质与精神上的一切。我想,我对自然文学的爱好与了解就是来自于这些亲身的感受,这些心灵中的"永恒之瞬间"。

自然文学不是虚构的形式,不是一种人为的推测,你能感觉到她存在于山水、树木、花草、鸟兽之中,甚至存在于一个人的生活方式之中,她是一种人在自然之中心灵的感受,一种躁动中的人们向往宁静的精神追求。

有人曾说:"书,心画也。"我想,在翻译此书过程之中,我也加入了我的情感、我的心境。同时,我也期待着《醒来的森林》的中文版在读者心中翻开不同的"心灵画卷"。

书中出现的人名、地名统一参照《英语姓名译名手册》(商务印书馆1983年版)及《美国地名译名手册》(商务印书馆1994年版)。鸟名及植物名参照《不列颠百科全书》

(中国大百科全书出版社1999年版)、《英华大词典》(商务印书馆1984年版)、《世界鸟类分类与分布名录》(科学出版社2002年版)。

程虹

2020年5月